Peter O. Chotjewitz
Die Herren des Morgengrauens
Rotbuch Bibliothek

Rotbuch Bibliothek

Herausgegeben von

Wolfgang Ferchl und Hermann Kinder

Peter O. Chotjewitz

Die Herren des Morgengrauens

Romanfragment

Mit einem Nachwort
von Kurt Groenewold

Rotbuch Verlag

Die Deutsche Bibliothek - CIP-Einheitsaufnahme

Chotjewitz, Peter O.:
Die Herren des Morgengrauens : Romanfragment / Peter O.
Chotjewitz. – Hamburg : Rotbuch Verlag, 1997
(Rotbuch Bibliothek)
ISBN 3-88022-644-X

1. Auflage 1997
© Europäische Verlagsanstalt/Rotbuch Verlag, Hamburg 1997
Zuerst erschienen 1978
Umschlagkonzept: MetaDesign
Umschlaggestaltung: Groothuis+Malsy, Bremen
Herstellung: Das Herstellungsbüro, Hamburg
Satz: Greiner & Reichel, Köln
Druck und Bindung: Clausen & Bosse, Leck
Printed in Germany
Alle Rechte vorbehalten
ISBN 3-88022-644-X

Inhalt

1. KAPITEL
Die Aufnahme der Ermittlungen 7

2. KAPITEL
Die Vorladung 23

3. KAPITEL
Die Vernehmung II 44

4. KAPITEL
Einige Urlaubserlebnisse 55

5. KAPITEL
Die Mole von Zoppot 64

6. KAPITEL
fehlt

7. KAPITEL
Die Unsichtbaren 89

8. KAPITEL
An einem Wintervormittag 111

9. KAPITEL
Die Strafe I 129

10. KAPITEL
Die Strafe II 151

Unvollendete Kapitel und Notizen aus
Buchonias Plastiktüte 159

Nachwort von
Kurt Groenewold 184

1. KAPITEL

Die Aufnahme der Ermittlungen

Jemand mußte in Fritz Buchonia ein schlechtes Gewissen erzeugt haben, denn ohne daß er sich einer Schuld bewußt gewesen wäre, hatte er eines Morgens einen Traum. Er stand am Fenster, im Zimmer seiner Frau, hielt ein Buch in der Hand und war unfähig, es aufzuschlagen.

Durch das Tal kamen Polizisten auf den Hügel zu. Sie waren weit ausgeschwärmt, das Schnellfeuergewehr vor der Brust, den Stahlhelm auf dem Kopf, am Koppel baumelten Handgranaten und Gasmasken.

Hinter ihnen fuhren fünf oder sechs gepanzerte Fahrzeuge. Ob es Kettenfahrzeuge waren, hätte er hinterher nicht sagen können, war aber sicher, daß ihre Besatzungen nicht zu sehen waren.

Sie waren noch zwei- oder dreihundert Meter vom Pfarrgarten entfernt, als er sich daran erinnerte, den gleichen Traum schon einmal gehabt zu haben. Das letzte Mal waren sie im Gänsemarsch den asphaltierten Feldweg heraufgekommen, der in den Wiesen einen weiten Bogen beschreibt, wie Fallschirmjäger gekleidet, und trugen ein schwarzes Barett auf dem Kopf.

Als sie den Bach erreicht hatten, der unter dem Pfarrgarten fließt, beschloß er, ihrem sinnlosen Treiben ein Ende zu machen, und erwachte. Noch im Erwachen glaubte er sich zu erinnern, daß er immer an derselben Stelle erwachte. Er war ärgerlich über sich selbst. Woher wollte er wissen, daß sie es auf sein Haus abgesehen hatten?

Sollte je ein Verdacht auf ihn fallen, so würden die Ermittlungsbehörden es für ausreichend erachten, zwei Herren in Zivil zu entsenden, die genausogut Versicherungsvertreter hätten sein können, in einem Zivilfahrzeug kommen und vielleicht sogar vorher telefonisch einen Termin vereinbaren würden.

Gewiß, sagte er sich, es ist bekannt, daß Schriftsteller sich mit Schriften und Büchern umgeben, und wenn das Amt für Befragungswesen seine Post kontrollierte, konnte es damit rechnen, eine Menge Zeitschriften, Zeitungen und Flugblätter in seinem Haus zu finden.

Aber deshalb brauchen sie nicht gleich mit einem Lastwagen zu kommen. Sie werden sich damit begnügen, ein paar Dutzend Bücher und Druckschriften zu finden, die in den Kofferraum passen, obwohl er sich nicht vorstellen konnte, warum diese Dinge überhaupt beschlagnahmt werden sollten.

Derlei Druckschriften waren in allen größeren Städten im Handel zu haben, und für die Ermittlungen gegen ihn würde es völlig ausreichen zu registrieren, welche Schriften man in seinem Hause angetroffen hatte.

Na bitte, sagte er sich. Die Beamten werden keinesfalls einen Lastwagen herbeiordern, wenn sie die riesigen Papierberge, die vielen tausend Briefe, die er im Laufe der letzten 21 Jahre gesammelt hatte, in den Regalen und auf dem Fußboden des Kämmerchens sehen, das er in übertriebener Hochachtung vor seinem Sammeltrieb »das Archiv« nannte.

Sie werden einfach alles durchsehen. Einer wird sich am Schreibtisch im Zimmer seiner Frau niederlassen, der andere wird sein Hauptquartier im Arbeitszimmer aufschlagen. Stumm werden sie vor sich hinarbeiten, nur gelegentlich über ihre Walkie-Talkies miteinander reden, wenn sie auf ein Papier stoßen, das ihre Aufmerksamkeit erregt, und ihr ruhiges, unauffälliges Treiben hatte noch den Vorteil, daß dieser ganze scheußliche Babel, der zum größten Teil noch so ungeordnet dalag, wie er ihn vor vier Jahren mitgebracht hatte, endlich einmal geordnet wurde, denn die beiden Beamten gingen systematisch vor, bildeten Sachgruppen, chronologische Reihenfolgen, ordneten nach Verlagen, presserechtlich Verantwortlichen, Absendern et cetera.

Gegen elf bot Renate den beiden Herren ein Täßchen Kaffee an, das sie dankend annahmen. Eine Schnitte Brot dagegen lehnten sie ab, obwohl Renate ausdrücklich auf die Herrenwurst in der provisorischen Wurstekammer hinter der Waschküche hinwies. Auch zum Mittagessen mochten sie sich nicht einladen lassen, folgten aber gerne dem Hinweis auf die Gaststätte »Zur schönen Aussicht«.

Gegen Abend fragte einer der beiden, ob es in der Nähe eine Übernachtungsmöglichkeit gebe. Sie brauchten noch mindestens einen Tag, bis alles Material gesichtet sei. Er habe ja allein auf dem Flugblattsektor eine recht umfangreiche Sammlung. Buchonia wußte nicht recht, ob er sich geschmeichelt fühlen sollte.

Er hatte sich schon am späten Vormittag zum Arbeiten in sein Schlafkämmerchen zurückgezogen, in dem ein großer runder Tisch steht. Nach einer Weile hatte er sogar das Gefühl, die Arbeit gehe hier besser voran.

Er arbeitete – mit den gewohnten Unterbrechungen – an einer Übersetzung aus dem Italienischen bis gegen 22 Uhr. Danach ging er auf ein Bier ins »Gasthaus zur Mitte«, zwei Dörfer weiter. Er mußte sich zwingen, noch auszugehen, und ging absichtlich nicht in die nähergelegene Gaststätte »Zur schönen Aussicht«, denn er war sicher, daß der Besuch der zwei Kriminalbeamten sich in den Dörfern bereits herumgesprochen hatte.

Das Lokal war fast leer, nur an der Theke saßen drei Einheimische und die beiden Beamten. Er setzte sich an einen Tisch und versuchte, nicht zur Theke zu schauen. Zuweilen schnappte er einige Worte auf, und sofort mußte er hinsehen, in der Hoffnung, dadurch etwas mehr zu verstehen. Er hatte den Eindruck, den älteren der beiden Beamten zu kennen. Erst jetzt fiel ihm auf, daß er sie nicht nach ihren Namen und Dienstausweisen gefragt hatte.

Es war kein Zweifel möglich: Der ältere Beamte war sein Studienkollege Tönnske, mit dem er 1961 in München vor der ersten juristischen Staatsprüfung beim Repetitor in der Adalbertstraße gesessen hatte.

Tönnske, der damals Staatsanwalt werden wollte. Jetzt war er also bei der Kriminalpolizei gelandet. Wahrscheinlich durchs

Staatsexamen gefallen. Die Entdeckung erleichterte ihn. Dann waren sie praktisch Kollegen. Er stand auf und reichte der Wirtin sein Bierglas. Nochmal voll? fragte sie.

Buchonia nickte. Er spürte einen krampfartigen Druck in der Herzgegend und hinter dem Brustbein, der sich gegen die Kehle schob und fast bis in die Rachenhöhle reichte.

Ah, da ist ja unser freundlicher Gastgeber, sagte Tönnske. Hast du mich endlich erkannt?

Buchonia nickte und lächelte verbindlich zur Decke über seinem Bett. Wenn ihn jetzt eine der verantwortlichen Persönlichkeiten im Amt für Befragungswesen gesehen hätte, wie er in aufrichtiger Freundschaft mit seinem Studienkollegen Tönnske über die alten Zeiten in Schwabing sprach, wäre jeder vernünftige Zweifel an seinem guten Gewissen ausgeräumt gewesen.

Er, Fritz, hätte genausogut durchs Examen fallen und bei der Kriminalpolizei landen können. Dann würde er heute in den Schubladen anderer Leute schnüffeln, und Tönnske wäre der Betroffene. Er wußte plötzlich auch, wie der andere Beamte hieß, obwohl sie sich nicht vorgestellt hatten.

Sein Name war Kalbfuß. Aber während Fritz noch angestrengt nachdachte, woher er den Namen kannte, verblaßte das Bild in der Kneipe, verschwand das etwas aufgeschwemmte Gesicht des übergewichtigen Tönnske, der ihm eben noch aufmunternd zugeprostet hatte, als wolle er sagen: Nimm's nicht so ernst, Fritz. Wir tun nur unsere Pflicht. Wenn du wüßtest, wer heutzutage alles überprüft wird.

Das unerwartete Verschwinden der beiden Kriminalbeamten verdroß ihn. Gerade jetzt, wo alles sich so gut anließ.

Du bist ein Einfaltspinsel, Fritz, sagte er halblaut. So leicht werden sie es dir nicht machen. Um einen Hausdurchsuchungsbefehl zu bekommen, brauchen sie Verdachtsmomente. Deshalb kommen sie in militärischer Formation das Bunsental herauf, durchsuchen alles und behaupten hinterher, das Beweismaterial für den Hausdurchsuchungsbefehl gefunden zu haben.

Er mußte jetzt wirklich aufstehen und nachschauen.

Er nahm sich nicht die Zeit, seinen Morgenrock überzuziehen, obwohl heute die Nachbarsfrau kam, die Renate beim Hausputz half, und lief zum Fenster.

Das Bunsental war menschenleer wie eh und je. Nur in der Ferne sah man die Dächer der beiden Mühlen, in denen schon längst nicht mehr gemahlen wird. Das Tal sah anders aus, und die Wiesen waren eingezäunt. Im Traum aber waren die Beamten keineswegs in einer Art Hürdenlauf durch das Tal gekommen, und die Panzer hatten auch keine Zäune niedergewalzt.

Zugleich begann die Kirchturmglocke zu läuten. Die Kirche steht unmittelbar neben dem Haus und verdeckt den Herberg ein Stück. Sie läutet morgens um sieben, vormittags um elf und abends um sechs. Schon elf Uhr, dachte er und wandte den Kopf zum Wecker auf dem kleinen Nähtisch, der ihm als Nachttisch dient. Im selben Augenblick bemerkte er, daß nicht die Kirchturmglocke läutete, sondern der Wecker.

Er wachte auf. Es war alles ein Traum: daß sie kamen und daß sie nicht kamen, daß sie eine ganze Kompanie mobilisierten und daß sie nur zwei freundliche Beamte in Zivil schickten, die vorher anriefen und von denen einer sein Studienkollege Tönnske war, während der andere schon durch seinen Namen, Kalbfuß, verriet, daß er nicht viel im Kopf hatte.

Er erinnerte sich jetzt deutlich an Tönnske, während vom Südosten ein Hubschrauber kam, über den Herberg flog und in nördlicher Richtung verschwand. Das war nicht ungewöhnlich und geschieht fast täglich. In den Abendstunden würde der Hubschrauber die gleiche Strecke in südöstlicher Richtung fliegen, wahrscheinlich wegen der Grenze zur DDR, die hier etwa vierzig Kilometer entfernt ist.

Nur einige Zufälle hatten verhindert, daß Tönnske sich nicht so entwickelte wie er und er sich nicht wie Tönnske.

Es war kein vernünftiger Zweifel möglich. Seine Träume spielten auf eine Reihe von Vorfällen an, die sich in den letzten Jahren ereignet hatten. Der Fritz Buchonia von damals hätte nie im Traum befürchtet, das Opfer einer Hausdurchsuchung zu werden. Das Recht schützte unerschütterlich die Guten und bestrafte die Bösen, egal, ob einer gut oder böse war.

Nie wären ihm Zweifel an der Gerechtigkeit der Gerechtigkeit gekommen. Sie war die große Mutter. Die Amtsstuben und Gänge des Kammergerichts, an dem er als Referendar tätig gewesen war, und die riesige Halle des Kriminalgerichts, in dem er in kleineren Verfahren manchmal die Anklage vertreten hatte, waren ein Uterus. Die Aktenstöße auf den Tischen bedeuteten die Geborgenheit, ohne die der Mensch an sich selber verzweifelt.

Die Bratkartoffeln, die es in der Kantine zu Sülze, Wiener Schnitzel und Fischfilet gab, waren zwar meist etwas fett, sorgten aber für eine angenehme Schläfrigkeit, die die halbdunklen Nachmittage schneller vergehen ließ. Gegen Ende des Monats war immer ein Geldbetrag auf dem Gehaltskonto, der zwar nicht ausreichte, aber einen sicheren Grundstock bildete, und den Rest verdiente er mit dem Schreiben.

Er betrachtete das leere Bett seiner Frau. Sie war also schon in der Küche und kochte Kaffee. Er mochte es nicht, wenn der Kaffee fertig war, bevor er einige Dinge erledigt hatte, die seiner Ansicht nach keinen Aufschub duldeten: die Asche aus den Öfen in seinem Arbeitsraum und in der Küche kratzen und in die Scheune bringen, die Öfen anheizen, Holz und Kohlen aus der Scheune holen, in der Waschküche einen Eimer Wasser für die Stallhasen und Schafe abfüllen, in der Scheune einen großen Eimer im Verhältnis sechs zu drei mit getrockneten Zuckerrübenschnitzeln und Hafer mischen, hinüber zum Schafstall gehen, und so, im Gefühl, die drängendsten Probleme des Vormittags gelöst zu haben, sich in Ruhe an den Kaffeetisch zu setzen.

Mißmutig schlich er zurück in sein Schlafzimmer und begann sich anzukleiden, wobei er sich, wie so oft, einbildete, vom Herberg aus beobachtet zu werden.

Auch nach dieser Seite hin fällt der Hügel tief ab, so daß die Talsohle nicht sichtbar ist. Jenseits des schmalen Tales steht der Herberg mit den Fichten, vor denen die Hubschrauber hin-

und herfliegen. Der obere Teil des Berges ist kahl. Manchmal beobachtete Fritz dort ein einsames Pferd, das ein Bauer angepflockt hatte, denn es rührte sich nicht von der Stelle, oder er schaute einem Schlepper beim Pflügen zu. Er stellte sich dann vor, die Felder auf dem Herberg gehörten ihm und er könnte seine Taglöhner bei der Arbeit beobachten.

Auch wenn er im Herbst jeden Vormittag eine gute Stunde lang vor dem Haus stand und das Holz für den Winter spaltete, fühlte er sich vom Herberg aus beobachtet. Sobald ihn dieser Gedanke befiel, änderte er seine Bewegungen und seinen Gesichtsausdruck, zerteilte das Holz schneller und geschickter als sonst, um seinen Beobachtern zu imponieren, richtete sich zuweilen auf, die Axt über die Schulter gelegt, wie eine Statue, und präsentierte dem Herberg die schmalen Schultern, die ihm in solchen Augenblicken breiter vorkamen. Beim Hacken nahm er mit Absicht nur solche Holzstücke zur Hand, die zwar schwierig aussahen, denen er aber mit geübtem Holzhackerblick ansah, daß sie mit höchstens zwei kräftigen Hieben zu spalten waren, und selbst an kühlen Tagen legte er die Jacke und manchmal sogar das Oberhemd ab, so daß er, leise schnaufend, da er die schnelle Arbeit nicht gewöhnt war, nur im Unterhemd stand und eine Erkältung riskierte, um sich dem Spähtrupp als Naturbursche darzustellen. Zu Gesicht bekam er niemand.

Derselbe Vorgang wiederholte sich auch an diesem Morgen, weil sein Traum den Verdacht, auch bei den belanglosesten Verrichtungen überwacht zu werden, verstärkt hatte. Wie üblich drückten seine fünf Schafe von innen gegen die Stalltür, kaum daß er den Riegel zurückgeschoben hatte, und drängten hinaus.

Sofort präsentierte er sich seinem Publikum, das ihn allerdings nur sehen konnte, wenn es auch mit Feldstechern bewaffnet war, als guter Hirte.

Er trieb die Schafe durch leichte Schläge mit einer Gerte erst in die eine Ecke des Gartens, dann in die andere, und entschloß sich kurzerhand, ein kleines Streckenhüten vorzuführen. Zu dem Zweck bugsierte er die Tiere durch ein kaum sichtbares Loch in der Hecke, trieb sie quer über die Straße, den Abhang hinab bis vors Haus und posierte samt Anwesen einige Minuten mit Gesicht zum Herberg im Kreise seiner Herde.

Später versuchte er noch ein Zusätzliches, nahm einen Eimer und ging ins Haus, in der Hoffnung, die Schafe könnten glauben, in dem Eimer sei Hafer, und würden ihm folgen. Eine solche Dressurleistung müßte auf die Staatsschützer Eindruck machen. Aber die Schafe blieben nur dumm vor der Treppe stehen und blökten, weil sie glaubten, in dem Eimer sei tatsächlich Hafer. Etwas enttäuscht trieb er sie zurück, verriegelte den Stall und setzte sich hinter den Kaffeetisch, in Erwartung der Post.

Diese Erwartung hatte Ähnlichkeit mit der Hoffnung auf eine überirdische Erscheinung. Brachte die Postfrau nur zwei oder drei Briefe und die üblichen Zeitungen und Druckschriften, so hätte der Tag nicht zu beginnen brauchen. Postberge, die Frau Vegesack auf dem kleinen, niedrigen Servierwagen neben dem Küchentisch aufzutürmen pflegte, erzeugten dagegen kurzfristige Euphorien, wie sonst nur das Schreiben, wenn er einen guten Einfall zu haben glaubte.

So verging der Vormittag zumeist mit Tätigkeiten, die zwar einen gewissen Sinn ergaben, im wesentlichen aber den Eindruck verwischen sollten, er sei vor dem Mittagessen unfähig zu arbeiten. An diesem Tag glaubte er, es sei nötig, in den Lebensmittelladen im Nachbardorf zu fahren, um ein Stück Ofenrohr zu holen, tatsächlich aber wollte er hören, ob die Leute in den umliegenden Dörfern schon von dem Ermittlungsverfahren gegen ihn wußten und was darüber geredet wurde.

Er hatte am Tag zuvor ein etwas rätselhaftes Schriftstück erhalten. Es stammte von einer Justizbehörde, war jedoch nicht an ihn gerichtet. Irgend jemand schickte ihm aus Gründen, die er nicht kannte, die Fotokopie eines Schreibens. Darin teilte der Untersuchungsrichter des Obersten Gerichtshofes einem Buchonia unbekannten Adressaten mit, er habe angeordnet, ein Schreiben von der Aushändigung an einen Inhaftierten auszuschließen.

Dem Tenor und den Gründen der Anordnung konnte Fritz entnehmen, daß der unbekannte Absender dem unbekannten Beschuldigten die Kopie eines Briefes übersandt hatte, den Fritz einige Wochen zuvor an etwa vierzig Schriftsteller versandt hatte. Mit diesem Brief hatte er versucht, seine Kollegen über die Haftbedingungen einer Gruppe Gefangener zu unterrichten, die einen Hungerstreik machten, um eine Verbesserung ihrer Haft zu erreichen.

Allerdings ergab sich aus der Anordnung nicht, daß dieser Brief bei Gericht Anstoß erregt hätte. Moniert wurde lediglich eine Erklärung der streikenden Gefangenen, die Buchonia seinem Rundschreiben beigefügt hatte und in der sie ausführlich ihre Lage schilderten. Mit einiger Verwirrung las er, daß diese nicht von ihm stammende Anlage eine Gewaltaufforderung enthalte.

Er erinnerte sich im einzelnen weder an sein Rundschreiben noch an die fragliche Anlage und begann deshalb, die Papierberge in seinem Archiv zu durchsuchen. Wie üblich geriet er dabei in Erregung, lehnte es ab, seiner Frau ordentlich zu antworten, die ihn fragte, was sie heute kochen solle, und warf auch einen seiner Söhne hinaus.

Als er die Papiere nach etwa einer Stunde gefunden hatte, stellte er zu seiner Verwunderung fest, daß die Erklärung der Gefangenen einen Schlußsatz enthielt, den ein böswilliger Leser tatsächlich für eine strafbare Äußerung halten konnte.

Er ärgerte sich, daß er diesem Satz seinerzeit keine Bedeutung beigemessen hatte. Du kennst doch die Mentalität der Staatsanwälte, sagte er sich. Sie fühlen sich schon zur Begehung von Gewalttätigkeiten aufgefordert, wenn unsereins noch dem scheinbar nichtssagenden Klang der Worte nachhängt.

Niemand ist so leicht zur Begehung von Straftaten aufzufordern wie Amtspersonen, vor allem aber Polizeibeamte und Staatsanwälte. Besondere Aufregung rief das merkwürdige Schriftstück in ihm nicht hervor. Was ihn störte, waren lediglich zwei Sätze der Anordnung. Der erste lautete: Sollte das Schreiben des Buchonia für ein Strafverfahren nicht mehr benötigt werden, so ist es zur Habe des Beschuldigten zu nehmen. Der zweite lautete: Schon wegen der Gewaltaufforderung in dem Schreiben des Buchonia kommt eine Aushändigung an den Beschuldigten nicht in Betracht.

Er ließ deshalb – wie üblich in solchen Fällen – alles stehn und liegen, vergaß sogar, den Kaffee in die Ofenröhre zu schieben, kümmerte sich nicht um die blökenden Schafe, die den Morgen noch nicht gefüttert waren, dachte eben noch daran, das Badewasser abzustellen, und setzte sich gleich hinter die kalte Schreibmaschine.

In Ihrer Anordnung vom 23. Mai 1977 belieben Sie zweimal mich als »der Buchonia« zu titulieren, wenngleich in grammatikalisch anderer Form. In Anbetracht der Sinnlosigkeit Ihrer Anordnung, jedenfalls soweit sie mich betrifft, brauche ich Ihnen deshalb nur eines zu sagen: Für Sie bin ich immer noch Herr Buchonia oder, um genau zu sein, Herr Rechtsanwalt Buchonia.

Danach erledigte er mit einer gewissen Eile seine Obliegenheiten, die ihm jeden Morgen oblagen, und fuhr ins Nachbardorf.

Kurz hinter dem Ortsschild passierte er den Wiesenweg, der auf den Herberg führt, und wandte kurz den Kopf, um nachzusehen, ob sich hinter der Hecke ein ortsfremdes Kraftfahrzeug in Bewegung setzte, um ihn zu verfolgen. Aber wie gewöhnlich blieb die Straße hinter ihm leer.

Im Lebensmittelladen verbrachte er längere Zeit zwischen den Regalen, um zu hören, wie sich die Ladenbesitzerin mit ihren Kundinnen unterhielt. Leider sprachen sie nicht über sein Ermittlungsverfahren, so als hätten sie noch nichts davon gehört.

Nach dem Mittagessen ging er endlich an seine Arbeit. Er korrigierte zunächst die Seiten, die er bereits übersetzt hatte, während Tönnske und Kalbfuß sein »Archiv« überprüften. Zwischendurch ging er hinauf ins Zimmer seiner Frau, wo die Wörterbücher und Synonymlexika stehen.

Es dämmerte bereits, als er bei einer dieser Gelegenheiten

aus dem Giebelfenster schaute. Unten, auf der Straße, die sein Grundstück vom ehemaligen Pfarrgarten trennt, fuhren in mäßiger Geschwindigkeit Polizei- und Grenzschutzfahrzeuge ins Dorf. Der Konvoi bestand aus einer Funkstreife, zwei Mannschaftswagen und zwei Privatfahrzeugen.

Mach dich verrückt, sagte er halblaut und kehrte an seinen Schreibtisch zurück, war jedoch unfähig, weiterzuarbeiten. Er ging deshalb hinaus und überlegte, womit er sich ablenken könne. Sein Blick fiel auf die Hasenställe. Er hatte einen der Ställe gemistet, als Klaus Brell, ein Junge aus der Nachbarschaft, die steile Gasse heraufkam. Stellen Sie sich vor, Herr Buchonia, sagte er atemlos, unten bei Schreiners ist die Polizei.

Das junge, kinderlose Paar, das seit einigen Monaten in dem Haus wohnt und es angeblich gekauft hat, heißt Fiebig, wird aber Schreiners genannt. Die Namen der Leute richten sich nach den Häusern, deren Namen seit Generationen gleich lauten. Angeblich gehörte das Haus um die Jahrhundertwende einem Kleinbauern und Sargtischler namens Schreiner.

So, sagte Fritz, scheinbar desinteressiert. Und was wollen die?

Das weiß ich nicht, antwortete der Junge. War denn keiner zu Hause? fragte Fritz und bemühte sich, seine Aufregung zu verbergen. Er war sicher, daß die Beamten sich in der Adresse geirrt hatten. Doch, sagte Brell. Sie blieben etwa zehn Minuten drin. Dann kamen einige mit der jungen Frau heraus und fuhren davon; die anderen sind noch da unten.

Nun, meinte Fritz, eine Hausdurchsuchung ist eigentlich nichts Außergewöhnliches. Wir leben in einer unruhigen Zeit, und die Polizei tut nur ihre Pflicht. Du liest sicher auch die Zeitung und schaust die Nachrichten im Fernsehen. Dann wirst du wissen, daß solche Maßnahmen an der Tagesordnung sind. Ja, das ist schlimm, sagte der junge Brell und blickte auf seine Fußspitzen, als habe Buchonia ihm eine Moralpredigt gehalten.

Herr und Frau Buchonia saßen an diesem Tag das erstemal draußen im Garten, wo Fritz unter einem Baum, der eine Kuppel bildet, aus Sandsteinplatten eine Sitzfläche gemauert hatte, die bis an die mittelalterliche Friedhofsmauer reicht.

Fritz war gleich nach dem Misten der Hasenställe auf ein Bier in die Gaststätte »Zur schönen Aussicht« gefahren, um zu hören, ob es Neuigkeiten gebe. An der Theke standen wie üblich sechs oder acht junge Männer. Während in Crauspers das Schreinersche Haus durchsucht wurde, hatten Razzien auch in anderen Dörfern des Landkreises stattgefunden. Die einhellige Meinung war, daß diese Maßnahmen auf ein Attentat zurückgingen, das am Vortage in der Nähe von Frankfurt verübt worden war.

Allenthalben tauchte die Polizei mit Schnellfeuergewehren und in Kampfanzügen auf, umstellte die Häuser, riegelte die Ortszugänge ab und brach die Haustüren auf, ohne zu fragen, ob freiwillig geöffnet würde.

Über die Gründe konnten die Kneipenbesucher zugegebenerweise nur spekulieren. Ein Mann in einem Nachbardorf habe sich verdächtig gemacht, weil er Rundfunkreporter sei und in einer Sendung Kritik an einem Strafprozeß geübt habe, hieß es.

In einem Dorf etwa zwanzig Kilometer entfernt habe schon die zweite Durchsuchung in diesem Jahr stattgefunden. Hierfür gab es zwei Versionen. Die eine lautete, der neue Hauseigentümer habe vor einigen Jahren mit einem Menschen gewohnt, der später Anarchist geworden, allerdings schon vor drei Jahren in einer Haftanstalt verhungert sei. Die andere besagte, die Häuser seien nur deshalb durchsucht worden, weil sie in den letzten Monaten den Besitzer gewechselt hätten.

Über die Vorfälle in Crauspers gab es zwei Versionen. Die Ehefrau des neuen Hauseigentümers sei eine Cousine zweiten Grades oder die ehemalige Klassenkameradin einer jungen Frau, die seit über fünf Jahren im Gefängnis sitze. Möglicherweise sei die Durchsuchung jedoch deshalb erfolgt, weil am Wochenende zuweilen ortsfremde Fahrzeuge vor dem Schreinerschen Hause parkten.

Jemand bestritt, daß die Cousine oder Klassenkameradin der Grund sein könne. In der Kreisstadt gebe es einen verheirateten Onkel der fraglichen Terroristin und folglich eine Anzahl

Cousins und Cousinen. Ob jemand vielleicht gehört habe, daß auch diese Familie überprüft worden sei?

Einem der jungen Männer war Schreiner, der in Wirklichkeit Fiebig hieß, schon anderweitig aufgefallen. Eines Morgens um sechs sei der Schreiner aus einem Feldweg unten im Fuldatal heraufgekommen. Das sei doch merkwürdig. Es sei auch falsch, wenn in den Dörfern erzählt werde, der Schreiner arbeite als Schriftsetzer in einem graphischen Betrieb im Werratal. Er nämlich habe einen Bekannten, der in demselben Betrieb tätig sei und keinen Schreiner kenne.

Ein anderer widersprach dieser Behauptung. Er wisse positiv, daß Fiebig monatlich sein Gehalt von eben derselben Firma per Post überwiesen bekomme. Er hätte die Äußerung besser unterlassen. Ob er schon einmal von einer Gehaltszahlung per Post gehört habe?

So blieben als konkrete Verdachtsmomente nur die ortsfremden Wagen, die zuweilen am Sonntagnachmittag vor dem Hause parkten, und die Frau, die möglicherweise nicht mit Fiebig verheiratet war und eventuell eine Cousine hatte.

Fritz hatte während der ganzen Zeit das Gefühl, die Männer an der Theke unterhielten sich nur deshalb über die Hausdurchsuchungen, weil er dabei war, und warteten darauf, daß er zu den Vorgängen Stellung nehme. Zu anderer Zeit hätte er die Gelegenheit ergriffen, um ihnen einen Exkurs über rechtsstaatliche Prinzipien und demokratischen Bürgersinn zu halten.

Aber heute fühlte er sich nicht in der Lage dazu. Er hätte zugeben müssen, daß er sich für die Verbesserung der Haftbedingungen von Gefangenen eingesetzt hatte. Dies zu erklären ging momentan über seine Kräfte. Wie sehr er jedoch schon im Verdacht stand, an den Umtrieben der verbrecherischen Elemente beteiligt zu sein, von deren mutmaßlichen Absichten und Handlungen die Zeitungen voll waren, mußte er zwei Stunden später einsehen.

Er saß mit seiner Frau unter dem Kuppelbaum, der angeblich eine Trauerulme ist, und trank Wein, den er von seiner letzten Reise aus Italien mitgebracht hatte, als hinter der ehemaligen Friedhofsmauer eine Frauenstimme rief: So kann man's aushalten. Fritz hörte Schritte im Rasen, dann kamen zwei Frauen in den Lichtkreis. Guten Abend auch, sagte Frau Hildebrand, deren Mann bei einer kleinen Baufirma als Zimmerpolier arbeitet. Die andere Frau kannte Fritz nur flüchtig. Wollen Sie sich nicht setzen, sagte Frau Buchonia. Trinken Sie ein Gläschen Rotwein.

Warum waren sie eigentlich nicht bei Euch? fragte Frau Hildebrand statt einer Antwort. Sie stellte die Frage ganz heiter, als wäre es selbstverständlich, daß zuerst bei Buchonias eine Hausdurchsuchung stattfand, wenn überhaupt, und als beabsichtige niemand im Dorf, der Familie Buchonia deswegen Vorhaltungen zu machen.

Wir dachten auch schon, die hätten sich in der Adresse geirrt, antwortete Frau Buchonia ebenso gutgelaunt. Frau Hildebrand war jetzt ernsthaft. Nein, das nicht, sagte sie. Die wollten wirklich zu Schreiners. Mein Mann hat hinterher mit dem Mann geredet.

Frau Buchonia wurde nun ebenfalls ernsthafter und sagte: Bei uns gibts sowieso nichts zu finden.

Fritz schlief abermals schlecht diese Nacht und träumte viel. Jemand durchstöberte das Haus, während seine Frau und die zwei halbwüchsigen Söhne den Schlaf der Gerechten schliefen. Buchonia wußte, es war Kalbfuß. Kalbfuß hatte einen Nachschlüssel für die Waschküchentür, rumpelte im Schweinestall, rückte Möbel in Buchonias Arbeitszimmer, stieß im Archiv versehentlich einen Stapel alte Zeitungen um, die Buchonia aufbewahrte, weil sie Berichte über einen Prozeß enthielten, und machte sich auch auf dem Boden zu schaffen.

Schließlich hantierte Kalbfuß im Nebenzimmer, in dem einer der Söhne schlief. Fritz stand auf, tastete sich verschlafen durch den Flur und fand die Tür weit geöffnet. In dem Raum war es taghell. Erst jetzt bemerkte er, daß es auch im Flur hell war. Die Jungen waren längst in der Schule, und er hatte geglaubt, daß es kurz nach Mitternacht sei.

Fritz wollte gerade ins Bett zurück, als er den Mann bemerkte, der vor dem Wäscheschrank stand und in Renates Unterwäsche wühlte.

Der Mann trug Hose, Jacke, Schlips, Hemd und Schuhe aus dem Warenhaus, wie man es von einem deutschen Kriminalbeamten erwarten konnte, und hatte auch eine Hornbrille auf, wie Buchonia sie in seiner Schul- und Studienzeit getragen hatte. Sein Haar war ordentlich lang gewachsen, bis weit über den Kragen, wie es heute in staatstragenden Kreisen als Abzeichen für aufgeklärte Toleranz gilt. Er trug auch den entsprechenden Schnauzbart, mit dessen Hilfe er genausogut als Junglyriker und loyaler Staatsfeind wie als jungverheirateter Kriminalassistent durchgehen konnte, der seine Pflicht zum Ungehorsam gegen den Staat dadurch absolviert, daß er sich Überstunden gegenzeichnen läßt, die er nicht geleistet hat, und so wochenlang pflichtgemäß dem Dienst fernbleibt.

Was Buchonia verwunderte, war das Damenhöschen, das Kriminalassistent Kalbfuß über der Gabardinehose trug; denn es war tatsächlich Kalbfuß, den Fritz erblickte. Kalbfuß schickte sich gerade an, ein zweites Höschen über das erste zu ziehen, das er bereits trug, danach ein drittes und so fort, bis er etwa zehn Damenunterhosen übereinandergezogen hatte, wobei er auf eine seinem Seelenzustand entsprechende farbliche Abstimmung der Höschen zu achten schien.

Fritz glaubte schon aufgrund der farblichen Abfolge der Höschen schließen zu können, daß Kriminalassistent Kalbfuß immer weniger in Erregung geriet und die letzten Höschen nur noch überzog, weil er einmal damit angefangen hatte und weil es praktisch zu seinem Beruf gehörte.

Jedenfalls griff Kalbfuß plötzlich in den Saum der zehn übereinandersitzenden Damenhöschen, rollte sie nach unten über seine Hüften und weiter die Beine herab, so daß er zum Schluß eine Art Damenschlüpferwurst in der Hand hielt, die er mit derselben Abneigung betrachtete wie einen Mann, den man morgens im Bett vorfindet, ohne ihn näher zu kennen.

Rasch zog Fritz sich in sein Schlafzimmer zurück und stellte sich schlafend. Er wachte auf, weil seine Frau an seinem Bett stand und schimpfte. Sie wies einen dicken Lappen vor und erklärte, jemand habe alle ihre Unterhosen ineinandergesteckt und in einer Ecke ihres Arbeitszimmers versteckt. Ob er, Buchonia, sich das erklären könne.

Fritz wollte soeben antworten, als ihre Stimme in ein Klingeln überging, das wie ein Wecker klang. Mühsam drehte er den Kopf auf die Seite, um zu schauen, wie spät es sei. Im Erwachen erkannte er, daß nicht sein Wecker klingelte, sondern die Kirchturmglocke läutete. Schon elf Uhr, dachte er. Ich muß noch einmal eingeschlafen sein.

2. KAPITEL

Die Vorladung

Beim Aufräumen der Zeitungen, die sich auf der Küchenbank häuften, fand Fritz Buchonia die Vorladung in einem graugelben Briefumschlag mit Sichtfenster und maschineller Frankierung, dem man seine behördliche Herkunft schon von weitem ansah. Er war nicht unfroh darüber, denn viele Beschuldigte erfahren jahrelang nicht oder nie, wenn gegen sie ein Ermittlungsverfahren eingeleitet wird.

Der Brief war schlicht wie alle Justizschreiben, ohne an der Gewalt der Behörde den geringsten Zweifel zu lassen. Man hat zu kommen, wenn die Justiz ruft, so absurd die Vorwürfe auch sein mögen. Zugleich war ihm aufgegeben, alle Schriftstücke mitzubringen, die zu seiner Entlastung dienen konnten. Auch das ist typisch. Es genügt, daß man beschuldigt wird, und schon hat man sich zu entlasten.

Dennoch war Buchonia entschlossen, hinzugehen. Ein vernünftiges Gespräch bewirkt oft Wunder, sagte er sich. Er überlegte, ob er den Staatsanwalt anrufen sollte, um ihm mitzuteilen, daß er zu der Vernehmung kommen werde, verwarf die Idee aber wieder. Das hätte so ausgesehen, als wolle er sich einschmeicheln.

Das Telefon läutete. Er hob ab, doch es meldete sich niemand. Diese Drecksäcke, sagte er leise. Bestimmt wollen sie überprüfen, ob ich noch da bin. Du sprichst mit dir selbst, sagte seine Frau, ohne von ihrer Zeitung aufzuschauen.

Ich weiß, sagte er aufgebracht. Aber ich muß die Bedeutung einiger Sätze kontrollieren, und das kann ich nur, wenn ich sie höre. Es ärgerte ihn, daß sie ihn belauscht hatte. Dann sprich mit mir, sagte sie. Das ging nicht. Viele Dinge, die er für wirklich hielt, konnte er nur erzählen, indem er sie unglaubwürdig machte.

Stell dir vor, sagte er zum Beispiel. Als ich heute morgen aufs

Klo wollte, saß ein Mann drauf, und obwohl ich sicher war, ihn noch niemals gesehen zu haben, war ich überzeugt, seinen Namen zu kennen. Ob du's glaubst oder nicht, er hieß Kalbfuß.

Beruhige dich, könnte seine Frau dann sagen. Wir hatten tatsächlich Besuch, während du noch im Bett lagst, aber er hieß Schmalkuss. Du wirst seinen Namen durch die Tür gehört haben, als ich ihn danach frug. Er hat übrigens unser Klo tatsächlich benutzt. Die Heizungsfirma hat ihn geschickt.

Derartige Auskünfte deprimierten ihn. Er bildete sich etwas ein, und dann wurde es Wirklichkeit. Das Telefon klingelte abermals. Der Redakteur einer Rundfunkanstalt meldete sich, um ihn zu einer Diskussion nach Köln einzuladen.

Wir haben lange überlegt, wen wir einladen können, und sind zu dem Ergebnis gekommen, daß niemand kompetenter ist, die Sache der freiberuflichen Schriftsteller in dieser wichtigen Frage zu vertreten, sagte der Redakteur fast beschwörend. Buchonia schloß daraus, daß er schon einige Absagen bekommen hatte.

Ich bedaure, nicht teilnehmen zu können, sagte Buchonia, obwohl nicht nur das Honorar von DM 500,– sehr schmeichelhaft für mich ist. Er war sicher, daß der Redakteur jetzt überlegte, wen er statt seiner anrufen könnte, und sich vielleicht schon vornahm, ihn in Zukunft nicht mehr einzuladen. Nun, vielleicht beim nächsten Mal, sagte der Redakteur. Gewiß, sagte Fritz. Zu einem anderen Termin bin ich gerne bereit. Momentan hab ich wirklich zuviel im Kopf. Er mußte erst das Verhör hinter sich bringen, um wieder denken zu können.

Der Tag vor der Vernehmung endete wie üblich. Immer, wenn er am nächsten Morgen früh aufstehen mußte, landete er am Vorabend in einer Gaststätte. Er nahm sich zwar vor, nur zwei oder drei Bier zu trinken, aber als er gerade gehen wollte, gab jemand eine Thekenrunde, hierauf ein anderer, dann der dritte, bis Fritz nichts übrig blieb, als ebenfalls einen auszugeben, und der Wirt schließlich die Gläser unter den Bierhahn stellte und seufzend sagte: Na, dann will ich uns auch mal eine Runde einmachen.

Fritz fuhr gegen drei Uhr früh schlingernd heim, ohne auf das Fahrzeug zu achten, das mit abgeblendeten Scheinwerfern im Wiesenweg stand, holte eine Seite fetten Speck aus der Wurstekammer und schlug sich den Bauch voll. Während des Schlafs wachte er mehrmals auf und schaute auf die Uhr, ab sechs lag er wach, aus Angst, den Wecker zu überhören, und erst kurz vor dem Aufstehen fiel er in tiefen Schlaf. Mit diesem Körper konnte er nur Unheil anrichten.

Als er gegen acht Uhr das Haus verließ, hatte er das Gefühl, gegen eine Wand zu prallen. Es war dunstig, und die Sonne schien blaß und verschleiert wie vor einem Erdbeben oder Sandsturm. Die feuchte Hitze drang sofort durch die Kleider. Er begann zu schwitzen und bemerkte, daß er falsch angezogen war.

Wie immer, wenn er einen guten Eindruck machen wollte, hatte er den Nadelstreifen an, den er zum Scherz seinen »Mafia-Anzug« nannte, da er ihn vor Jahren in Palermo gekauft hatte. Er trug den Anzug ungern, denn der rauhe Wollstoff kratzte ihn spätestens nach einer halben Stunde entsetzlich.

Auch das Wetter schien ungehörig. Vermutlich war es ziemlich normal und löste in ihm nur diese Empfindungen aus, weil er einige Romane gelesen hatte, in denen die Witterung der Gemütslage des Helden entsprach.

Auf dem Wege zu seinem Haus kam ihm der alte Herweg entgegen, und oben, auf der Dorfstraße, die von den Einwohnern scherzhaft Kaiser-Wilhelm-Gedächtnis-Allee genannt wird, schob der alte Bethe wie jeden Morgen seine Milchkannen mühsam den Berg hinauf. Es war Fritz peinlich, daß sie ihn sehen konnten, wie er nervös und eilig zu seinem Wagen lief, obwohl Herweg und Bethe kaum noch unter Leute kommen und mit Sicherheit keine Gerüchte in die Welt setzen.

Am Stadtrand von K. stellte Fritz seinen Wagen ab und nahm ein Taxi. Er war außerstande, weiterzufahren in diesem grauenhaft juckenden Anzug, und fühlte sich einem Kreislaufkollaps nahe. Außerdem hatte er die Vorladung zu Hause vergessen und wußte nicht, wo das Gericht sich befand.

Das Haus, vor dem das Taxi hielt, war ein zehnstöckiges Gebäude, von außen wie ein Badezimmer mit Kacheln verkleidet und mit einem gewaltigen, freischwebenden Vordach über der Eingangshalle, das wie eine riesige Klappe wirkte, die jederzeit hinter einem zufallen konnte.

Auch im Inneren war das Gebäude kein Gericht. Es sah eher aus wie die Hauptverwaltung eines Wirtschaftsunternehmens. Da Fritz nicht wußte, wie der Beamte hieß, an den er sich wenden sollte, und sich auch nicht an die Zimmernummer erinnerte, lief er ziellos durch die Gänge, in der Hoffnung, einen Hinweis zu finden.

Einige Zimmertüren standen offen. Sekretärinnen schrieben Briefe, und es hätten genausogut Auftragsbestätigungen, Mahnungen und freundliche Anschreiben zur Aufrechterhaltung von Geschäftsbeziehungen sein können, die sie tippten.

Männer jeden Alters telefonierten, als ginge es um den Ankauf einer größeren Menge Kupfer oder Bananen in Südamerika. Andere saßen über Akten gebeugt, verfolgten die Seiten mit dem Finger und schienen Kosten und Profit des Unternehmens gegeneinander aufzurechnen.

Fritz kam die Justiz mit einem Mal tatsächlich wie ein gewaltiges Unternehmen vor: Viele hundert Gerichte müssen täglich mit Material beliefert, einige tausend Polizeibeamte ausgeschickt werden, um die geeigneten Personen zu suchen. Wieviel Mühe erfordert das: Rückfragen, Anfragen, Karteiüberprüfungen, Computerauswertungen, Aktenanforderungen, Vernehmungen, Zeugenaussagen, Beweissicherungen etc. pp., bis die Menschen endlich einem Gericht zugeführt werden können.

Jeder Staatsfeind gab schon im Vorfeld der Fahndung einigen Dutzend Staatsschutzbediensteten Arbeit und Brot, und es gibt einige tausend Staatsfeinde, die jeweils von vier, sechs oder gar acht Fahrzeugen betreut werden, wenn sie ausfahren. In jedem Fahrzeug sitzen zwei Beamte, die abgelöst werden müssen, wenn sie ermüden, nicht gerechnet die Beamten, die den Peilsender unter dem Fahrzeug der betreuten Person anbringen, ihre Müllsäcke nach Beweismaterial durchwühlen und die

Personen überprüfen, mit denen die überprüften Personen Kontakt haben.

Wie viele Arbeitsplätze im öffentlichen Dienst werden dadurch geschaffen? Und dennoch sind Polizisten und Staatsanwälte nur die Acquisiteure, die die Menschen heranschaffen, und die Richter dienen nur dazu, den hoheitlichen Akt zu formulieren, der erforderlich ist, um über die Bürger und ihre Verhältnisse zu verfügen, wodurch noch sehr viel mehr Beschäftigte der Rechtspflege eine sinnvolle Aufgabe finden. Zahlreiche Privatbetriebe sind von der Arbeit der Gefangenen in den Betrieben der Strafanstalten abhängig und damit von Arbeitskräften, deren Lohn so niedrig ist, daß schon ein Viertklässler den Wochenlohn eines arbeitenden Strafgefangenen als Taschengeld ablehnen würde.

Was da erwirtschaftet wird. Das muß alles verwaltet werden, dachte Buchonia.

Aufgrund dieser Erwägungen erschienen ihm die Personen in anderem Licht, die in den Gängen vor verschlossenen Türen auf langen Bänken warteten oder hinter großen Fenstern in riesigen Treppenhäusern standen und traurig hinausschauten.

Einige saßen in sich zusammengesunken, als wären sie bereit, jedes Schicksal über sich ergehen zu lassen. Hier saß eine Frau, die leise weinte und von anderen getröstet wurde. Da warfen sich Zeugen, die unterschiedliche Aussagen zu machen hatten, feindselige Blicke zu. Jede Partei hatte einen gewissen Anhang dabei; Angehörige, Zeugen und Sachverständige, mit denen sie eine Gruppe bildeten. Jeder Augenblick konnte einen Zusammenstoß bringen, und doch war klar, daß beide Gruppen sich bereits dem Diktat der Rechtspflege gebeugt hatten.

In exotischem Gegensatz zu den Leutchen, die hier um das Wetter bangten, standen die Rechtsanwälte, die mit weit offenen, wehenden Roben, ein Aktenstück unter dem Arm, durch die Gänge eilten, als könnten sie fliegen und als hinderten nur die niedrigen Decken sie daran, in die Lüfte zu steigen.

Sie liefen so schnell, daß ihre Klienten ihnen kaum folgen

konnten und immer einige Schritte zurückblieben. Sie sind die Künstler, die Zierde des Unternehmens, dachte Buchonia, was man schon daran erkennt, daß einige von ihnen selbstgebundene Schleifen tragen, andere unter der Robe nachlässig gekleidet sind, als kämen sie gerade aus dem Kartoffelkeller, wieder andere sich dandyhaft geben.

Aber auch diejenigen, die ihre Individualität nicht schon durch ihre Kleidung betonen, geben sich überlegen, als wären sie es, die auf dem Apparat spielen wie auf einer großen Orgel mit vielen Registern.

Wie Puppenspieler führten sie sich auf, als hielten sie die Fäden, an denen die Richter, jung, eifrig und überarbeitet oder alt, phlegmatisch und ungerührt, auf ihren Sesseln thronen, die Staatsanwälte nervös auf- und abspringen, wenn sie den Angeklagten den Ernst ihrer Lage vor Augen halten, weil sie halsstarrig die Wahrheit erzählen, die dem Gericht nicht ins Konzept paßt, während die Justizwachtmeister gelangweilt in der Nase bohren und die Polizeibeamten ihre Zeugenaussagen auswendig lernen, bis sie sie einschließlich der Tippfehler vor Gericht fehlerfrei herunterleiern können.

Freilich waren auch die Anwälte verdächtig in ihrer Geschäftigkeit, mit der sie mehrere Prozesse zugleich führten: eben noch in diesem Saal, wo sie einem Richter nur zwei Sätze hinwarfen, um sich gleich mit kollegialem Nicken zu entfernen, jetzt schon ein Stockwerk höher, wo sie sich von ihrem Büroleiter eine bereits aufgeschlagene Akte reichen ließen und beiläufig auf einen Antrag verwiesen, der sich schon bei den Gerichtsakten befand, in einen dritten Saal hineinplatzten, in dem mehrere Verhandlungen gleichzeitig in vollem Gang waren, und sie mit einem erleichterten »Aha« des Gerichts und des Gegenanwaltes empfangen wurden, während sie andere Anwälte beiseite schoben, die ihre Abwesenheit hatten nutzen wollen, um ebenso rasch und geschickt einen Prozeß durch Übergabe eines neuen Schriftsatzes weiterzubringen, obwohl der Gegenanwalt ebenso beiläufig nur um Einräumung einer Einlassungsfrist gebeten hatte und das ihm soeben in beglaubigter Kopie überreichte Schriftstück mit spitzen Fingern, als ekle er sich davor, in die Handakte gleiten ließ, als ginge es nur darum, dieses Gebäude rasch wieder zu verlassen, das heißt: es durch ihr flüchtiges Erscheinen, ihre hektische Betriebsamkeit, hervorgezauberte Beweisanträge, kurze Bemerkungen, Untervollmachten, amtlich bestellte Vertreter, Referendare und Kollegen mit dem Versprechen, Terminvollmacht nachzureichen, zwar am Leben zu halten, aber selbst möglichst wenig damit zu tun zu haben.

Fritz Buchonia beobachtete diese Lebewesen wie einer, der alles begriffen hat, es aber nicht für wert erachtet, den Gang der Dinge zu ändern. Dann fiel ihm ein, daß er ja selber Anwalt war. Er konnte also selbst in diese Rolle schlüpfen, seinen eigenen Prozeß als den eines Mandanten betrachten, der ihn zwar interessierte, aber persönlich nicht betraf, abgesehen davon, daß angesichts der Schwere und Kompliziertheit des Verfahrens eigentlich eine besondere Honorarvereinbarung erforderlich wäre. Gerade im Hinblick auf einen günstigen Ausgang des Verfahrens mit der Folge der Gebührenerstattung durch die Staatskasse erschien es ihm ratsam, das Verfahren rasch auf eine höhere juristische Ebene zu heben – auf Strafkammer-Niveau etwa – und notfalls alle Rechtsmittel einschließlich Revision und Verfassungsbeschwerde einzulegen.

Aber daran war natürlich nicht zu denken. Er mußte notgedrungen auf nennenswerte Einnahmen aus diesem Verfahren verzichten, denn ihm lag sehr daran, das Verfahren möglichst ohne Publizität abzuwickeln, um seinem Ansehen nicht noch mehr zu schaden.

Immerhin, die Vorteile seines Standes konnte er ausnutzen: Ich bin Rechtsanwalt und komme in der Strafsache Buchonia, Fritz Buchonia. Leider ist mir der Name des Sachbearbeiters entfallen. Oberstaatsanwalt Tönnske oder so ähnlich.

Er hielt es für eine gute Idee, einfach nach Tönnske zu fragen, und beschrieb ihn ausführlich, denn wenn Tönnske in dem Verfahren tatsächlich die Rolle spielte, die ihm zugedacht war, konnte er über ihn an den Staatsanwalt herankommen.

So ein großer Dicker mit einer birnenförmigen Figur, Sie wissen schon, dünne Beine, schmale Schultern, im Hüftbereich und am Bauch ziemlich aufgedunsen, mit einem Eierkopf, Halbglatze und starken Brillengläsern, kein Bart, dafür aber zwei Schmisse in der linken Geheimratsecke. Trägt immer dezente graue Anzüge und Sockenhalter.

Aber so oft er auch fragte, die Stenotypistinnen und Justizsekretäre kannten zwar mehrere Justizbedienstete, die so ähnlich hießen, zum Beispiel Teunski, Teunissen, Döhnchen, Könke, jedoch anders aussahen. Er wurde von Tür zu Tür verwiesen und von Stockwerk zu Stockwerk. Dort saß einer, der Bierfinger hieß, aber »Tönnchen« genannt wurde und ebenfalls eine unmögliche Figur hatte. Hier hockte ein Mensch, der Tönskes großer Bruder hätte sein können, hinter vergilbten Folianten in einem winzigen Büro, hieß aber Winkelacker und war Rechtspfleger beim Grundbuchamt.

Im dritten Stock stieß Fritz Buchonia auf einen glasüberdachten Gang, der in ein älteres Gebäude führte. Der Wechsel von der Modernität des Gerichtsgebäudes zum anheimelnden Gründerstil des Hauses, das er nun betrat, war überraschend. Hier roch alles nach Lysol, Justiz und Behörde. Hier war Rechtsprechung noch in ihrer vertrauten Form möglich: als Herrschaft einer gottgewollten Obrigkeit.

Sie wundern sich über das Nebeneinander so unterschiedlicher Bauformen, nicht wahr? Fritz drehte sich um und stand einem zierlichen, älteren Herrn gegenüber. Er hatte eine große weiße Mähne, buschige Augenbrauen, war elegant gekleidet und verkörperte die Güte. Er ergriff Fritz Buchonia sacht am Arm und sagte: Kommen Sie, ich führe Sie hin.

Sie sind drüben schon aufgefallen durch Ihre etwas ungeschickten Fragen. Sie hätten sich gleich zu erkennen geben sollen. Es geschieht nicht alle Tage, daß wir einen Rechtsanwalt als Kunden haben, der noch dazu ein recht bekannter und, wie man hört, begabter Schriftsteller sein soll. Ich muß zu meinem Leidwesen gestehen, noch nichts von Ihnen gelesen zu haben, werde es aber sofort nachholen.

Er betonte dieses Versprechen so, daß Fritz sich vorzustellen versuchte, wie ein höherer Justizdiener, denn um einen solchen handelte es sich vermutlich, in einem seiner Bücher las, konnte aber kein klares Bild davon gewinnen, da der Fremde noch einmal auf das merkwürdige Nebeneinander der Baustile zu sprechen kam.

Unser Recht hat, sagte er, eine lange Geschichte, wie Sie wissen, und dem entspricht nun auch die Geschichte seiner Gebäude. Und so wie unser heutiges Recht zu einem Großteil aus Gesetzen und Urteilen besteht, die schon im vorigen Jahrhundert geschaffen wurden, findet die Rechtsprechung eben auch in Gebäuden aus unterschiedlichen Epochen statt.

Fritz wollte widersprechen. Es leuchtete ihm nicht ein, daß die Rechtsprechung in alten Gebäuden stattfand, nur weil Gesetze und höchstrichterliche Rechtsprechung zum Teil schon so alt waren. Er war ziemlich sicher, wieder einen seiner blödsinnigen Träume zu haben.

Der Korridor mündete in einem riesigen, vierstöckigen Treppengebäude, das von einer Glaskuppel überdacht wurde. Alles war hier in Sandstein gehauen, die Treppengeländer, Balustraden, die allegorischen Verzierungen der Wände und selbst die überdimensionalen Figuren auf den Emporen, die das darüberliegende Stockwerk trugen, aber alles war düster, in Halbschatten getaucht, und es war kühl in der Halle, fast kalt.

Auch der Fremde rieb sich die Arme, als fröstele er. Er wirkte jetzt wie ein nostalgischer Hausherr aus einem gotischen Roman, der einem Besucher etwas wehmütig die Räumlichkeiten eines Schlosses zeigt, in dem er einst geherrscht hatte und heute nur noch geduldet wird.

Im Grunde besteht die ganze Anlage aus drei Teilen, sagte er. Den neuen Teil kennen Sie ja schon. Ich gehe nur hinüber, wenn es nicht zu vermeiden ist. Er sagte dies in einem Tonfall, als lehne er die neumodische Rechtsprechung als zutiefst dekadent ab.

Wir befinden uns im Mitteltrakt, dem Kernstück der Rechtspflege, möchte ich sagen. Hier wurden die genialen gesetzgeberischen Werke der wilhelminischen Zeit in die Praxis gesetzt und zu jener Blüte entwickelt, um die uns Deutsche die gesamte zivilisierte Welt einst beneidet hat.

Er ließ die Namen der alten Gesetze auf der Zunge zergehen wie das heilige Abendmahl, und seine Stimme hatte dabei einen Anflug von Weihrauch. Heute, fuhr er fort, ist dieses Gebäude hauptsächlich Archiv. Nur einige alte Justizhasen haben darum gebeten, hier bleiben zu dürfen, die alte Garde, denen die geschliffene Schönheit der Sprache des Reichsgerichts mehr gilt als die sprachlichen Verballhornungen des Bundesgerichtshofes mit seiner Rechtsprechung für den Tagesgebrauch und denen die schöpferischen Rechtsfiguren der alten Zeit noch etwas bedeuten: positive Vertragsverletzung, colpa in contrahendo, mittelbare Täterschaft, strafbarer Putativversuch am untauglichen Subjekt durch einen nicht straffähigen Täter.

Er betonte diese Worte, wie der Oberkellner eines guten Restaurants seinen Gästen die Speisekarte empfiehlt. Denken Sie an die klassische Perfektion der Systematik unseres Schuldrechts mit seiner fast dichterischen Sprache oder die Revolution mit Hilfe der Gewerbeordnung. Was ist dagegen die 17. Verordnung zur Veränderung des Schornsteinfegerwesens?

Mit einer plötzlichen Geste reichte er Fritz die Hand und stellte sich vor: Sie gestatten? Propheter. Ich bin Alphons Propheter. Es freut mich, bei einem jungen Manne Ihres Alters auf so viel Verständnis zu stoßen. Sie glauben nicht, wie tragisch das Leben eines alten Juristen sein kann. Erst dieser Tage haben wir einen Justizhauptsekretär in seinem Zimmerchen unter dem Dachboden gefunden, das er seit 39 Jahren innehatte und nicht aufgeben wollte. Er war seit einer Woche tot.

Er ergriff Fritz abermals beim Arm und bückte sich leicht, obwohl er so klein war, daß er die niedrige Tür anstandslos passierte. Sie waren im Keller des Gebäudes angelangt und standen vor einem schwach beleuchteten Gang, dessen Wände vor Feuchtigkeit glänzten.

Wir nähern uns jetzt dem ältesten Teil der Anlage, dem im 17. Jahrhundert erbauten, sogenannten kleinen Palais. Früher mußten die landgräflichen Beamten täglich durch diesen unterirdischen Gang hinüberlaufen ins alte Gerichtsgebäude, um den Richtern mitzuteilen, wie der Landgraf zu urteilen wünschte.

Heute, im Zeitalter der modernen Nachrichtentechnik, braucht man keine unterirdischen Gänge mehr, um die Richter zu instruieren, abgesehen davon, daß ja nur einige hundert Prozesse im Jahr eine solche Bedeutung haben wie der Ihre, so daß Sie auch höheren Orts mit Anteilnahme verfolgt werden. Ich sehe, daß Sie erschrecken? Nun, so bedeutend ist Ihr Prozeß auch wieder nicht, aber ich darf Ihnen sagen, daß wir Staatsanwälte in Verfahren dieser Art natürlich nicht freie Hand haben.

Wir kleinen Staatsanwälte sind darüber selbst am unglücklichsten. Früher war der Kriminalist ein Ermittler im Dienst der Staatsanwaltschaft. Heute erhalten wir die Fälle fertig ermittelt und dürfen praktisch nur noch unsere Namen unter die Anklageschrift setzen.

Sie werden es nicht glauben, aber auch in Ihrem Verfahren hat man mir bislang nur einen Bruchteil der Ermittlungsakten zugänglich gemacht. Oftmals erhalten wir Ermittlungsergebnisse, die sowohl in rechtlicher als auch in tatsächlicher Hinsicht äußerst dürftig erscheinen. Man versucht uns zu beruhigen: Klagen Sie ruhig an, Herr Propheter, wir haben noch eine ganze Menge Ermittlungsergebnisse in petto.

Sie gestatten, daß ich vorausgehe. Er ging einige Stufen empor, die Fritz in der Dunkelheit nicht erkannt hatte, und stieß eine knarrende Tür auf. Fritz fand die Entschuldigungen des Staatsanwaltes wenig ermutigend. Dennoch spürte er ein gewisses Mitleid. War es nicht möglich, daß es auch Staatsanwälte gab, die unter der Justiz leiden? fragte er sich. Aber Propheter war noch nicht am Ende seiner Klage: Dabei sind politische Ermittlungsverfahren und Prozesse nicht der einzige Bereich der Justiz, der heute von Staatsschutzagenten dominiert wird, sagte er. Sie erinnern sich an Ihren Freund Tönnske? Fritz nickte beklommen.

Er versucht seit Wochen eine Frau, deren Mann wegen eines

politischen Delikts bestraft wurde, zur Scheidung zu bewegen. Sein Partner, Kalbfuss – Sie kennen ihn sicher ebenfalls (Fritz gab durch ein Zeichen zu verstehen, dass er ihn kannte) –, wissen Sie, wo er sich heute morgen befindet?

Sie standen in der Halle eines geräumigen, schlossähnlichen Gebäudes. Eine breite Steintreppe führte zu beiden Seiten der Halle nach oben. Es war so hell, dass Fritz Buchonia unwillkürlich die Hand vor die Augen legte.

Im Neubau drüben konnte die Sonne sich in den engen, zum Teil winzigen Bürokammern nicht entfalten, versickerte in den endlosen Gängen, die nur an der Stirnseite ein Fenster hatten, und wurde von den niedrigen Decken der Treppenhauspodeste erdrückt. Die juristische Gründerzeit hatte sich, ganz im Gegensatz zu den angeblich luziden Formulierungskünsten des Reichsgerichts, baulich in Halbdunkel gehüllt.

Im Palais zur schönen Aussicht dagegen floss das Licht ungehindert durch die hohen Fenster, so dass die Räume in eine Art heiteres Pfingstlicht getaucht waren. Fritz Buchonia, der eine etwas heikle Vorliebe für Symbolistik hatte, überlegte, wie es wohl wäre, wenn das heitere Pfingstlicht auch den hier residierenden Teil der Rechtspflege illuminieren würde. Doch die Stimme des Staatsanwaltes riss ihn schon wieder aus seinen Überlegungen.

Es wird Sie erstaunen, sagte Propheter, aber Kriminalassistent Kalbfuss ist auf dem Vormundschaftsgericht und versucht zu erreichen, dass einem Ehepaar, das wegen politischer Delikte verhaftet wurde, das Sorgerecht für die Kinder entzogen wird. Dem Vormundschaftsrichter wird kaum etwas übrig bleiben, als die Kinder einer Person zu überschreiben, die Herr Kalbfuss für geeignet hält. Sie sehen, es gibt kaum noch Lebensbereiche, vor denen der moderne Staatsschutz haltmacht.

Er begann zu schweigen – was Fritz erst bemerkte, nachdem er eine Weile geschwiegen hatte –, und wortlos gingen sie die geschwungene Steintreppe hinauf, näher zur allegorisch bemalten Decke der Halle, deren Gemälde eine Gerichtsszene darstellt, vorbei an den kunstverglasten Fenstern, und Fritz spürte deutlich, daß sie beide – Propheter und er selbst – auf ihre Weise einer irrealen Tradition und Utopie von Rechtspflege nachsannen.

Auf dem obersten Treppenpodest angekommen, bog Propheter in einen schmalen Gang nach links, der eigentlich nur zu einem Nebengelaß führen konnte, schloß die kleine Tür auf, die ebenfalls nicht viel erwarten ließ, und bat Fritz, einzutreten. Der Eindruck, der sich bot, hätte nicht frappierender sein können, wenn hinter der schmalen Tür sich die Biglietteria eines römischen Bordells aus den dreißiger Jahren des 20. Jahrhunderts befunden hätte.

Fritz Buchonia stand in einem wohl dreißig mal fünfzehn Meter großen Saal mit hohen Fenstern, glänzendem Parkettfußboden, verschieden großen, goldgerahmten Spiegeln an den Wänden, einer reichlich stuckverzierten Decke und einem Deckengemälde, das einen der zahllosen Landgrafen zeigt, umgeben von Gefolge und Volk, damit beschäftigt, eine Audienz zu geben oder eine Proklamation zu verkünden. Das auffallendste an dem Raum waren zwei bemalte, verschnörkelte Kachelöfen an den beiden Stirnseiten. Bevor Fritz sich zurecht gefunden hatte, saß Staatsanwalt Propheter schon auf dem Katheder hinter dem langen Tisch, hatte unbemerkt einen Knopf gedrückt und über das Mikrofon mit leiser Stimme, die im Raum widerhallte, ein Fräulein Bürstner zur Aufnahme des Protokolls hereingebeten.

Fritz wandte sich rasch um, als das Knarren einer zweiten kleinen Tür, gleich neben dem langen Tisch, durch den Hall verstärkt wurde, und erkannte Fräulein Bürstner mit leichtem Erschrecken. Einen Augenblick lang überlegte er ernsthaft, ob auch Fräulein Montag hereinkommen werde, durchschaute jedoch seinen Irrtum sofort: Fräulein Bürstner sieht zwar genauso aus wie die älteste Tochter eines Nebenerwerbslandwirts und Eisenbahners aus dem Nachbardorf, ist es aber nicht.

Der Staatsanwalt, der inzwischen in einer Akte geblättert hatte, machte eine einladende Handbewegung. Sie können hier Platz nehmen, sagte er und wies auf einen einzelnen Stuhl vor dem Tisch. Ich möchte dort sitzen, sagte Fritz und ging zu der kleinen Sitzgruppe am Fenster, die aus einem Sofa, zwei Sesseln und einem runden Tisch besteht.

Wie Sie wünschen, sagte Propheter verbindlich, wenn es Ihrer Geständnisfreudigkeit dient. Fritz Buchonia schlug ein Bein über das andere und zupfte die Hose glatt. Der Anzug hatte merkwürdigerweise schon gleich nach dem Zusammentreffen mit dem Staatsanwalt aufgehört zu kratzen.

Ich muß mich zunächst für meine Mitarbeiterin bei Ihnen entschuldigen, begann der Staatsanwalt seine Vernehmung. Man hat Ihnen versehentlich die polizeiliche Vorführung angedroht. Ich habe gehört, daß Sie sich darüber beschweren wollen, und muß Ihnen Recht geben. Eine solche Maßnahme ist ganz und gar unüblich bei einem Rechtsanwalt. Fritz machte eine verzeihende Geste, und Propheter fuhr fort. Sodann haben Sie gewiß schon bemerkt, daß der Paragraph, der gegen Sie angewandt wird, nicht definiert, welcher Art und welchen Charakters die Ihnen zur Last gelegte Handlung sein muß und welche Strafe Sie zu erwarten haben.

Nundenn – er gab sich einen Ruck und wurde förmlich. Die Vorschrift, um die es sich handelt, ist von besonderer Beschaffenheit, enthält sie doch keinerlei Tatbestandsmerkmale, mit Ausnahme des Tatbestands der Aufforderung zur Begehung von Straftaten, und auch nicht die geringste Strafvorschrift, so daß wir erst ermitteln müssen, welches die Straftaten sein könnten, zu denen Sie aufgefordert haben, um Ihre Strafe zu ermitteln, und allein der fast hundertjährigen Geschichte unserer Vorschrift ist es zu danken, daß wir wenigstens einige Anhaltspunkte dafür haben, wie diese Ermittlung zu führen ist.

Propheter hatte schon bei dem Wort »unsere« konziliant lächelnd eine Pause gemacht und hielt jetzt ein, um sich von seinem Satzungetüm zu erholen, bevor er weiter dozierte. Ich darf zu Ihrer Orientierung auf einige der wichtigsten Fälle höchstrichterlicher Rechtsprechung verweisen, aus denen sich ergibt, wie die strafbare Handlung bestimmt werden kann, zu der Sie zweifellos aufgefordert haben.

Da wäre zunächst der 1908 in einer Druckschrift enthaltene Aufruf »Krieg dem Krieg« zu erwähnen. Das Reichsgericht stand hier vor der schwierigen Frage, ob diese Äußerung als Aufforderung zur Begehung von Straftaten zu interpretieren ist, und hat sich dieser Frage, wie ich finde, brillant entledigt, indem es den Urheber der Äußerung aufgrund derselben Vorschrift bestraft hat, die auch gegen Sie zur Anwendung kommen wird.

Es sagt da – er machte abermals eine Pause, las einen Moment in seinen Akten und fuhr dann mit erläuternden Handbewegungen fort –, es handele sich bei dem Satz »Krieg dem Krieg« um den ganz allgemein gehaltenen Aufruf an die Soldaten, im Kriegsfalle den Dienst zu verweigern, und somit um die Aufforderung zur Begehung strafbarer Handlungen, die zwar nicht der Zeit und dem Ort nach näher bestimmt seien, wohl aber insoweit, als sie lediglich von einem äußeren Ereignis abhingen, dem Kriegsfall nämlich oder der Mobilmachung.

Er erhob sich von seinem Stuhl und begann mit verschränkten Armen hinter dem Tisch auf und ab zu gehen, wobei er zu einer unsichtbaren Zuhörerschar zu sprechen schien.

Die strafbare Handlung braucht also, sagte er gedankenschwer, weder der Zeit noch dem Ort nach näher bezeichnet zu sein. Erforderlich ist, sagt das Reichsgericht lediglich (bei diesen Worten nahm er im Vorübergehen einen Zettel vom Tisch und las davon ab, als lerne er den Text auswendig), daß »die Art des angesonnenen Verbrechens nach seinem rechtlichen Wesen gekennzeichnet ist; jedoch nicht so, daß das einzelne Ereignis, bei dem die aufgeforderten Personen handeln sollen, nach Person und Ort bestimmt wäre«.

Er legte den Zettel zurück auf den Tisch und schien von der Schönheit der Reichsgerichtsentscheidung jetzt selbst überzeugt zu sein. Die Art des angesonnenen Verbrechens lediglich dem Wesen nach gekennzeichnet, wiederholte er halblaut.

Er setzte sich wieder, jedoch auf eine Ecke des Tisches, und ließ die Beine baumeln. Bald gab er auch diese Stellung auf, blickte empor zum Deckengemälde, legte sich nach hinten, wobei er die Ellenbogen als Rückenstütze benutzte, und es verging nicht viel, da hatte er auch die Beine angezogen, die Hakken auf den Tisch gesetzt, die Arme an den Körper gezogen und lag nun rücklings über der Platte, wobei sein Kopf auf den Akten ruhte. Dabei glich seine Rede mehr und mehr einem Selbstgespräch, als wolle er die Worte prüfen, nicht jedoch mit Buchonia reden, den er vielleicht schon vergessen hatte. Worauf es ankommt, ist das politische Klima, sagte er selbstvergessen. Sie werden mir zustimmen, daß gerade das letzte Jahr schwerwiegende Ereignisse gebracht hat, die durchaus im Rahmen Ihrer Äußerungen liegen, über die wir hier zu befinden haben. Denken Sie an den Fall des Schriftleiters aus dem Jahre 1931, der genau wegen des Paragraphen, um den es hier geht, bestraft wurde, weil der Mann in seiner Zeitung den Satz veröffentlicht hatte: »Schlagt die Faschisten, wo ihr sie trefft«.

Er griff unter seinen Nacken, zog mit sicherem Griff ein Blatt heraus und las vor: »Was die dreimal wiederholte Aufforderung ›Schlagt die Faschisten, wo ihr sie trefft‹ bedeutet, schreibt das Reichsgericht, hatte die Strafkammer durch Auslegung zu ermitteln. Sie kam zu dem Ergebnis, daß die Aufforderung zunächst in einem übertragenen Sinne gemeint sei, nämlich als Aufforderung, den Nationalsozialisten überall und auf jede mögliche Weise im politischen Kampf Abbruch zu tun, daß sie aber zugleich gemeint sei als eine Aufforderung zu einem Vorgehen mit körperlicher Gewaltanwendung.«

Er wälzte sich auf die Seite, nahm die Beine nach vorne, richtete sich auf und saß nun auf der Vorderkante des Tisches. Fräulein Bürstner hinter der Schreibmaschine hatte der Vernehmung bis dahin keine Beachtung geschenkt. Als sie bemerkte, daß sie noch nicht gebraucht wurde, hatte sie sofort ein kleines Plastiktäschchen geöffnet, ihm allerlei Krimskrams entnommen, einen Spiegel auf die Maschine gestellt und zunächst ihr Make-up vervollständigt.

Später hatte sie begonnen, sich die Fingernägel zu schneiden, so daß die Nägel bis auf den Richtertisch sprangen. Sie hatte sodann den alten Nagellack mit Entferner beseitigt, ihre Nägel gefeilt und schließlich mit einem kleinen Pinsel und großer Andacht neu zu lackieren begonnen. Jetzt, da sie mit ihrer Arbeit zufrieden zu sein schien und Propheter eine kleine Pause machte, fragte sie ohne Sinn und Verstand: Soll ich jetzt das Protokoll aufnehmen, Herr Oberstaatsanwalt? Nein, warten Sie, antwortete der Staatsanwalt, wobei er eine Handbewegung machte, als wolle er einen D-Zug anhalten. Ich möchte mit dem Herrn Buchonia zunächst noch einige Rechtsfragen erörtern.

Statt sich Fritz jedoch zuzuwenden, sprach er wieder zu seinem unsichtbaren Auditorium: Hier sehen wir nun ganz deutlich die Vorzüge des juristischen Interpretationsprivilegs, denn nicht der Angeklagte hat, wie das Reichsgericht deutlich sagt, die Bedeutung seiner Worte durch Auslegung zu ermitteln, sondern die Justiz, wobei sie, wie gesagt, die jeweilige kriminalpolitische Lage zu berücksichtigen hat.

Jener Schriftleiter mag seine Äußerung tatsächlich nur im übertragenen Sinne gemeint haben, so wie Sie – er wandte sich jetzt mit einem raschen Seitenblick zu Fritz Buchonia – die von Ihnen verbreitete Äußerung vielleicht nicht als Aufforderung zu Straftaten betrachtet haben. Dank des Interpretationsmonopols der Justiz können wir jedoch auch die Fälle erfassen, die dem normalen Menschen strafrechtlich unverdächtig erscheinen. Er schien jetzt mit Beifall zu rechnen, blickte mit glücklichem Lächeln ins Auditorium, schüttelte sich dann wie jemand, der aufwacht, und fuhr fort. Kommen wir nun zur Ursächlichkeit. Wie ist es um sie bestellt? Ist sie erforderlich? Bedarf es eines ursächlichen Zusammenhanges zwischen Ihrer Aufforderung und dem Ereignis? Bedarf es überhaupt eines Ereignisses, zu dem Sie aufgefordert haben?

Zur Beantwortung dieser Frage greifen wir abermals auf die bereits erwähnte Entscheidung des Reichsgerichts am 31. März 1931 zurück. Er griff wiederum in seine Akten und deklamierte mit leisem Triumph: »Angenommen, es wäre nun alsbald nach dem Erscheinen der Zeitung zu einem solchen Zusammenstoß gekommen, so würde die Annahme eines Zusammenhanges zwischen den tatsächlich vorgekommenen Gewalttätigkeiten und der Aufforderung nahegelegen haben.«

Propheter war offensichtlich sehr glücklich darüber, wie günstig sich alles zusammenfügte, und über seinem klugen Gesicht lag das traute Lächeln, mit dem der Fallensteller den Erfolg seines Jagdeifers liebevoll betrachtet, wenn er dem gefangenen Tier über das Fell oder durchs Gefieder streicht, bevor er ihm die Kehle durchschneidet.

Fritz zuckte unwillkürlich zusammen, als Propheter, der dicht an ihn herangetreten war, jetzt die Hand ausstreckte, als wolle er ihm tatsächlich tröstend durchs Haar, über die Wangen oder die Schulter streichen.

Sie sehen also, Herr Buchonia, sagte er, indem er die Hand rasch zurückzog, um Fritz nicht unnötig zu ängstigen, der Auffordernde macht sich auch dann strafbar, wenn es nicht einmal zu einer strafbaren Vorbereitungs- und Versuchshandlung der von ihm aufgeforderten Personen gekommen ist. Ausreichend ist die bloße Möglichkeit einer strafbaren Handlung, ohne daß es tatsächlich zu einer Straftat gekommen sein muß, für die Ihre Aufforderung ursächlich war. Sie brauchen Ihre Äußerung nicht ernst gemeint zu haben, Sie brauchen nicht gewollt zu haben, daß die Tat, zu der Sie aufgefordert haben, auch begangen wird, es braucht keine Tat begangen worden zu sein, und wenn sie begangen wurde, kann Ihre Aufforderung für die Tat ohne Belang gewesen sein; das alles schließt Ihre Bestrafung nicht aus. Worauf es ankommt, ist lediglich, daß Sie damit gerechnet haben, irgend jemand könnte Ihre Äußerung ernst nehmen.

Bei diesen Worten setzte er sich seitlich neben Fritz auf das Kanapee, ergriff die Hände, die Fritz resigniert zwischen den Beinen herunterhängen ließ, und begann beschwörend auf ihn einzureden, wie ein Arzt einem Patienten, der sich völlig gesund fühlt, klarzumachen versucht, daß er an Krebs erkrankt sei und weshalb er nicht auf Heilung hoffen könne.

Geben Sie zu, daß Sie damit gerechnet haben, Herr Buchonia. Einen Fehler kann jeder begehen. Wir wissen doch beide, zu wieviel Fehlerhaftigkeit der Mensch fähig ist. Oft genügt schon ein einziges Wort, dem derjenige, der es ausspricht, keine große Bedeutung beimißt, eine winzige Aufforderung, um einen haltlosen Menschen ins Verbrechen zu treiben. Damit haben Sie doch gerechnet.

Fritz schwieg noch immer, aber er hatte das Gefühl, aus einer langen Abwesenheit zurückzukehren, in der er Propheter nicht (fasziniert von seiner eigenen Wissenschaft) das Wort überlassen hatte. Er schaute zu Fräulein Bürstner hinüber und sah, daß sie gespannt zu ihm und Propheter herüberblickte.

Schneller als erwartet waren die Ermittlungen in ihr entscheidendes Stadium getreten. Er brauchte nur zuzugeben, daß er damit gerechnet hatte, und das Urteil stand fest. Angestrengt überlegte er, wie es damals gewesen war.

Er hatte in einem Informationsdienst, wie es viele gab, die Ankündigung eines Hungerstreiks gelesen. Die Verfasser waren Gefangene, die wegen verschiedener Straftaten inhaftiert waren. In dem Artikel schilderten sie ihre Haftbedingungen und kündigten an, daß sie die Nahrungsaufnahme verweigern würden, bis ihre Haftbedingungen verbessert wurden.

Entsetzt über ihre Lage und aus Angst, es könne einen Todesfall geben, hatte er einen Aufruf verfaßt und an einige Kollegen verschickt. Die Hungerstreikerklärung hatte er dem Aufruf beigefügt. Dem Satz am Schluß der Erklärung hatte er keine Bedeutung beigemessen. Worauf es ihm ankam, war, die Öffentlichkeit zu unterrichten, damit die Behörden gezwungen wurden, rasch Abhilfe zu schaffen.

Tut mir leid, sagte er brüsk, aber ich habe wirklich nicht damit gerechnet, daß irgend jemand den Schlußsatz dieser Erklärung ernst nehmen könnte. Ich habe ihn kaum zur Kenntnis genommen. Enttäuscht zog Propheter die Hände zurück, und auch Fräulein Bürstner wandte sich wieder ihrem Schminktäschchen zu. Fritz hatte das Gefühl, einen kleinen Sieg errungen zu haben.

Nun gut, sagte Propheter und ging zu seinem Sessel zurück. Wie Sie wollen. Wenn Sie Ihre Lage verschlimmern möchten? Ich wollte Ihnen vorschlagen, das Verfahren gegen Zahlung einer angemessenen Geldbuße wegen geringer Schuld Ihrerseits einzustellen. Aber wenn Sie es nicht wünschen?

Wir werden nachweisen, daß Sie es vorsätzlich unterlassen haben, den strafbaren Satz aus der Erklärung zu entfernen, bevor Sie Ihren Aufruf versandten. Wir werden nachweisen, daß Sie den Aufruf und die Erklärung nur versandt haben, um diesen Satz zu verbreiten und andere zur Begehung von Straftaten aufzufordern.

Das heißt nicht, daß wir nicht nach wie vor bereit wären, Milde walten zu lassen, sofern Sie Ihre Schuld doch eingestehen wollen. Aber fortan muß die Initiative von Ihnen kommen. Auf Wiedersehn!

Bei diesem Satz klappte er die Akte zu und wedelte mit der Hand, als wollte er eine lästige Fliege von den Akten vertreiben. Er wirkte jetzt bockig wie ein alter Mann, der sich einbildet, seine Frau habe seine Nachtmütze versteckt.

Fritz fühlte sich niedergeschlagen. Auf dem Heimweg nahm er einen Studienrat namens Krebsbach mit, der in einem Nachbardorf wohnt und zufällig am Gerichtsgebäude von K. vorbeikam.

Während der Fahrt redete Krebsbach fast ununterbrochen, kaum daß Fritz eine Andeutung gemacht hatte, daß es merkwürdige Menschen gebe, vor allem in der Justiz. Er hätte gerne über seine Vernehmung nachgedacht, aber es schien, als habe ein böser Geist ihm ausgerechnet diesen Krebsbach in die Arme getrieben, der mit seinem Gerede die Stelle Propheters eingenommen hatte.

Was der Menschheit heute fehlt, sagte Krebsbach, sind die Ereignisse, die größer sind als die menschliche Kraft, und das Vorstellungsvermögen, von denen das Leben unserer Vorfahren geprägt wurde.

Vielleicht haben wir die Welt etwas gerechter und das Leben etwas leichter gemacht, aber wir haben ihm damit zugleich die tiefen Gefühle genommen, wie Haß und Liebe, Dankbarkeit und Verachtung, Freude und Trauer, die das Leben unserer Vorfahren bestimmten, sie bereicherten und ihren Empfindungen eine Dimension gaben, die wir heute nur noch aus Romanen kennen.

Sie erwähnen die Justiz, Herr Buchonia, aber sind nicht gerade deren Irrtümer am besten geeignet, die Erfahrung der Unsicherheit unserer Existenz zu vermitteln?

Zu Hause angekommen, riß Fritz sich den Anzug vom Leib, der nach dem Verlassen des Gerichtsgebäudes entsetzlich zu jucken begonnen hatte, beschloß, während er sich duschte, über seine bisherigen und zukünftigen Erlebnisse ein Buch zu schreiben, zog nur einen Morgenrock über und begann sich sofort Notizen zu machen, die er allerdings am nächsten Morgen wieder verwarf.

Er wollte statt dessen zunächst einmal über das geplante Buch nachdenken.

3. KAPITEL

Die Vernehmung II

Im dritten Stock stieß Buchonia auf einen glasüberdachten Gang, der in ein älteres Gebäude führte. Er klopfte an die erste Zimmertür, die er erblickte, und trat ein, ohne abzuwarten. Am Fenster stand eine junge Frau und kochte Kaffee. Auf dem Fensterbrett standen einige Blattpflanzen. Die Frau deutete auf eine der beiden Türen.

Der Raum, den Fritz Buchonia betrat, war ein Gerichtssaal, und zu seinem Erstaunen hatte er die Tür benutzt, durch die das Gericht sich üblicherweise zur Beratung zurückzieht.

Ein Teil des Raumes war durch eine Barriere abgetrennt. Dahinter saßen dicht gedrängt etwa dreißig bis vierzig Zuhörer, zumeist in jugendlichem Alter.

Offensichtlich eine Schulklasse, dachte Fritz, die politischen Unterricht nehmen will. Dagegen sprach die Anwesenheit von acht Polizeibeamten, die Schlagstöcke in den Händen hielten und sich zu beiden Seiten des Zuschauerraumes und vor der Barriere postiert hatten, als wäre von den Zuhörern irgendwelche Unruhe zu erwarten.

Fritz war kaum eingetreten, als die drei Richter sich umwandten und ihn vorwurfsvoll anschauten: Der Staatsanwalt, der ebenfalls erhöht, aber an einem eigenen Tisch saß, blickte dagegen unter sich, als bedauere er, daß Fritz seine Lage durch sein Zuspätkommen verschlechtert hatte. Die ihm gegenübersitzende Protokollantin sah nur gelangweilt auf ihre Hände.

Bitte nehmen Sie Platz, sagte der Vorsitzende und wies auf einen einzelnen Stuhl unterhalb des Gerichtstisches, wo normalerweise Zeugen sitzen. Erst jetzt erkannte Fritz den Richter Propheter, der an sich für Verkehrssachen zuständig war. Er gehörte zu den Juristen, die einen Angeklagten lieber wegen einer Tat bestrafen, die er mit Sicherheit nicht begangen hat, die ihm aber nachgewiesen werden kann, anstatt ihn laufenzulassen, weil ihm eine Tat, die er möglicherweise begangen hat, nicht nachzuweisen ist.

Diesmal zog Richter Propheter jedoch lediglich seine Taschenuhr und sagte kühl, als hätte er Fritz noch nie gesehen: Sie hätten vor einer Stunde und fünf Minuten erscheinen sollen. Fritz kam nicht dazu, etwas zu erwidern, denn sofort begann im Zuschauerraum ein Tuscheln und Kichern. Die Jugendlichen amüsierten sich offensichtlich darüber, daß auch Erwachsene gescholten werden, wenn sie zu spät kommen.

Sie hätten vor einer Stunde und fünf Minuten hier sein müssen, wiederholte der Staatsanwalt leise drohend, ohne den Kopf zu heben. Sofort brach das Tuscheln und Kichern ab, weil auch die Zuhörer begriffen, daß es hier nicht um eine gewöhnliche Verspätung ging.

Mag sein, sagte Fritz, aber es ist mir nicht bekannt, daß eine Verspätung strafschärfend ins Gewicht fallen kann. Sie irren sich, Angeklagter, widersprach Propheter, es trägt jedenfalls zu dem Persönlichkeitsbild bei, das die Kammer sich von Ihnen bereits gemacht hat. Und nun stehen Sie auf.

Er nahm ein Blatt und überflog es. Ihr Name ist Valentin Sangmeister, geboren am 19. September 1937, wohnhaft in Sterbfritz, Schloßgartenstraße 1, verheiratet, kinderlos, von Beruf Versicherungskaufmann, richtig? fragte er, als wisse er die Antwort im voraus.

Nein, antwortete Fritz. Ich bin Fritz Buchonia, geboren am 14. Juni 1934, wohnhaft in Crauspers, Pfarrgasse 1, verheiratet, zwei Kinder, männlich, vierzehn und fünfzehn Jahre alt, von Beruf freier Schriftsteller und Rechtsanwalt.

Diesmal reagierten die jugendlichen Zuhörer mit übertriebener Heiterkeit. Während die Mädchen sich die Hand vor den Mund hielten, sich ausschütten wollten vor Lachen, die Hände hoben und nach hinten bogen und einander in die Arme fielen, schlugen sich die Jungen auf die Oberschenkel, bufften sich mit den Ellenbogen in die Seite und lachten laut heraus, als hätten sie den besten Witz ihres Lebens gehört.

Die Polizeibeamten nahmen eine drohende Haltung ein und

warteten nur auf das Kommando, den Saal zu räumen. Fritz fürchtete schon, eine dieser Szenen erleben zu müssen, wie man sie auf Fotografien sieht, wenn Polizisten die Erlaubnis erhalten haben, ihres Amtes zu walten, Szenen der Grausamkeit und Gewalt gegen Wehrlose, aber nichts dergleichen geschah.

Gericht und Staatsanwalt blickten zwar mit ziemlichem Unmut auf die stocksteif und schreckensbleich dasitzenden Zuhörer, denen der Schreck in die Köpfe gefahren war, während die Urkundsbeamtin unbeteiligt mit einem Lippenstift ihre Lippen nachzog. Richter Propheter jedoch rief lediglich mit mahnender Stimme ins Publikum: Was gibt es denn da zu lachen, wenn einer Schriftsteller und Rechtsanwalt ist? Solche Leute muß es auch geben!

Dann wandte er sich wieder dem Angeklagten zu. Sie bestreiten also, derselbe zu sein, der Sie sind. Nun gut. Nehmen Sie das bitte ins Protokoll, Fräulein Bürstner. Das Gericht wird seine Schlüsse daraus ziehen. Er wartete einen Moment, mit Blick auf die Protokollantin, und forderte den Staatsanwalt dann auf, die Anklageschrift zu verlesen.

Zunächst blieb alles ruhig im Saal. Lediglich Fritz sprang mehrmals erregt auf, gab zu verstehen, daß er empört sei über die ungerechtfertigten Vorwürfe, öffnete den Mund wie ein Fisch, der nach Luft schnappt, brachte aber kein Wort hervor und wurde vom Vorsitzenden auch mit entschiedenen Handbewegungen zurechtgewiesen.

Je weiter die Lektüre fortschritt, desto stärker zeigten die Zuhörer sich beeindruckt von der offenkundigen Sträflichkeit des Verhaltens, das Valentin Sangmeister an den Tag gelegt hatte, und Fritz Buchonia mußte sich eingestehen, daß sie den Prozeß nicht länger als eine willkommene Abwechslung im öden Schulalltag auffassen, sondern mit Sicherheit gegen ihn Partei ergreifen würden.

Einmal gelang es ihm, einige Worte hervorzubringen. Das ist ja unerhört, sagte er mit heiserer Stimme, aber es klang, als sei er selbst über das Verhalten des ihm gänzlich unbekannten

Sangmeister empört. Sofort unterbrach der Staatsanwalt seine Lektüre und blickte den Richter auffordernd an, um ihm Gelegenheit zu geben, über den Angeklagten ein sitzungspolizeiliches Ordnungsmittel zu verhängen.

Aber Propheter sagte nur scharf: Sparen Sie sich Ihre Worte, Herr Sangmeister, oder wer auch immer Sie zu sein vorgeben. Sie erhalten noch ausreichende Möglichkeit, zu der Anklage Stellung zu nehmen.

Der Staatsanwalt nahm daraufhin die Verlesung der Anklageschrift wieder auf, wobei er nach wie vor nur halblaut sprach und so schnell redete, als wäre die Verlesung eine reine Formsache, die niemand zu verstehen brauche.

Fritz hatte jetzt den Eindruck, dieselbe Anklage schon einmal gehört zu haben. Unruhig kramte er in seinem Gedächtnis herum, zog mehrmals die Hosenbeine hoch und fuhr sich mit der Hand bis unters Knie, wenn ihn der haarige Wollstoff besonders kratzte, und wußte nun auch, wer Valentin Sangmeister war.

Er war ein Mann mittleren Alters, tatsächlich Versicherungskaufmann aus Sterbfritz, einem Nachbardorf von Crauspers, tatsächlich verheiratet und kinderlos. Fritz sah ihn direkt vor sich, das Haar gelichtet und ganz glatt nach hinten gekämmt, eine helle Hornbrille, einen gedeckten Anzug, wie ihn Vertreter brauchen, und etwas übergewichtig.

Als Anwalt hatte er Sangmeister vor einigen Jahren verteidigt. Der ganze Fall fiel ihm wieder ein, nicht nur Sangmeisters helle Tenorstimme, mit der er seine Geschichte erzählt hatte.

Sangmeister saß eines Nachts im Auto auf einer einsamen Landstraße, als plötzlich ein Fahrzeug kam, sich schräg vor ihn stellte und zwei Männer heraussprangen, die jeder eine Pistole in der Hand hielten.

Einen Augenblick lang glaubte Sangmeister, eine Szene aus einer der Kriminalserien zu erleben, die er regelmäßig im Fernsehen sah – »Einsatz in Manhattan« oder »Die Straßen von San Francisco«. Dann machte es »klick« in seinem Kopf, und sein Bewußtsein trübte sich.

Sei es aus Angst, überfallen zu werden, sei es in der richtigen

Annahme, die beiden könnten Polizisten sein und in einem Protokoll könnte schwarz auf weiß stehen, daß er nach Feierabend im unbeleuchteten Fahrzeug mit seiner Sekretärin geknutscht habe, wobei seine Hand versehentlich unter ihren Rock und zwischen ihre Beine geraten sei, legte Sangmeister automatisch den Rückwärtsgang ein und flüchtete, zunächst mehrere hundert Meter weit rückwärts fahrend, während der eine Mann ihn mit dem Fahrzeug verfolgte und der andere zu Fuß hinterherlief, dann, als sich die Gelegenheit ergab, vorwärts fahrend, nicht bedenkend, daß die beiden seine Autonummer notiert hatten.

Vor allem eins aber hatte Sangmeister nicht bedacht, als er abhaute: die blühende Phantasie, mit der Polizisten zuweilen ihrer chronischen Rachsucht zum Sieg verhelfen. Wer je schuldlos von Polizisten verprügelt worden ist, kennt die bewundernswerte Fähigkeit der Staatsdiener, in allen Einzelheiten zu beschreiben, wie der verprügelte Bürger sie verprügelt habe, und die mystische Langmut der Richter, mit der sie über jeden Widerspruch einer polizeilichen Aussage hinwegsehen.

Im Falle Sangmeister erfand der autofahrende Polizist ein anderes Fahrzeug, das der flüchtende Versicherungsagent gefährdet habe, und der Beamte zu Fuß gab an, sich nur durch einen beherzten Grabensprung das Leben gerettet zu haben. So wurde aus dem versuchten Seitensprung eine Verkehrsgefährdung und ein erlogener Mordversuch. Sangmeister ließ alle ehelichen Bedenken fahren, gab den Namen der Dame preis, und diese bestätigte, daß der Fußgänger zu keinem Augenblick in Gefahr gewesen sei, und ein anderes Fahrzeug sei auch nicht im Spiel gewesen.

Es nutzte Sangmeister gar nichts. Ungerührt verkündigte Richter Propheter, ein Polizist sei allemal der bessere Beobachter und glaubwürdiger dazu. Geschlagen, wie nach fast jedem Strafprozeß, schlich Rechtsanwalt Buchonia heim.

Er überlegte angestrengt, wie es dazu kam, daß dieselbe Sache heute noch einmal verhandelt wurde, bis ihm einfiel, daß Sangmeister möglicherweise Rechtsmittel eingelegt hatte und nun die Berufungsverhandlung stattfand. Warum aber glaubte Richter Propheter ihm nicht, daß er Buchonia war, und wo zum Teufel war Sangmeister? Sangmeister konnte das Mißverständnis am ehesten aufklären.

Es gab nur eine Erklärung: Richter Propheter wußte sehr wohl, wer Fritz war, hatte jedoch den Auftrag, ihn wegen grob fahrlässiger Verkehrsgefährdung und versuchten Mordes zu bestrafen, weil ihm die Justiz den Vorwurf der Aufforderung zu Straftaten nicht nachweisen konnte.

Fritz mußte den politischen Sinn der Verwechslung demaskieren, sonst landete er für fünfzehn Jahre im Gefängnis. Ein Glück, daß die Schulklasse da war, so würden seine Worte sofort nach außen dringen.

Der Staatsanwalt hatte den Vortrag der Anklageschrift beendet, und Richter Propheter wandte sich wieder an Fritz. Sie haben gehört, was die Staatsanwaltschaft Ihnen vorwirft, sagte er. Sie sollen vorsätzlich versucht haben, einen Polizisten zu töten. Was haben Sie dazu zu sagen?

Im Saal war es jetzt völlig still, weil jeder spürte, daß es darauf ankam, ob Fritz Buchonia zu beweisen versuchte, daß er den Polizisten nicht überfahren wollte; denn damit hätte er zugegeben, Sangmeister zu sein, und war so gut wie verurteilt.

Solange er andererseits zu beweisen versuchte, daß er nicht Sangmeister war, setzte er sich dem Vorwurf aus, den Prozeß mit unangebrachten Mitteln zu bestreiten, denn daß er nicht Sangmeister hieß, war völlig undenkbar.

Ihre Feststellung, daß ich Versicherungskaufmann sei, Herr Propheter, ist bezeichnend für das ganze Verfahren, das gegen mich geführt wird, sagte er. Ein leises Raunen ging durch den Saal, verstummte aber sofort, als Propheter mit schriller Stimme rief: Ruhe, oder ich lasse den Saal räumen.

Das Verfahren, das hier gegen mich geführt wird, fuhr Fritz fort, ist ja nur ein einzelner Fall und als solcher nicht sehr wichtig, da ich es nicht sehr schwer nehme, aber es ist ein Zeichen eines Verfahrens, wie es gegen viele geübt wird. Für diese stehe ich hier ein, nicht für mich.

Diesmal war die Unruhe im Zuschauerraum schon etwas größer. Einige der Jugendlichen standen von ihren Plätzen auf und reckten die Hälse, um zu sehen, wie ein Angeklagter es wagte, das Gericht anzuklagen. Der Lehrer, der die Schulklasse begleitete, rutschte unruhig auf seinem Stuhl hin und her, gestikulierte entschuldigend zum Richtertisch hinüber und gab einem Herrn an der Tür durch Grimassen zu verstehen, er möge unverzüglich einschreiten, um zu vermeiden, daß seine Schüler einen unrichtigen Eindruck von der Autorität des Gerichtes bekämen.

Erst jetzt sah Fritz einen jungen Menschen, der den ganzen Saal überwachte. Der Mensch bedeutete dem Vorsitzenden, daß Fritz vorläufig nicht das Wort entzogen werden solle. Fritz schloß daraus, daß der Mann Geheimpolizist sei, ließ sich jedoch nicht beirren.

Ich will keinen Rednererfolg, sagte er, und er dürfte mir auch nicht erreichbar sein. Die Erfahrung zeigt ja, daß es leichter ist, die größten Dummheiten und Unwahrheiten zu verbreiten als vernünftige Argumente. Was ich will, ist lediglich die Besprechung eines öffentlichen Mißstandes. Ebenso, wie hier gegen einen gewissen Sangmeister wegen versuchten Mordes verhandelt wird und zwar ohne daß er die Möglichkeit hätte, seine Unschuld zu beweisen, weil er gar nicht anwesend ist, wurde gegen mich ein Ermittlungsverfahren angeordnet, das auf dem absurden Vorwurf beruht, ich hätte versucht, andere zur Begehung von Straftaten aufzufordern.

Hören Sie: Ich werde bespitzelt und überwacht, mein Telefon wird abgehört, wenn ich ausfahre, werde ich nicht selten von fremden Fahrzeugen verfolgt, die mit zwei Zivilbeamten besetzt sind, und wenn ich einen Vortrag halte oder aus einem meiner Bücher öffentlich vorlese, sitzen Beamte des Amtes für Befragungswesen dabei und nehmen Notiz von allem, was ich sage.

Wenn ich ins Ausland reise, muß ich warten, bis der Grenzbeamte die telefonische Anweisung erhält, mich ausreisen zu lassen und meine Personaldaten sowie mein Reiseziel zu noticren. In den Zeitungen erscheinen Artikel und offene Briefe gegen mich, die derart übereinstimmen, daß nur eine zentrale Nachrichtenagentur diese Informationen verbreitet haben kann. Sie werden es nicht glauben, aber zahlreiche Vorwürfe betreffen Äußerungen und Ereignisse, an die ich mich selber nicht mehr erinnere, weil sie schon Jahre zurückliegen.

Man tut sogar noch ein übriges und verbreitet auf unseren Dörfern Gerüchte, die insoweit, als sie den Tatsachen entsprechen, zwar keine strafbaren Handlungen betreffen, aber den Sinn haben, mein öffentliches Ansehen und insbesondere meine berufliche Stellung zu schädigen.

Nun ist Gott sei dank wenig davon, sehr wenig, gelungen. Selbst die Kleinbauern, Arbeiter und Handwerker unserer Dörfer waren verständig genug einzusehen, daß jeder Mensch, und sei er der schlimmsten Verbrechen angeklagt, zumindest solange unschuldig ist, wie er nicht rechtskräftig verurteilt wurde, so daß diese Verfolgungen und Verleumdungen nicht mehr bedeuten als einen Anschlag, den nicht genügend beaufsichtigte Jungen auf der Gasse ausführen. Ich wiederhole, mir hat das Ganze nur Unannehmlichkeiten und vorübergehenden Ärger bereitet. Hätte es aber nicht auch schlimme Folgen haben können?

Als Fritz sich hier unterbrach und provozierend zu dem unauffälligen, stillen Mann im Trenchcoat hinsah, glaubte er zu bemerken, daß dieser dem Gerichtsvorsitzenden ein Zeichen gab. Fritz lächelte und sagte: Eben gibt dort an der Tür ein Herr Ihnen ein geheimes Zeichen, Herr Vorsitzender. Es sind also Leute im Saal, die dieses Verfahren dirigieren. Ich weiß nicht, ob dieser Teil meiner Rede besondere Aufmerksamkeit verdient. Ich verzichte dadurch, daß ich die Sache vorzeitig verrate, ganz bewußt darauf, die Bedeutung des Zeichens zu erfahren.

Es ist mir vollständig gleichgültig, und ich ermächtige den Herrn Staatsschutzagenten öffentlich, das Gericht statt mit geheimen Zeichen laut mit Worten zu befehlen, indem er etwa einmal sagt: Jetzt bestrafen Sie Herrn Buchonia nicht nur wegen fahrlässiger Verkehrsgefährdung und versuchten Mordes, sondern auch wegen Bankraub und Zugehörigkeit zu einer terroristischen Vereinigung, denn durch seine Worte verrät er, daß er sich einer solchen zugehörig fühlt.

Mit Verlegenheit und Ungeduld rückte Richter Propheter auf seinem Stuhl hin und her. Der Staatsanwalt machte fortgesetzt Notizen, und Fritz war sicher, daß seine Äußerungen schon morgen in seine Staatsschutzakte Eingang finden würden.

Mir steht die Sache bis hier, fuhr Fritz fort, wobei er eine Bewegung machte, als wolle er sich selber die Gurgel durchschneiden, und ich beurteile sie daher ruhig, und Sie können, vorausgesetzt, daß Ihnen an diesem angeblichen Gericht etwas gelegen ist, großen Vorteil haben, wenn Sie mir zuhören.

Im Saal und am Richtertisch war es jetzt mucksmäuschenstill. Man tuschelte und kicherte nicht mehr wie am Anfang, und eine ausgelassene Heiterkeit und Gelächter, wie nach der Personenfeststellung, schienen inzwischen undenkbar. Selbst die Polizisten wirkten verunsichert und schienen begriffen zu haben, daß die Räumung des Saales zwangsläufig den Eindruck erzeugen mußte, als versuche die Justiz, einen Skandal hinter verschlossenen Türen zu verhandeln.

Es ist kein Zweifel, sagte Fritz leise, denn er war sicher, daß die Nachrichtenagenturen schon morgen weltweit seine Rede verbreiten würden, es ist kein Zweifel, daß sich hinter allen Anschuldigungen der Justiz eine große Organisation befindet. Eine Organisation, die nicht nur Politiker und Abgeordnete aller Parteien, läppische Agenten, Ermittlungsbeamte und Staatsanwälte beschäftigt, sondern die weiterhin eine Richterschaft hohen und höchsten Grades unterhält, mit dem zahllosen, unumgänglichen Gefolge von Gerichtsdienern, Urkundsbeamten, Justizsekretären, Polizisten, Kriminalbeamten und anderen Hilfskräften, vielleicht sogar Henkern, ich scheue vor dem Wort nicht zurück.

Und der Sinn dieser großen Organisation, meine Herren? Er besteht darin, daß unschuldige Personen verfolgt und gegen sie ein sinnloses und meistens ergebnisloses Verfahren eingeleitet wird, das nur die Aufgabe hat, sie einzuschüchtern und zu veranlassen, sich jeglicher politischer Betätigung zu enthalten, und zugleich die Öffentlichkeit vor ihnen zu warnen.

Warnen Sie lieber die Öffentlichkeit vor dem Treiben der Staatsschützer und Verfassungsschutzagenten, die von dem, was sie schützen sollen, nämlich Recht und Verfassung, nicht die leiseste Ahnung zu haben scheinen.

Wenn ich ein gefährlicher Verbrecher wäre, man hätte nicht bessere Vorsorge treffen können gegen mich. Aber ich bin so schuldlos wie dieser Versicherungskaufmann, über den Sie hier angeblich zu Gericht sitzen. Wie ließen sich bei dieser Sinnlosigkeit, mit der Unschuldige verfolgt und die wahren Feinde von Recht und Verfassung verschont werden, die schlimmsten Übergriffe der Beamtenschaft vermeiden?

Das ist unmöglich, das brächte auch der höchste Richter nicht einmal für sich selbst zustande, denn Justiz und Strafvollzug sind längst von diesen unkontrollierbaren Organisationen und Geheimdiensten infiltriert und dominiert.

Fritz unterbrach sich abermals, weil aus dem Zuschauerraum das Kreischen einer weiblichen Stimme kam. Er drehte sich um und gewahrte eine Schülerin, die einen der Polizisten beschuldigte, sie unsittlich berührt zu haben.

Der Polizist, der dabei stand, machte sich nicht die Mühe, die Anschuldigung zu widerlegen, und gab statt dessen durch seine trotzige Haltung zu verstehen, daß eine Frau, die sich derart aufrührerische Reden unwidersprochen anhöre, nichts Besseres verdient habe als die Behandlung von Prostituierten.

Die übrigen Zuschauer hatten um die beiden einen Kreis gebildet und redeten aufgeregt auf den Sittenstrolch ein, während die anderen Polizisten so taten, als ginge der Vorfall sie nichts an, jeder auf seine Weise.

Die Richter hatten wieder die Köpfe zusammengesteckt. Fritz Buchonia nutzte das allgemeine Desinteresse an seiner Rede, um an dem Staatsanwalt vorbei durch die kleine Tür hinter dem Richtertisch aus dem Saal zu schlüpfen, zumal auch der Geheimdienstbeamte in seinen Notizblock vertieft war.

Im Hinausgehen konnte er gerade noch sehen, wie der Staatsanwalt seine Akte zuklappte, auf dem Aktendeckel hinter seinem Namen ein Zeichen machte, das offensichtlich dem Verfahren eine entscheidende Wende gab, und wie Fräulein Bürstner es nun tatsächlich wagte, ihre Fingernägel zu schneiden.

Er durchquerte rasch das Vorzimmer, warf der Kaffee trinkenden Schreibkraft einen flüchtigen Gruß zu und stand auf dem Gang zu seinem Verwundern dem unauffälligen Mann im Trenchcoat gegenüber. Einen Augenblick, sagte der Mann. Fritz blieb stehen, sah aber nicht auf den Beamten, sondern auf die Türklinke, die er noch in der Hand hielt. Ich wollte Sie nur darauf aufmerksam machen, daß Sie sich soeben – es dürfte Ihnen nicht zu Bewußtsein gekommen sein – des Vorteils beraubt haben, wegen eines vergleichsweise harmlosen Delikts bestraft zu werden, zumal Sie durchaus die Chance hatten, den Vorwurf des versuchten Mordes noch zu entkräften, und wahrscheinlich nur wegen fahrlässiger Verkehrsgefährdung bestraft worden wären.

Fritz lachte nur. Bestrafen Sie mich ruhig wegen Aufforderung zur Begehung von Straftaten, wenn Sie können, rief er im Davonlaufen. Ich pfeife auf Ihre Vergünstigungen, wenn sie nur den Sinn haben, das Recht noch ärger zu brechen, als es ohnehin schon geschieht.

4. KAPITEL

Einige Urlaubserlebnisse

Eines Mittags bemerkte Frau Buchonia, daß sie kein Salz mehr hatte, und ging zum Nachbarszelt, um sich etwas auszuleihen. Sie waren seit fünf Tagen auf diesem Campingplatz in Masuren, und die Tage vergingen in schöner Ereignislosigkeit. Nach dem Frühstück holte sich Renate eine Luftmatratze aus dem Schlafzelt, zog sich mit ihren Frauenbüchern in den Zeltschatten zurück, und Fritz präparierte für sich und seine beiden Söhne die Angeln.

Der See war schmal, der Wald reichte fast überall bis ans Ufer, deshalb fiel abends die Dunkelheit zuerst an den Ufern herein, während es in der Mitte des Sees noch heller war.

Sie hatten jeder ein Boot gemietet. Fritz vertrieb die Jungen, die immer wieder in seine Nähe kamen, und machte schließlich in einer Bucht am anderen Ufer fest. Manche Tage fing er nur einen einzigen Fisch, aber es war nicht das Angeln, das ihn immer wieder aufs Wasser zog.

Beim Angeln erreichte die Eintönigkeit ihren Höhepunkt, deshalb liebte er es mehr als Pilzesammeln, das für ihn genauso nutzlos war; denn entweder fand er nichts, oder er brachte einen großen Korb voller ungenießbarer Pilze heim.

Ihn reizte die ungeheuerliche Stille, die über dem See und seinen Ufern lag und nur gelegentlich unterbrochen wurde, wenn ein Fisch aus dem Wasser sprang und laut platschend wieder eintauchte, ein Vogel rief oder eine Flugente mit vorgestreckten Füßen und weitgeöffneten Flügeln auf der Wasserfläche landete.

So groß war die Stille, daß sie alle Gedanken zum Schweigen brachte. Manchmal wünschte er sich, er könnte an einem dieser Seen wohnen, in einem Holzhaus, mit wenig mehr als nichts, und alles vergessen, was ihn verrückt machte.

Er hatte sich gefragt, ob sie ihn überhaupt ausreisen lassen und ihm diese Gedankenstille gönnen würden. Wann immer er die Bundesrepublik verließ oder wieder betrat, hatten es sich die westdeutschen Grenzbeamten zur Gewohnheit gemacht, ihn warten zu lassen, bis seine Personalien nach Wiesbaden durchgegeben und dort überprüft waren, während die anderen Fahrzeuge schon nach wenigen Minuten abgefertigt wurden.

Einmal kam ein Beamter, der die Pässe eingesammelt hatte, aus dem Büro zurück, fertigte aber weiterhin Reisende ab und antwortete schroff auf die Frage, wann sie endlich die Ausweise zurückbekämen: Sie kommen schon noch dran. Durch Ihr vieles Gefrage geht es auch nicht schneller.

Fritz war unfähig zu reagieren, als der Beamte schließlich die Hand mit den Dokumenten hinter seinem Rücken hervorholte und sie ihnen zurückgab. Er machte den Mund auf, um sich zu beschweren, dem Mann zu sagen, wie gemein er ihn finde, brachte aber kein Wort hervor.

Er lief dann zu seinem Auto und mußte sich zurückhalten, damit sein Lauf nicht aussah wie Flucht und nicht einer von ihnen zu ballern anfing.

Wie leicht geht so ein Ding los, und auf wen schießen sie nicht alles, dachte er: Jungen, die abhauen, weil sie Angst haben, den Führerschein zu verlieren, harmlose Leute, die ein Haltezeichen übersehen haben, Betrunkene, die vor einer Wohnungstür randalieren, Kellner, die eine Rechnung kassieren wollen und nicht ahnen können, daß ihr Gast ein Geheimpolizist ist. Die Todesstrafe ist längst wieder eingeführt, aber ohne Gerichtsverfahren und auch für Bagatelldelikte. Man traut sich kaum noch, schnell zu laufen.

Sie gingen ihm auf die Nerven, wenn sie überall in kugelsicheren Westen herumlungerten, mit ihren Maschinenpistolen im Anschlag, und die Straßen zu Slalomstrecken verbauten, als werde ein gesuchter Verbrecher ausgerechnet eine derart überwachte Straße befahren.

Schon der Aufwand, mit dem der Staat seine Wachsamkeit inszenierte, zeigte ihm deutlich, daß es nicht um Verbrechensbekämpfung, sondern um Machtdemonstrationen eines verunsicherten Apparates ging. Jetzt noch ein entführter Spitzenpolitiker, und die Maschinengewehrgarben begannen zu rattern, sobald ein Blinder bei Rot über die Straße ging.

Sie ödeten ihn an, wenn sie bei jeder Kontrolle fragten, wohin er wolle, woher er komme und was er dort gemacht habe oder zu tun beabsichtigte. Sie hatten kein Recht, ihn das zu fragen. Er konnte reisen, wohin er wollte, und tun, was ihm gefiel. Fritz Buchonia wußte schon lange, daß es nicht so ist, aber er fand sich nicht damit ab. Einmal sagte er pampig: Das geht Sie gar nichts an. Der Beamte blieb kühl und sagte nur: Machen Sie mal Ihren Wagen auf.

Fritz schaute wortlos zu, während drei Beamte sein Fahrzeug leerzuräumen begannen, die Koffer mit den Urlaubssachen, den Sack mit der schmutzigen Wäsche, die Kiste mit den Campingsachen durchsuchten, die Notiz- und Adreßbücher unendlich langsam durchblätterten, die Campingausrüstung und Zelte vom Dach holten, die Sitze ausräumten, den Tank vermaßen, den Wagen auf die Hebebühne rollten und sogar die Schachtel mit den Präservativen öffneten.

Zwei Stunden dauerte die Durchsuchung, während draußen einige hundert Fahrzeuge vorbeirollten. Seither leuchtete ihm ein, daß zumindest die westdeutschen Grenzer das Recht hatten, ihn bei Ein- und Ausreisen ein wenig zu verhören, denn mit den Grenzschützern anderer Staaten hatte er jedenfalls noch keine derartigen Erfahrungen.

Als Familie Buchonia den Oderbruch erreicht hatte, begann es zu regnen. Im polnischen Teil von Frankfurt übernachteten sie bei einer Frau Blumental im Wohnzimmer zu viert. Es war eng und stickig, am nächsten Morgen sahen sie die Oder weit über die Ufer getreten, wenngleich noch innerhalb der Deiche, und vergaßen in Frau Blumentals Bad ein Handtuch. Den Übernachtungspreis ließ sie sich in Westmark zahlen.

Bei der Einfahrt in den Campingplatz an einem der zahllosen masurischen Seen blieb ihr Auto in einem Schlammloch stecken, und es dauerte vier Tage, bevor sie es wieder freibekamen. Das Zelt bauten sie bei strömendem Regen auf und legten auch gleich einen Abflußgraben an, vergaßen jedoch, das Geviert unter dem Zeltboden zu drainieren, so daß sie tief einsanken beim Liegen und die Grasnarbe zu faulen begann. Nach drei Tagen stank es im Zelt wie in einem verschimmelten Futtersilo.

Barfuß und in wasserdichtes Zeug gehüllt, saß Fritz Buchonia unter dem Vordach, während die Frau über den Dreck im Zelt schimpfte, und beobachtete gleichmütig den Kampf der Zeltplatzbewohner mit dem Wasser, das unentwegt den Hang herablief und die Uferwiesen in knietiefen Morast verwandelte.

Einen Morgen lang beobachtete er eine polnische Großfamilie beim Gräbenausheben. Manchmal ging er zu ihnen hinunter mit seinen Söhnen und betrachtete fachmännisch das komplizierte Ablaufsystem. Am nächsten Morgen waren die Polen abgereist, und nur die notdürftig zugeworfenen Rinnen ließen erkennen, daß wieder ein Zeltplatzbenutzer das Schaufeln aufgegeben hatte.

Es störte ihn nicht, daß auf dem Platz immer weniger Zelte standen, und es störte ihn nicht, daß es regnete. Oft, wenn er den Regen auf seinem Vordach hörte, träumte er davon, bis zum Einbruch des Winters hierzubleiben, unerkannt und unbehelligt. Er stellte sich vor, daß er auch nach der Rückkehr in die Bundesrepublik nur auf Zeltplätzen wohnen könnte. Es war vielleicht eine Methode, den Herren des Morgengrauens zu entgehen.

Wenn er den Hang hinauf zum Restaurant oder in die Kawiarnia ging, wo noch mehrere Zelte standen, schaute er sich die Leute genau an, um zu sehen, ob ihm vielleicht aus Westdeutschland ein Staatsschützer mit seiner Familie gefolgt sei. Am vierten Tag hörte es auf zu regnen. Fritz sammelte mit seinen Söhnen Bohlen und Bretter und befestigte den Weg zum Campingplatz. Als sie das Auto endlich freigeschaufelt hatten, waren sie allseitig mit Schlamm beschmiert.

Nach dem Baden suchten sie einen trockenen Platz. Auf der Wiese am See standen nur noch zwei Zelte. Das eine wurde von einer deutschsprechenden polnischen Familie bewohnt, die ebenfalls zwei Söhne hatte. Das andere bewohnte eine Familie aus Karl-Marx-Stadt mit einem etwa zehn Jahre alten Sohn.

Die beiden Männer, die sich seit Jahren kannten, zogen Pilze auf Schnüre. Fritz fragte, ob sie etwas dagegen hätten, wenn er sein Zelt in ihrer Nähe aufbaute. Freundlich wiesen sie ihm einen Platz gleich nebendran, beobachteten ihn beim Drainieren des Bodens, trugen mit ihm schwere Zelt- und Gepäckstücke herüber und tranken Wodka auf sein Wohl, während er mit erzieherischer Stimme seine Söhne beim Zeltaufbau befehligte.

Am folgenden Tag stellte Frau Buchonia fest, daß sie kein Salz mehr hatte, und ging hinüber zu Frau Seifert, um sich etwas auszuleihen. Feuchtwarme Schwaden lagen über dem Platz, während Fritz im Schatten des Bootshauses lag und zuschaute, wie Seifert und die fünf Jungen sich um den Fußball balgten. Zwei Tage darauf fuhren Seiferts polnische Freunde nach Kattowitz zurück, nicht ohne Fritz einige Gegenstände abgekauft zu haben, die sich großer Beliebtheit erfreuten: destilliertes Wasser, die Gummizüge des Dachgepäckträgers und vor allem Plastiktüten. Zum Dank erhielt er zwei Gläser mit eingelegten Pilzen und Gelegenheit, über die Verschiebung der Werte nachzudenken. Weidenkörbe und Stofftaschen vergammelten den Plastiktüten zuliebe. In größeren Ortschaften bevorzugen die Herren statt Aktentaschen und die Damen statt Einkaufstaschen Plastiktüten, deren Wert sich auch nach dem Aufdruck richtet. Auf dem großen Markt in Praga stehen einige Dutzend Verkäufer von Plastiktüten herum. Der Kaufpreis beträgt mindestens einen Stundenlohn. Beliebt scheinen auch westliche Waschbeutel aus buntem Plastik zu sein, die von den Damen als Ausgehtaschen benutzt werden.

Die Abende verbrachten Seiferts und Buchonias zumeist im Kreis um ein offenes Feuer, brieten Kartoffeln mit Speck und tranken Glühwein. Hier, wie anderweitig, bewährte sich Fritz Buchonias Fähigkeit, unbeobachtet aus sich herauszutreten, jemand das Glas wegzunehmen in seiner unsichtbaren Gestalt, so daß plötzlich ein Trinkgefäß fehlte und die anderen zu streiten begannen (aber eben waren es doch noch Gläser genug), sich dazwischen zu hocken, so daß es eng wurde und schon wieder einer mäkelte (aber eben war doch noch Platz genug), und nur Renate, die seine vom Intellekt gezügelte Schizophrenie kannte, sagte beiläufig: Du sollst dich nicht immer so breit machen, Fritz.

Dann saß er in der Runde und beobachtete sich, wie er durch kleine Fragen den politischen Standpunkt der Seiferts und ihr Verhältnis zu ihrer sozialistischen Heimat herauszufinden suchte und durch eigene Bemerkungen andeutete, wie er selber zur DDR stand.

Seiferts ihrerseits wurden zwar freundlicher und gesprächiger, als sie merkten, daß die Buchonias der DDR nicht so feindlich gesonnen waren, wie sie es von zahlreichen Westdeutschen kannten, versuchten nun aber deren Verhältnis zu Westdeutschland zu ergründen, indem sie der Bundesrepublik und ihrer arbeitenden Bevölkerung ein paar Komplimente machten und beispielsweise die höhere Arbeitsproduktivität, höhere Leistungen auf dem Dienstleistungssektor und die bessere Qualität einiger Produkte in der BRD erwähnten.

An dieser Stelle ergriff Frau Buchonia das Wort, sprach von den körperlichen und seelischen Defekten, mit denen die westdeutsche Arbeiterklasse die höhere Produktivität bezahle, schimpfte auf die Verarmung und Denaturierung des westdeutschen Nahrungsmittelangebots und zählte auf, welche ihrer Haushaltsgeräte in letzter Zeit die Garantiefrist nur wenig überlebt hätten.

Seiferts hörten es nicht ohne Befriedigung, bestätigte es doch ihre Meinung, daß zahlreiche Gerüchte über den Westen, die in ihrer Republik umgingen, mit Vorsicht zu genießen seien, und gestattete es ihnen doch zugleich, auf zahlreiche Mängel im eigenen Lande hinzuweisen.

Derweil brannte das Feuer rauf und runter, und die drei Jungen ruderten zum anderen Ufer hinüber, um mit Taschenlampen Holz zu suchen. Aus den Zelten am Hang war Schallplattenmusik zu hören, zumeist polnische Schlager, die Fritz an italienische Lieder erinnerten.

Gelegentlich torkelten Besoffene vorbei, baten um eine Zigarette, beugten sich zu Fritz herab und fragten: deutsch?, beugten sich dann zu Seifert hinunter, fragten: auch deutsch?, versuchten, den Damen Schnaps aus abgelutschten Flaschen anzubieten, und trollten sich gutmütig, Revolutionslieder singend. Gegen Mitternacht nahmen sie laut planschend und pruschtend ein Bad, während Seiferts und Buchonias schon ihre Luftmatratzen zurechtrückten, sich gute Nacht wünschten, den schönen Abend lobten und einander versicherten, daß es doch besser sei, miteinander zu reden, als auf die Zeitung oder das Radio zu hören.

Sie saßen jetzt auch tagsüber oft beisammen, benutzten die Boote gemeinsam, kauften füreinander ein oder saßen einfach nur vor ihren Zelten als gute Nachbarn, während neue polnische Großfamilien auf der schon recht gut getrockneten Wiese ganze Zeltdörfer erbauten, Großküchen eröffneten, endlose Wäscheleinen spannten und stundenlange Faustballturniere austrugen. Einmal kamen die Besoffenen schreiend und ihre Flaschen schwenkend den Hang herabgerannt, verfolgt von einigen Milizen, die ihnen die Knüppel auf den Kopf schlugen, wenn sie in ihre Reichweite kamen.

Die Besoffenen vollführten Bocksprünge, als wollten sie die Milizen amüsieren und damit zum Einhalten bewegen, aber die Beamten selbst sprangen so ungeschickt durch die Wiese, rutschten in den Pfützen aus und beschmierten sich von oben bis unten, weshalb die Zuschauer, die ihnen folgten, sich vor Lachen kaum halten konnten und ebenfalls in den Morast fielen, bis auch die Besoffenen vor Lachen kaum noch laufen konnten, so daß die Milizen sie wohl geschnappt hätten, wenn die lockeren Trinker nicht wie auf Kommando die Richtung gewechselt, auf den Bootssteg hinausgelaufen und samt Kleidung und Flaschen in den See gesprungen wären.

Die Milizen standen noch eine Weile fluchend und laut über den See rufend am Ufer, während die Besoffenen schon weit draußen ihnen offensichtlich Spottverse zuriefen, denn jeder Ruf vom Wasser her löste bei den Zuschauern am Ufer Gelächter aus, und sich schließlich am anderen Ufer lagerten, wo sie die Flaschen kreisen ließen.

Seifert stand kopfschüttelnd da und sagte auf sächsisch: Sowas gäb's bei uns nicht.

Fritz stellte sich vor, wie die Szene in Westdeutschland aussehen würde. Auf einem westdeutschen Campingplatz half man den Beamten, die Betrunkenen zu fangen. Aber auch ohne private Hilfe ließen die Polizisten sie nicht entkommen. Ein Polizist, der Einsatzleiter vermutlich, rief sofort über Funk die Wasserschutzpolizei. Einige Beamte requirierten Paddelboote und begannen heftig zu rudern. Andere gingen am Ufer in Deckung, entsicherten die Schußwaffen und riefen den betrunkenen Schwimmern zu: Halt, stehenbleiben, oder ich schieße. Wieder andere eilten zu ihren Fahrzeugen zurück und fuhren schnurstracks zum anderen Ufer.

Vielleicht würde es Pannen geben, ein Beamter würde ins Wasser fallen, aber schon das würde ausreichen, die Betrunkenen wegen Widerstands gegen Vollstreckungsbeamte anzuklagen, und hatte deshalb auch seine Vorteile. Noch besser, ein Beamter wurde bei der Schießerei verletzt oder ein Betrunkener erschossen. Dann gäbe es Schlagzeilen, der Schütze würde befördert und der Einsatzleiter bekäme einen Orden.

Fritz erinnerte sich eines ähnlichen Vorfalls, an dem zwei Polizisten beteiligt waren. Sie zogen die Pistolen, aber der Gesuchte konnte zunächst entkommen. Er wurde verdächtigt, betrunken Auto gefahren zu sein. In seiner Urteilsbegründung tadelte der Richter ausführlich den Leichtsinn des Flüchtlings, lobte hingegen die Besonnenheit der Beamten. Stellen Sie sich nur einmal vor, was passiert wäre, wenn die Beamten von der Schußwaffe Gebrauch gemacht hätten, sagte er. Mord und Totschlag hätte das geben können.

Nach einer Woche wußte Fritz genug über Seiferts, um sich ein Bild machen zu können. Herr und Frau Seifert waren beide berufstätig, er als Meister in einem Chemiekombinat, sie als Sachbearbeiterin beim Rat des Kreises im Landwirtschaftsamt. Sie waren in der Partei und hatten in ihrer Jugend der FDJ angehört. Ihr zehnjähriger Sohn war bei den Jungen Pionieren. Bei den »Jupis« sagte der Junge.

Was Fritz erstaunte, war das kritische Wohlwollen, das sie ihrem Staat und seinen Einrichtungen entgegenbrachten. Er ertappte sich dabei, daß er noch immer von Vorurteilen ausging, wenn er mit Leuten aus ihrem Land sprach, von der Erwartung, daß man entweder dafür oder dagegen sein mußte. Die Seiferts waren nicht völlig dafür, aber auch nicht völlig dagegen. Vielleicht ist es das, was mir fehlt, überlegte er, als sie schon auf der Heimreise waren. Er wünschte sich, in einer Gesellschaft zu leben, die sich den Staat und seine Glaubenssätze nicht dermaßen zu eigen gemacht hat wie die überwiegende Mehrheit der Bundesbürger. In einem Land, in dem die Menschen den Staat noch nicht im Kopf haben und lieber auf ironische Distanz zu ihm gehen, statt ihn angstvoll zu umarmen.

Es begann wieder zu regnen, als Buchonias ihr Zelt abschlugen, das Auto beluden und sich von dem alten Bootsmännchen verabschiedeten, das ihnen für Westmark die Boote zu einem Vorzugspreis überlassen hatte. Seiferts waren schon einen Tag früher aufgebrochen. Fritz kontrollierte vor der Abfahrt den Wagen und stellte fest, daß auf der Batterie kein Wasser war. In Danzig schrieb er eine Postkarte an Seiferts. Die folgenden Tage fragte er an mehreren Tankstellen nach destilliertem Wasser, aber es war überall ausverkauft.

Einige Tage vor ihrer Abreise aus Masuren hatten einige junge polnische Arbeiter mit ihren Freundinnen gleich nebendran die Zelte aufgeschlagen. Schon am ersten Abend baten sie Fritz und seine Frau an ihr Feuerchen, boten ihnen warmgemachte Blutwurst mit Graupen an, sangen vaterländische Lieder und kochten Kaffee. Später holten sie eine Flasche und einen Plastikbehälter aus dem Zelt, mischten die beiden Flüssigkeiten und boten zu trinken an.

Fritz begriff nun auch dies. Da die Regierung den Schnapspreis erhöht hatte, kauften die Leute Spiritus und verdünnten ihn mit destilliertem Wasser. Er wünschte sich, zu Hause einmal etwas ähnliches zu erleben.

5. KAPITEL

Die Mole von Zoppot

Die Straßen und Plätze der Altstadt in Ufernähe waren voller Menschen, die gemächlich spazierengingen, an Eisbuden und Getränkeständen lange Schlangen bildeten, die Schallplattentische umlagerten, miteinander schwatzten, ihre Kinder beschimpften und so taten, als gäbe es keinen Fritz Buchonia und als wären dies nicht seine letzten unbeschwerten Tage. Zahlreiche Plakate ließen darauf schließen, daß ein Schlagerfestival stattfand.

Zusammen mit seiner Frau und den beiden Jungen ging er zu dem niedrigen Bauwerk, das den Zugang zur Mole bildet, und löste die Eintrittskarten. Hier drinnen war das Menschengedränge womöglich noch größer. Er ließ Frau und Kinder allein auf die Mole hinausgehen und setzte sich an einen kleinen Tisch im Freien vor ein Kaffeehaus.

Die Mole erschien Fritz wie ein großes Vergnügungsschiff mit einer Kommandobrücke. Schnüre mit bunten Wimpeln, die lustig im Wind flattern, gehen in alle Richtungen von dem Turm aus, und die Brüstung zu beiden Seiten der Mole wirkt wie eine Reling.

Das Schiffsdeck, das Fritz nun ganz deutlich zu sehen glaubte, ist wohl dreißig Meter breit, und die Länge des Schiffes mag an die dreihundert Meter betragen. Treppen führen hinab zu Laufstegen an beiden Seiten der Mole, die wie ein Unterdeck wirken und ebenfalls eine Reling haben, Rettungsringe sind in gleichmäßigen Abständen aufgehängt, und es hätte Fritz nicht gewundert, wenn seitlich der Schiffswand Rettungsboote gehangen hätten.

Jeden Augenblick konnte die zum Dampfer gewordene Mole in See stechen. Rauch quoll aus den Schornsteinattrappen, die Schiffsglocke ertönte, die Falleitern wurden eingezogen und Taschentücher entfaltet. Inmitten der tausend oder mehr Menschen, die geruhsam aufs Meer hinausliefen oder von draußen zurückkamen, ein wenig fröstelnd und vom Wind zerzaust, denn es wehte eine kräftige Brise unter dem knallblauen, wolkenlosen Himmel, fühlte Fritz sich mit seinen Gedanken und Alpträumen allein gelassen:

Er sollte sich im Gefängnis von B. einfinden, Zeit und Verkehrsmittel konnte er selber wählen; ihm war lediglich aufgegeben, seine Anreise drei Tage vorher anzukündigen, damit das Amt für Befragungswesen Beamte zur Überwachung seiner Haftbedingungen bereitstellen könne.

Pro forma sind zwar der Haftrichter und die Gefängnisverwaltung für den Haftvollzug zuständig, tatsächlich aber sind es die Beamten des Befragungswesens, die vorschreiben, wie eine Haft zu gestalten ist.

Er beschloß, dem Befehl sofort Folge zu leisten, und nahm nicht einmal mehr das Angebot einer Rundfunkanstalt wahr, an einem der nächsten Tage im Sendegebäude aus seinem zuletzt erschienenen Roman eine halbe Stunde lang vorzulesen, obwohl die Absage für ihn einen Verdienstausfall von 750 Mark bedeutete.

Die Haftanstalt lag in einer südwestdeutschen Kleinstadt, und er war fast den ganzen Tag lang unterwegs. Wie üblich bei längeren Fahrten nahm er die Eisenbahn, da Renate zu Hause nicht ohne Auto sein wollte, fuhr zeitweise aber doch mit dem Wagen, was der absurden Logik aller dieser Träume entsprach.

Er fuhr dann schneller als gewöhnlich, fast unvorsichtig, und malte sich aus, wie die Presse reagieren würde, wenn er gegen einen Brückenpfeiler prallte und tödlich verunglückte. Dieses oder jenes Blatt würde vielleicht mutmaßen, daß Fritz aus Erregung über seine Verhaftung in den Tod gefahren sei, und indirekt der Justiz die Schuld geben, aber die meisten Zeitungen würden verschweigen, daß er auf dem Weg in die Haftanstalt war.

Er verwarf den Gedanken deshalb wieder. Zum Sterben gab es auch in der Justizvollzugsanstalt noch genügend Möglichkeiten, und die absolute Freiheit, unter der sich bisher alle Maßnahmen gegen ihn vollzogen hatten, boten eine zusätzliche Beruhigung.

Den Haftvollzug kannte er aus zahlreichen Berichten, so daß er ausreichend Zeit gehabt hatte, sich darauf vorzubereiten. Die ersten vier Monate lag er in einer etwa zweieinhalb auf dreieinhalb Meter großen Einzelzelle in einem Zellentrakt, der seinetwegen von allen übrigen Häftlingen geräumt worden war.

Dreimal am Tag wurde Essen hereingereicht, von grünen Hausbeamten, die auch auf Befragen nur selten antworteten. Eisige Stille herrschte, die manchmal von einem ganz fernen Geräusch unterbrochen wurde, das Fenster ließ sich zwar öffnen, doch vor dem Fenster waren ein enges, kräftiges Maschengitter und eine Sichtblende angebracht, die den Blick nach außen versperrte.

Zuweilen glaubte er, schon die unzureichende Entlüftung und Beleuchtung der Zelle müsse ihn langsam vergiften und umbringen. Er hatte das Gefühl, mit jedem Atemzug die verbrauchten Abgase seines Körpers einzuatmen, die feucht und schwer in der Luft hingen.

Das Licht der Neonröhre, die den ganzen Tag über brannte, sonderte eine unbekannte Strahlung ab, die unter die Haut drang und unmerklich seine Organe zersetzte. Das trübe Licht, das nach 22 Uhr eingeschaltet wurde, vor allem aber das große Licht, das jede Stunde grell aufleuchtete, wenn ein Beamter die Luke aufklappte, um Nachschau zu halten, ob er noch lebte, verhinderten, daß er irgendwann richtig einschlief, so daß er stets nur knapp unterhalb der Wachschwelle dahindämmerte.

Die täglichen Erwartungen waren reduziert auf ein Minimum. Er durfte eine Tageszeitung und drei Periodika erhalten, und oft waren die Blätter kaum noch lesbar, da zahlreiche Artikel, die er nicht lesen sollte, herausgeschnitten waren. Alle anderen Zeitungen und Zeitschriften, die ihm von Freunden und Verwandten zugesandt wurden, durften nicht ausgehändigt werden, teils weil ihr Bezug nicht genehmigt war, teils weil sie geeignet seien, die Sicherheit und Ordnung in der Anstalt zu gefährden, ihn in seiner staatsfeindlichen Gesinnung zu bestärken und zu verhindern, daß er sein Strafverfahren mit mehr Verständnis und Entgegenkommen zu fördern half.

Ein eigenes Radio war ihm verwehrt, er war deshalb auf das Anstaltsprogramm angewiesen, das tagsüber fortgesetzt aus dem Deckenlautsprecher Werbefunk, Straßenverkehrsberichte und leichte Musik ausstrahlte, während Nachrichten und andere Wortsendungen mit Ausnahme von Landfunk und Börsennotizen abgestellt wurden.

Eine eigene Schreibmaschine hatte man nicht bewilligt, da er sie womöglich als Schlaginstrument gegen Justizbedienstete verwenden könne, obwohl er in seinem Leben nicht die geringste Neigung zu Gewalttätigkeiten gezeigt hatte.

Verweigert hatte man ihm auch einen Plattenspieler, da ein solches Gerät als Waffenversteck geeignet sei, eine Tischlampe, da er sich an der Lampenschnur aufhängen könne, und alle Arten von spitzen und scharfen Gegenständen, obwohl er nicht als selbstmordgefährdet galt.

Seine Korrespondenz wurde zensiert. Oft grübelte er stundenlang darüber nach, warum ein Brief, den er geschrieben hatte, oder ein an ihn gerichtetes Schreiben von der Beförderung auszuschließen und zur Habe zu nehmen sei, wie es hieß; denn konkrete Gründe für diese Anhalteverfügungen gab es nicht.

Der Tag hatte praktisch nur einen Höhepunkt, wenn er um die Mittagszeit eine halbe Stunde lang auf dem überdachten Haus spazieren gehen durfte, natürlich allein, wenn er von seinen Bewachern absah; so allein, wie unter den vielen Menschen, die auf der zum Dampfer gewordenen Mole aufs Meer hinausliefen oder von draußen zurückkamen.

Für die Bewacher schien die Freistunde eine Art Manöverübung zu sein, in der sie ihre Disziplin und Schlagkraft unter Beweis stellten.

Es begann damit, daß ein Grüner die Tür aufschloß und den Raum betrat, gefolgt von zwei Grenzern mit Maschinenpistolen, die sich an der Tür postierten. Durch die geöffnete Tür sah Fritz draußen auf dem Gang weitere bewaffnete Grenzschützer stehen. Der Grüne legte einen kompletten Satz Kleidungsstücke auf die Pritsche. Fritz zog sich nackt aus und bückte sich breitbeinig. Der Grüne bückte sich daraufhin ebenfalls und spähte in den Anus.

Danach hob er den Hodensack an, ob Fritz etwas darunter versteckt hatte, Fritz öffnete den Mund, beugte sich vor und sagte »a«. Der Grüne leuchtete dabei die Mundhöhle mit einer Taschenlampe aus, wobei Fritz die Nase rümpfte und die Atmung einstellte, da der Mensch immer etwas nach Fäkalien roch, was wohl daher kam, daß er die Körperöffnungen in der falschen Reihenfolge kontrollierte.

Danach durfte Fritz die neuen Sachen anziehen, während das alte Zeug zur Kontrolle ins Büro des Sicherheitsinspektors gebracht wurde. Bevor er die Zelle verließ, wurde er mit einem Detektor abgetastet, der auf metallische Gegenstände ansprach, und obwohl das Dach allseits bis zur Höhe der nochmaligen transparenten Überdachung mit starkem, engem Maschendraht eingezäunt war, durfte er sich dem Rand nur bis auf zwei Meter nähern.

Bereits zu Beginn seiner Haft war ihm eröffnet worden, daß alle Vergünstigungen, wie der Einzelhofgang, das wöchentliche Bad, bei dem zwei Beamte an seiner Wanne die Ehrenwache hielten und andere die Tür bewachten, widerrufen werden könnten, falls er es wagen sollte, das Personal anzusprechen. Allein mit den Grünen, die zu seiner Bedienung eingeteilt waren und die man daran erkannte, daß sie nur mit einer Pistole bewaffnet waren, durfte er reden, was freilich nicht sehr ergiebig war, da sie seine Wünsche, wenn überhaupt, zumeist wortlos erledigten.

So blieben ihm zur Ablenkung nur die zwanzig Bücher, die er in seiner Zelle hatte. Mehr waren ihm nicht erlaubt, weil die Zelle immer übersichtlich und geordnet sein mußte, und es war auch nicht möglich, alle Bücher zu bekommen, die er wünschte.

Sobald der Hofgang zu Ende war, mußte er sich abermals ausziehen, wurde wieder untersucht und bekam seine alten Sachen zurück. Meist war er zu müde, dann noch die Zelle aufzuräumen, die während seiner Abwesenheit kontrolliert wurde und deshalb stets so aussah, als habe eine Horde Vandalen gehaust.

Er ließ sich statt dessen auf seine Pritsche fallen, was sie gestatteten, obwohl der Gefangene nach der Hausordnung tagsüber nur im Krankheitsfalle auf seinem Bett liegen darf, und fiel in unruhigen Halbschlaf, in dem die Träume geboren werden, die dem Wahnsinn ähneln.

Ein Traum, der immer wiederkehrte, war seine Ermordung. Er lag auf dem Bett und spürte das Dröhnen in seinem Kopf, das von der dauernden Stille im Trakt ausgelöst wurde und langsam nachließ, bis es wirklich still war, wohltuend still, wie von normalen Geräuschen. Das war die sanfteste Todesart. Er war schon so lange an die Stille gefesselt, daß sein Körper jede Beziehung zur Wirklichkeit aufgab. Er wurde dann schwebeleicht, schwebte fast unter der Decke der Zelle und konnte sich in jede beliebige Lage bringen, so daß er auch auf sich selbst herabschauen konnte, wie er auf seiner Pritsche lag, ganz friedlich.

Stets war er unfähig, seinem Tod Gegenwehr zu leisten. Einmal saß er an seinem Tisch und versuchte zu denken, was unendlich schwer war, da die Stille keinen geordneten Gedanken aufkommen ließ, als die Zellentür lautlos von unsichtbarer Hand geöffnet wurde. Es war wie im Traum, da das Geräusch der zahlreichen, klappernden Schlüssel, das laute Klacken des Schlüssels im Schloß und das schwere Quietschen der Tür normalerweise zu den wenigen Geräuschen gehörten, die sie ihm gönnten.

Eine Hand wurde hereingestreckt und warf etwas auf den Fußboden. Fritz drehte die Augen zur Seite und sah eine kleine Glaskugel, die beim Aufprall zersprungen war und aus der Dampf aufstieg, der sich rasch verbreitete. Gleichzeitig nahm die Benommenheit in seinem Kopf zu, er war unfähig, sich von seinem Stuhl zu rühren, und sah den Raum nur noch wie durch den Boden eines dickwandigen Glases.

Mehrere Personen schwebten durch die Tür, die jetzt weit geöffnet war, verteilten sich im Raum und begannen in seinen Manuskripten und Akten zu wühlen. Ein Mann trat hinter ihn und hielt seine Schultern fest, während ein anderer seinen linken Arm ergriff, ihm das Hemd über den Unterarm hochschob, eine Rasierklinge zwischen Daumen und Zeigefinger seiner rechten Hand legte und ihm sanft, aber bestimmt dabei half, sich die Pulsadern aufzuschneiden. Dann nahm der Fremde, dessen Gewand an den Rändern grün flimmerte und leuchtete wie Protuberanzen, ihm die Rasierklinge aus den Fingern, drückte sie ihm zwischen Daumen und Zeigefinger seiner linken Hand und führte sie ebenso nachdrücklich zu Fritz' rechter Pulsader.

Verwundert schaute Fritz auf seine Hände, die auf der Tischplatte lagen, und beobachtete, wie das Blut erst aufspritzte und dann schwächer wurde, bis nur noch ein Rinnsal aus den etwa vier Zentimeter langen Schnittwunden floß. Er spürte, daß sein Oberkörper sich zur Tischkante neigte, die Arme seitlich vom Tisch rutschten, und landete mit der rechten Wange auf einem leeren Blatt Papier. Dann wurde es dunkel, aber um sich herum hörte er noch Schritte und leises Getuschel. Jemand ergriff seine Haare, zog den Kopf hoch, lüpfte sein rechtes Augenlid, hob erst seinen linken, dann seinen rechten Arm und sagte mit Bestimmtheit: Selbstmord. Eindeutig.

Stets war es früher Morgen, wenn er getötet wurde, und es graute schon. Die Herren des Grauens kamen immer am Morgen. Stets auch wurde zuerst eine gläserne Ampulle in den Raum geworfen, die mit kaum hörbarem Klirren zersprang und deren Inhalt zusammen mit dem Sauerstoff der Luft ein betäubendes Gas entwickelte, das später im Körper nicht nachweisbar ist und ihn lähmte, ohne ihn bewußtlos zu machen. Stets also wurde er Zeuge seiner eigenen Tötung, konnte er sich davon überzeugen, daß sie die üblichen Mittel anwandten und keine Unbefugten waren.

Ein anderes Mal stand er mit dem Rücken zum Fenster, als die Tür geöffnet wurde und ein Grüner die Tischlampe hereinbrachte, die er seit langem beantragt hatte. Mit einem kurzen Ruck riß der Mann das Kabel aus der Lampe, bildete eine Schlinge, die er ihm um den Hals legte, zwei Zivile hoben ihn hoch, während der Grüne das freie Ende des Kabels oben am Fenstergriff verknotete. Dann ließen die beiden ihn fallen, Fritz spürte einen heftigen Druck auf der Halsschlagader, bis sein Bewußtsein zu tanzen begann. Einen Moment lang glaubte er, der Kopf müsse abreißen, so schwer hing sein Körper am Hals, dann wurde ihm leichter und leichter, bis er zu schweben begann, wie üblich.

Anfangs hatte er sich gefragt, wenn er schon tot war, wie sie es anstellten, nicht gesehen zu werden. Der Trakt und die Zelle wurden Tag und Nacht von Fernsehkameras beobachtet und auf einen Monitor projiziert, vor dem zwei Beamte saßen und das ständig gleiche Bild betrachteten wie ein Fernsehprogramm.

Eines Tages erinnerte er sich an einen Film über einen Raubüberfall, den er vor Jahren in Rom gesehen hatte. Die Räuber wollten einen Raum betreten, der ebenfalls von Monitoren überwacht wurde. Sie drehten deshalb einen Film des leeren Raumes aus der Perspektive der Telekamera, schlossen den Monitor an ein Videogerät und spielten den vorbereiteten Film ein. So war auf dem Monitor weiterhin der leere Gang zu sehen, während die Räuber sich unbeobachtet in dem nur noch scheinbar überwachten Raum bewegen konnten.

Wenn er am nächsten Morgen geweckt wurde, dauerte es oft eine Stunde oder mehr, bis er in der Lage war, zwischen Wahn und Wirklichkeit zu unterscheiden. In solchen Stunden mußte er erkennen, daß die Wirklichkeit draußen vor den Gefängnismauern dahinschwand und sich auf die wenigen Reize verminderte, die in der Zelle wahrnehmbar waren.

Die größte Folter war, daß er mit niemandem reden konnte. Nur Verwandten war es gestattet, ihn zu besuchen, und auch dies nur einmal im Monat eine Stunde lang. Sie saßen dann in einem engen, vielleicht zwei mal drei Meter großen Raum, der über Mikrofon abgehört wurde. Außer Fritz und dem Besucher befanden sich zwei Beamte des Landesamtes für das Befragungswesen in Zivil und ein grüner Hausbeamter im Raum, so daß ein Gespräch kaum möglich war.

Er selbst hatte sich an den Aufwand bereits gewöhnt, aber die Besucher wirkten anfangs verstört über die ausgedehnten Körperkontrollen, die schwer bewaffneten Beamten draußen am Gang, die zahllosen Gittertüren, die vor ihnen laut rasselnd geöffnet und hinter ihnen genauso rasselnd wieder geschlossen wurden.

Ein- oder zweimal im Monat kam sein Anwalt angereist. Er wirkte abgespannt und zerstreut, offensichtlich irritiert vom Redeschwall, mit dem Fritz ihn überfiel, kaum fähig, ihm zuzuhören. Immer wieder unterbrach Fritz sich selbst und herrschte ihn an: Sag mal, hörst du mir überhaupt zu?

Wenn Fritz wieder in seiner Zelle war, machte er sich klar, wie sinnlos diese Gespräche waren. Jedesmal machte der Anwalt einen gequälten Versuch, mit ihm über das Verfahren zu reden, aber es gab nichts zu besprechen. Nur ein paar Justizbeamte mochten wissen, wieweit das Amt für Befragungswesen den Prozeß schon vorbereitet hatte. Es war auch sinnlos, mit dem Anwalt über die Haft zu reden. Es gab keine Worte, um das zu beschreiben, was in den 23 ½ Stunden geschah, die er alleine in seiner Zelle zubrachte. Jeder begreift nur das, was er am eigenen Leib erlebt hat.

Der Raum, in dem die Anwaltsbesuche stattfanden, war in der Mitte durch eine Glasscheibe unterteilt. Jeder hatte ein kleines Tischchen vor sich, auf dem ein Mikrofon stand. Seitlich der Glasscheibe war ein Lautsprecher angebracht. Beim ersten Mal hatte es Fritz irritiert, als der Anwalt vor ihm völlig tonlos die Lippen bewegte, während seine Stimme seitlich aus dem Lautsprecher kam. Inzwischen empfand Fritz die Trennscheibe als Besuchsverhinderungsanlage. Er begriff, daß menschliche Kommunikation nicht nur darin besteht, den anderen zu sehen und durch einen Lautsprecher zu hören, sondern die Möglichkeit mit einschließt, den anderen anzufassen, zu spüren und aus dem Mund reden zu hören. Nach einigen Besuchen hatte er das Gefühl, der Anwalt auf der anderen Seite der Trennscheibe sei nicht real, sondern nur eine Erscheinung auf einem Bildschirm.

Auch vor diesen Anwaltsbesuchen wurde Fritz ausgezogen, untersucht und umgezogen, obwohl der Austausch von Gegenständen und Schriftstücken unmöglich war. So minderten auch diese Besuche nicht seine krankhafte Einsamkeit und seinen Eindruck, nicht mehr ganz auf der Welt zu leben. Zumeist wußte er nach wenigen Stunden nicht mehr, ob ein Besuch vorgestern stattgefunden hatte oder bereits vor einer Woche.

Immer häufiger hatte er das Gefühl, an einer rätselhaften Krankheit zu leiden. Manchmal meinte er, sein Kopf müßte explodieren, und die Schädeldecke müßte eigentlich zerreißen oder abgesprengt werden, während eine ungeheure Kraft ihm das Rückenmark ins Gehirn preßte. Dann wieder schien sein Gehirn zu schrumpeln, wie Backobst, während sein Körper unter Strom stand, durch den alle seine Bewegungen ferngesteuert wurden. Zuweilen mußte er fortgesetzt pissen und befürchtete auszutrocknen.

An manchen Tagen, wenn er auf dem Bett lag, setzte die Zelle sich in Bewegung und begann zu fahren, in scharfen Kurven auf und ab, so daß ihm schlecht wurde und er aufsprang, seinen Körper eng an die Zellenwand drückte und mit erhobenen Händen den Raum anzuhalten versuchte, bis er begriff, daß nur jemand außerhalb des Hauses das rasende Gefährt stoppen konnte. Er fror und zitterte und wußte nicht, ob vor Kälte oder vor Hitze. In solchen Momenten begann er mit sich selber zu sprechen, bis die Luke aufging und ein Beamter rief, er solle aufhören zu schreien, obwohl er sicher war, in normaler Lautstärke geredet zu haben.

Wenn er mit den gelegentlichen Besuchern sprach, hatte er oft Mühe, die Bedeutung der Worte zu begreifen, und mußte raten, was die anderen sagten. Zugleich wuchs die Furcht, er könne nun nicht mehr fähig sein, die richtigen Worte zu gebrauchen, und spreche längst in unverständlichen Sätzen, während er noch immer glaubte, sich verständlich zu machen.

Worte, die Zischlaute enthielten, wie »s«, »ß«, »z«,»tz« oder »sch«, verursachten ihm Kopfschmerzen. Die Wärter, der Hof, der Trakt und alle Gegenstände schienen ihre Tiefe, ihre Dreidimensionalität zu verlieren und wurden flach wie Zelluloid. Zugleich fühlte er in sich eine Aggressivität, für die es kein Ventil gab. Er hatte das Gefühl, nicht darüber sprechen zu können, weil jedes Wort auf den Zuhörer wie kochendes Wasser wirken mußte, das den anderen verbrennen und für immer entstellen würde.

Eines Mittags auf dem Hof meinte er, einen klaren Gedanken zu haben. Er wußte, daß er an sich selbst sterben würde, wenn er noch lange allein bleiben mußte. An diesem Abend übergab er dem Grünen einen Zettel. Wenn ich sterben muß, soll es rasch geschehen. Ich verlange, mit anderen Gefangenen zusammengelegt zu werden.

Von nun an stellte der Beamte das Tablett neben der Tür ab und nahm die unberührte vorige Mahlzeit mit. Das Essen sah appetitlicher aus als früher, aber Fritz rührte nichts an. Nach drei Tagen hatte er sich an den Hunger gewöhnt. Nach einer Woche begannen Glückszustände, die mit einem Gefühl der Leichtigkeit verbunden waren, wie er sie bisher nur verspürt hatte, wenn er ermordet wurde.

Ein paarmal kam der Gefängnisarzt mit anderen Herren, die teils vom Amt für Befragungswesen waren, teils höhere Anstaltsfunktionäre zu sein schienen. Die Befragungsbeamten kannte er seit seiner Einlieferung. Sie hatten ihn damals ein paarmal verhört und ihm Vergünstigungen angeboten, falls er zur Aussage bereit sei. Normalvollzug, wie sie es nannten, Zusammenlegung mit anderen Gefangenen, Teilnahme an Gemeinschaftsveranstaltungen, eigenes Radio, häufigere Besuche, auch von Personen, die nicht mit ihm verwandt waren, ungehinderten Zeitschriftenbezug und Briefverkehr, Schreibmaschine, Tischlampe und anderes.

Aber er wußte auf alle ihre Fragen keine Antworten, kannte keinen der vielgesuchten Terroristen, die sie offenbar gut kannten, hatte selbst die meisten Namen noch nicht gehört, nicht an geheimen und sonstigen Zusammenkünften teilgenommen, über die sie so gut Bescheid wußten, wußte nicht, wer die Urheber der Banküberfälle, Paß- und Waffendiebstähle, Sprengstoffanschläge und Entführungen waren, die sie ihm vorhielten, hatte keine Ahnung, wer dieses Auto gekauft, jene Wohnung gemietet, eine bestimmte Schreibmaschine oder ein besonderes Fabrikat einer Videokamera gekauft hatte.

Er wußte nicht, worauf ihr Verdacht sich stützte, und konnte sich auch nicht vorstellen, daß überhaupt Verdachtsmomente gegen ihn bestanden. Es war alles genauso sinnlos wie vor einiger Zeit die Anschuldigung, er habe andere zur Begehung von Straftaten aufgefordert. Er sehnte sich zurück nach Kalbfuß und Tönnske und den absurden Ermittlungen, die sie geführt hatten.

Angestrengt dachte er darüber nach, was aus jenem Verfahren eigentlich geworden sei, und kam zu keinerlei Ergebnis. Im stillen bezweifelte er, daß alle diese Straftaten, die sie ihm vorhielten, überhaupt stattgefunden hatten, oder er fragte sich, ob Polizei und Staatsschutz die meisten dieser Delikte nicht selber begangen oder zumindest angezettelt hatten, nur um ihn gefangenzuhalten, unbeschränkt Geldmittel und Gesetze zu fordern und die Öffentlichkeit mit immer neuen Schreckensmeldungen über angebliche Straftaten einzuschüchtern.

Sprachlos nahm er die Drohung zur Kenntnis, wenn er nicht bald bereit sei zu kollaborieren, werde man nachweisen, daß er seine anwaltliche Stellung dazu mißbraucht habe, Waffen und Sprengstoff in Haftanstalten zu schmuggeln und Kassiber zu verschieben. Er wußte, daß der Vorwurf falsch war, aber er wußte auch, daß sie die Beweise gegen ihn produzieren würden.

Die Durchsuchungen fielen ihm ein, die er als Anwalt über sich hatte ergehen lassen müssen. Schon die Stadt, in der sich das Gefängnis befindet, kam ihm vor wie ein Gefängnis. Er wagte kaum den Namen des Stadtteils zu nennen, in dem das Gefängnis ist, als er vor seinem ersten Besuch gleich am Hauptbahnhof nach der Straßenbahn fragte. Schon die Nennung des Stadtteils, so meinte er, mußte ihn dem Verdacht aussetzen, er wolle im Gefängnis eine bestimmte Person besuchen, obwohl die Anstalt mit einigen hundert Häftlingen belegt ist und der Passant, den er angesprochen hatte, unmöglich ahnen konnte, daß er zur Haftanstalt wollte, zumal der Stadtteil vielleicht zehn- oder zwanzigtausend Einwohner hat.

Es erschien ihm auch typisch, daß das Gefängnis außerhalb der Stadt liegt, wie ein Friedhof. Die letzten paar hundert Meter hinter der Endstation der Straßenbahn waren Niemandsland für ihn, obwohl die Bebauung erst kurz vor der Haftanstalt endet. Dort, wo die tristen Wohnblocks der Anstaltsbediensteten und ihrer Familien beginnen, erwartete ihn die erste Streife, zwei junge Männer in Uniform mit Maschinenpistolen. Fritz wies sich aus, wobei er auch seine Visitenkarte vorzeigte, und durfte passieren.

Die Anstalt ist eine uneinnehmbare Festung, umgeben von einer hohen Mauer, hinter der die Haftgebäude aufragen, davor ein asphaltierter Weg, rund um die Mauer herum. Berittene Grüne patrouillierten in Zweiertrupps, verschwanden um die Ecke, kamen durch das rückwärtige Tor wieder auf das Anstaltsgelände, verschwanden neuerlich in einem Tor seitlich der breiten Straße, die das Gebiet durchschneidet, und tauchten an anderer Stelle ebenso unerwartet wieder auf.

Während er neben dem Schlagbaum vor dem niederen Häuschen stand, in dem hinter kugelsicheren Glasscheiben mehrere Grüne saßen, die seinen Ausweis durch einen Schlitz unterhalb der Scheibe entgegennahmen und lautlos zu telefonieren begannen, kam aus dem großen einstöckigen Gebäude rechts der Einfahrt ein Zug uniformierter Grenzer in feldmarschmäßiger Ausrüstung, nahm Haltung an und formierte sich auf Befehl zu einem Marschtrupp. Als sie hinter ihm vorbeimarschierten, wirkten die Männer, die durchweg nicht älter waren als zwanzig Jahre, heiter und gelöst wie Frontsoldaten, die nach mehrtägigem Einsatz in vorderster Linie den Rückzug in die Etappe antreten, um sich ein paar Tage zu erholen.

Zugleich kam ein anderer Zug Bewaffneter aus einem großen Tor seitlich der Hauptstraße, auch sie im Kampfanzug, aber im Gänsemarsch und in leichtem Laufschritt, als pirschten sie einen Dschungelpfad entlang, jeden Augenblick bereit, in Deckung zu gehen und sich gegen einen unsichtbaren Feind zu verteidigen, der oben in den Bäumen sitzt und mit Kokosnüssen wirft. Fritz kam sich vor wie auf einem Truppenübungsplatz, kurz nach einer Invasion aus dem Weltall.

Nach einigem Warten durfte er die Barriere passieren und betrat das Anstaltsgelände, noch unter freiem Himmel. Am Ende der Straße befindet sich in einem überdimensionalen eisernen Tor, das wie der Eingang zu einem Ungewissen wirkte, eine kleine Pforte. Er trat in den Innenhof und ging zu dem behelfsmäßigen, hölzernen Anbau vor der Eingangshalle. Er ging die kleine Holztreppe hoch, öffnete die Tür und sah rechts den Verschlag, hinter dem abermals ein Grüner saß, seinen Ausweis entgegennahm und ihm dafür eine große Karte mit einer Nummer in einer Plastikhülle aushändigte.

Fritz schaute zu, wie der Beamte seinen Namen und andere Angaben aus dem Paß in ein dickes Buch übertrug, den Telefonhörer abhob, seinen Namen und den des Häftlings durchgab und schließlich in freundlichem Tonfall sagte: Es dauert ein Weilchen. Vielleicht wollen Sie solange Platz nehmen, Herr Rechtsanwalt. Dabei wies er mit der Hand auf den kleinen Warteraum, in dem zwei Bänke standen.

Unschlüssig ging Fritz hinüber und betrachtete das Schild mit der Aufschrift »Herren«. Er überlegte, ob er hineingehen solle, verwarf den Gedanken jedoch. Wenn er jetzt auf die Toilette ging, entstand womöglich der Eindruck, er wolle etwas in seinen Kleidern verstecken, in den Schuhen vielleicht, oder er habe es mit der Angst zu tun bekommen und wolle irgend etwas die Toilette hinunterspülen. Er setzte sich, stand wieder auf und drehte sich schließlich eine Zigarette aus dem Tabak, den er dem Gefangenen mitbringen wollte, obwohl er das Rauchen schon vor Jahren aufgegeben hatte. Ihm war klar, daß er Angst hatte, daß die Bewaffneten zu ballern anfangen könnten, weil sie sich angegriffen fühlten, Angst auch, daß irgend jemand behaupten könnte, er habe etwas einzuschmuggeln versucht. Zweieinhalb Jahre lang hatte er die Anstalt besucht, mehrmals im Jahr, und nie hatte ihn diese Angst verlassen.

Andere Besucher kamen mit Plastiktüten in der Hand oder Päckchen unter dem Arm, legitimierten sich und breiteten ihre Mitbringsel auf einem kleinen Tisch neben dem Verschlag aus. Der Beamte betrachtete die Dinge kurz, half den Leuten beim Einpacken und ließ sie durch. Fritz wartete. Zuweilen, wenn er ungeduldig zu werden begann, hob der Beamte kurz den Kopf und sagte: Einen Moment noch, Herr Rechtsanwalt.

Ein Grüner kam und führte ihn um zwei Ecken in einen winzigen Raum. Fritz mußte Hut, Mantel und Jacke ablegen, sämtliche Taschen leeren und alles auf einem schmalen Tisch ausbreiten. Der Beamte entnahm einem Verschlag eine leere Aktentasche und forderte Fritz auf, seine Aktentasche auszupacken.

Zuerst überprüfte er die Handakte, die Fritz mit hinaufnehmen durfte. Er hielt sie am Aktenrücken fest und blätterte sie sorgfältig durch, um zu sehen, ob zwischen den Blättern nichts verborgen war.

Ließ sich die Akte nicht bis nach hinten Seite für Seite aufblättern, so legte er sie auf den Tisch und löste die aneinanderhaftenden Blätter. Zum Schluß tastete er das Aktenstück mit dem Metallsuchgerät ab und verstaute es in der anstaltseigenen Tasche.

Die Gegenstände, die Fritz nicht mit hinaufnehmen durfte, und das war fast alles, seine Papiere, das Geld, die Schlüssel, die Kopfschmerztabletten, der Schnupftabak, das Taschenmesser, die Zeitungen, Reiselektüre, Terminkalender etc., kamen in Buchonias Aktentasche, die später zusammen mit Hut und Mantel in einem Büroschrank deponiert wurde.

Auch Tabak durfte nicht mit hinaufgenommen werden. Den wollen Sie lieber hierlassen, sagte der Beamte mit heiterem Lächeln, einige Ihrer Kollegen haben die Angewohnheit, den Tabak oben zu vergessen.

Nun kam wieder die Metallsonde. Der Beamte unternahm

zunächst einige Probesondierungen und drehte mehrfach ein kleines Knöpfchen, bis das Gerät auch auf winzige Metallstücke ansprach. Fritz hob die Arme, als werde er mit einer Waffe bedroht, was dem Beamten peinlich zu sein schien. Die Arme können sie herunterlassen, Herr Rechtsanwalt, sagte er. Gab die Sonde einen Ton von sich, wurde der Beamte gründlich, fingerte im Hosenbund, weil die Gürtelschnalle anschlug, und betrachtete eingehend das Metallkettchen, das Fritz um den Hals hatte. Zuweilen hatte Fritz Schwierigkeiten, ihm dann nicht den linken Arm um den Nacken zu legen, die rechte Hand auf die linke Arschbacke und ihn eng an sich heranzuziehen, nur um zu verdeutlichen, wie intim Justiz und Verteidigung in solchen Fällen wurden.

Ein besonderes Problem war der Hosenlatz. Einige Anwälte legten vor Anstaltsbesuchen Hosen mit Plastikverschlüssen an und wurden von den Gefangenen deshalb »Plastikanwälte« genannt. Fritz hingegen trug mit Bedacht Metallreißverschlüsse, um den Beamten auch diese Delikatesse nicht zu versagen: die Unterhosen eines Rechtsanwaltes, die der Beamte sorgfältig mit der Metallsonde absuchte, aber nichts piepste. Es belustigte Fritz, wenn er in einem solchen Moment daran dachte, daß sie als Kinder das Glied »Piepmatz« genannt hatten. Auf dem Weg zum Gefängnis stellte er sich vor, wie er die Beamten irritieren könnte. Er dachte daran, keine Unterhosen zu tragen, die Hosen auf Geheiß zu öffnen und rasch fallen zu lassen, so daß der Beamte sich unvermittelt seinem entblößten Glied gegenübersähe.

Dann wieder plante er, unter dem Mantel auch keine Hosen zu tragen und lediglich an den Beinen ein paar über dem Knie abgeschnittene Hosenbeine zu befestigen.

Der Beamte forderte ihn auf, den Mantel abzulegen, und schon stand Fritz mit entblößtem Unterleib vor ihm, bevor die Sonde überhaupt zu piepsen begonnen hatte.

Einmal gab es Probleme mit seiner Jackentasche, die offensichtlich leer war, aber inständig piepste. Ratlos fummelte der Beamte in der Tasche herum, ohne etwas zu finden. Fritz sagte schließlich: Moment mal!, entdeckte nach einigem Suchen ein winziges Loch in der Tasche, bohrte sich mit zwei Fingern hindurch und fand zu guter Letzt tief unten im Futter eine Büroklammer, die er mühsam herausfischte und triumphierend in die Höhe hielt. Der Beamte ließ die Sonde noch einmal mechanisch über der Jackentasche kreisen und hängte sie erleichtert zurück an den Kleiderhaken.

Dann begann der Gang durch ewige Gänge mit zahllosen Gittertüren. Jedesmal schloß der Beamte schlüsselklirrend auf, ließ Fritz eintreten, schloß hinter ihm ab und überholte ihn vor der nächsten Tür. Manchmal lungerte ein käsegesichtiger Gefangener in dunkelblauer, unförmiger Anstaltskleidung vor einer der Gittertüren und wartete schweigsam darauf, abgeholt zu werden. Sie wirkten ungesund und machten zumeist einen abgestumpften, lethargischen Eindruck.

In einer Art Halle befindet sich ein verglaster Verschlag, in dem mehrere Grüne saßen oder standen. Neben dem Glasverschlag hängt ein schlechtgemachtes Plakat, das vor Rauschgift warnt. Ein abgemagerter Mensch mit einem Totenkopf hat eine Injektionsspritze im Arm stecken. An den Wänden standen einige Gefangene in Anstaltskleidung herum. Auch sie wirkten merkwürdig ungesund. Durch eine große Tür blickte Fritz hinaus auf den Hof, der von einer hohen Mauer umgeben ist und auf dem einige Männer waren. Einige bildeten Zweier- und Dreiergruppen. Einige gingen allein. Sie liefen immer im Kreise herum und erinnerten Fritz an Maulesel, die er vor Jahren auf dem Feld im sizilianischen Hochland beobachtet hatte, wie sie mit ihren Füßen die Saubohnen aus den Hülsen traten.

Der Beamte steckte einen kleinen Schlüssel in das Schloß neben der Fahrstuhltüre. Sie sprachen nicht miteinander, auch nicht auf der Fahrt in den siebten Stock, wo er einem anderen Beamten übergeben wurde, der ihn in den toten Trakt führte, die Tür rasselnd aufschloß, ihn eintreten ließ und die Tür hinter ihm verschloß.

Nun war er also selber inhaftiert, und nur einige sehr ferne Geräusche erinnerten noch an die Anstalt. Ein dumpfer Geruch nach ungewaschenen Menschen und ungelüfteten Kleidern, abgestandenem Tabaksrauch und Klosett lag in der Luft. Er fragte sich, warum das Klosettbecken in der Ecke der Zelle nicht wenigstens einen Deckel hatte, und ging zum Fenster, um es zu öffnen.

Er war sicher, daß im Raum ein Mikrofon versteckt war, und blickte prüfend über die Wände. Es gab Putzstellen, die schlecht abgerieben waren, aber nirgendwo war ein Abhörgerät erkennbar. In großer Entfernung hörte er einen Traktor rattern, aber das Geräusch konnte auch eine andere Ursache haben.

Er kreuzte die Arme vor der Brust, als wolle er sich selbst festhalten, und sagte trotzig: Sie brauchen mich nicht zu untersuchen. Ich lehne es ab, untersucht zu werden. Ich bin nicht krank. Alles, was mir fehlt, sind Menschen. Ich muß endlich mit jemandem reden.

In der dritten Woche seines Hungerstreiks stellten sie das Wasser ab. Sie wollten ihn dadurch zwingen, wieder zu essen. Er wußte, es war tödlich. Der Mensch kann wochenlang ohne Nahrungsaufnahme leben, aber nur drei Tage ohne Wasser. Dann versagen die Nieren. Es war klarer Mord. Sie wußten genau, daß er erst wieder essen würde, wenn sie die Isolation aufhoben, und verweigerten ihm trotzdem die Flüssigkeit. Sie wußten, daß er durch ihre Unterlassung sterben würde, und schauten ungeniert zu.

Am dritten Tag begann er zu phantasieren. Er saß an der großen Mole von Zoppot und schaute hinaus aufs baltische Meer. Der Himmel war eisblau, das Licht hell, fast grell, und es ging ein heftiger Wind. An die tausend Menschen liefen sonntäglich gekleidet hinaus aufs Meer oder kehrten landeinwärts zurück. Plötzlich verwandelte sich die Mole in ein Schiff, legte ab und fuhr ohne ihn weg. Vergeblich versuchte er zu erwachen.

Als er wieder zu sich kam, lag er in einer Art Krankenstation, auf dem Bett festgeschnallt, und hing an mehreren Schläuchen. Nach drei Tagen brachten sie ihn zurück in die Zelle. Wieder verweigerte er die Nahrung, und abermals erhielt er den Besuch mehrerer leitender Beamter und Aufseher. Sie boten ihm an, die Zwangsernährung schonend durchzuführen, wenn er sich nicht aktiv zur Wehr setze, aber er lehnte ab.

Tags darauf kamen sie wieder, nun schon etwas brutal, warfen ihn auf eine fahrbare Pritsche und schnallten ihn fest an den Hand- und Fußgelenken, den Oberarmen und Unterschenkeln und über den Brustkorb und den Unterleib. Als er sich aufbäumte, sprangen einige auf seinen Körper. Während der ganzen Fahrt blieben sie auf ihm sitzen, insgesamt vier. In der Krankenabteilung versuchten sie ihm Blut abzunehmen, aber es kam fast nichts, da der Arm abgeschnürt war. Dennoch lockerten sie die Fesselung nicht und wechselten lediglich die Einstichstelle, bis sie genug Blut entnommen hatten. Derweil war der Raum voller Ärzte und Sanitäter, überall standen Beamte herum, und an der offenen Tür zum Behandlungszimmer standen einige Herren vom Befragungswesen und schauten interessiert zu.

Von nun an war sein Zeitgefühl aufgehoben. Er spürte noch, wie sie ihn losbanden, mit brachialer Gewalt von der Pritsche zerrten, auf den Boden fallen ließen und zur Waage schleppten, als er schon längst wieder auf seinem schmalen Bett in der Zelle lag. Mehrfach mußte er sich übergeben und hatte Erstickungsanfälle. Auf seinen Unterarmen hatten sich Hämatome gebildet.

Fritz Buchonia lag auf dem Bett und dämmerte vor sich hin. Bei dem kleinsten Geräusch schrak er hoch, aus Angst, sie könnten kommen und ihn noch einmal holen. Als der Schlüssel rasselte, drehte er sich verkrampft auf die Seite, mit dem Gesicht zur Wand, zog die Beine dicht an den Bauch, kreuzte die Arme vor der Brust und schloß die Augen. Aber es geschah nichts. Die Tür wurde wieder geschlossen. Nach langer Zeit drehte er sich zurück in den Raum und blickte zur Tür. Ein Grüner hatte das Tablett hereingestellt.

Er wachte auf und hätte nicht sagen können, ob es am selben Tag geschah oder einen Tag später, weil er an der Tür ein Geräusch gehört zu haben meinte, und bevor er sich noch richtig umdrehen konnte, war der winzige Raum voller Grüner, die sich mit aller Kraft auf ihn stürzten. Sie hoben ihn auf zu viert, an den Armen und Beinen, während ein fünfter seinen Kopf umklammerte und ihn in den Schwitzkasten nahm. Vor der Tür stand wieder die fahrbare Pritsche. Sie preßten ihn bäuchlings auf den Wagen, das Gesicht in die Kissen gedrückt, und verdrehten ihm Arme und Beine auch während der Fahrt. Er versuchte den Kopf etwas zu heben und sah, daß der Gang voller Grüner war, auch Herren von der Anstaltsleitung. Dann wurde sein Kopf wieder heruntergedrückt, so daß er zu ersticken glaubte.

In der Krankenabteilung wurde er von der Pritsche gerissen, sein Kopf hing nach unten, die Arme waren bis zum Auskugeln verdreht, und er fühlte dumpf, wie ihm das Blut in den Kopf schoß. In der Tür sah er wiederum einige bekannte Gesichter vom Amt für Befragungswesen. Sie legten ihn auf eine Art Krankenbett, rissen seine Arme auseinander, drückten sie nach unten durch und hielten sie fest. Auch sein Kopf wurde nach hinten gedrückt. Über seinem Gesicht baumelte ein Schlauch, und eine Stimme forderte ihn auf, den Mund zu öffnen. Er horte die Stimme nur undeutlich und preßte die Zähne zusammen.

Nun drückte ein Weißer einen Holzkeil zwischen seine Lippen und versuchte, die Zähne auseinanderzustemmen. Der Weiße schlug mit dem Handballen gegen den Keil, als wollte er ihm die Zähne ausbrechen. Ein anderer Weißer versuchte, einen zweiten Schlauch in seine Nase zu drücken, aber sein Nasengang war zu eng oder schien zugewachsen zu sein. Er spürte einen heftigen Schmerz tief oben in der Nase und schrie unwillkürlich auf. Blut rann über sein Gesicht, der Schlauch hatte eine Hautwand durchstoßen.

Er hatte den Mund kaum geöffnet und schrie noch, als ein Weißer sofort mit der Magensonde nachstieß. Immer noch leistete er Widerstand und versuchte, den Schlauch abzubeißen. Aber jetzt waren seine Zähne geöffnet. Er spürte, wie der Keil seitlich gedreht wurde und unwiderstehlich die Zähne auseinanderdrückte. Als er plötzlich nachgeben mußte und den Mund wider Willen weit aufriß, fuhr der Keil tief in die Mundhöhle. Zunächst mal nur einen halben Liter, sagte eine Stimme der Weißen. Sein Magen bäumte sich auf, und unter ständigem Würgen versuchte die Speiseröhre, den Schlauch auszukotzen. Vergeblich.

Als die Grünen ihn zurückschleppten, war er blutverschmiert und hatte das Gefühl, ein deformiertes Gesicht zu haben. Hautfetzen hingen in der Mundhöhle und an den Lippen, und sein Mund war eingerissen. Die Zähne schmerzten, er würgte und sein Magen drehte sich um. Dabei hatte er rasende Kopfschmerzen. Als er endlich auf seinem Bett lag, war er stumm, zitterte am ganzen Leib, hatte Schüttelfrost und heulte in sich hinein. Sein Körper war mit blauen Flecken übersät, seine Gelenke kamen ihm vor wie ausgekugelt, und seine Sehnen schienen verzerrt zu sein.

In dieser Nacht dachte er erstmals an Selbstmord. Nur die Gewißheit, daß es nicht seine eigene Entscheidung war, hielt ihn davon ab. Wenn er jetzt Selbstmord beging, war es ein Mord, zu dem sie ihn getrieben hatten, ohne daß jemand dafür zur Rechenschaft gezogen wurde.

Drei Tage lang dauerten die Versuche, ihn zu ernähren. Manchmal, wenn er sich aufbäumte, die Zähne zusammenpreßte, während sie seine Nase zu durchstoßen versuchten oder seinen Mund aufkeilten, aber auch wenn sie gewonnen hatten und er widerstandslos dalag und sein ganzer Körper sich nur noch reflexhaft gegen den Schlauch in seinem Inneren wehrte, der seinen Leib in haltlose Zuckungen versetzte, wünschte er sich zu sterben.

Dann wieder stießen sie zwei Schläuche gleichzeitig in seine Nase, der eine Schlauch rollte sich in seiner Mundhöhle zusammen, die Flüssigkeit lief in Lunge und Mund, er bekam keine Luft mehr, röchelte und fühlte, wie sein Bewußtsein schwand und er tatsächlich kurz vor dem Sterben lag. Dann überfiel ihn sofort der unbezähmbare Drang zu leben, der einen Moment lang stärker war als die ganze Tortur, bis er wegsackte und nichts mehr spürte.

Von diesem Tag an versuchten sie nicht mehr, ihn zu ernähren. Er wußte nicht, ob er tatsächlich fast gestorben wäre, aber er ahnte, daß sie nicht wollten, daß er unter ihren Händen starb. Es war ihnen gleichgültig, ob er lebte, das war klar. Aber sie wollten nicht als die Schuldigen erscheinen, wenn er tot war.

Er war schon stark abgemagert und konnte nur noch zeitweise auf seinem Stuhl sitzen, als sie ihn endlich in einen normalen Trakt mit anderen Häftlingen verlegten. Voller Stolz berichtete sein Anwalt, er habe einige bekannte Schriftsteller dazu bewegen können, sich bei der Justiz für eine Verbesserung seiner Haftbedingungen einzusetzen. Es sei nicht einfach gewesen, da das Amt für Befragungswesen einer Aufhebung der Isolation widersprochen habe. Seine Sache sei eben darum so kompliziert, weil sie kein gewöhnlicher Justizfall sei, sondern das Befragungswesen in Angelegenheiten wie seiner eigentlich die einzige Weisungsbefugnis habe. Die Intervention zu seinen Gunsten sei nur gelungen, weil das Befragungsamt keine Anhaltspunkte dafür besitze, daß er tatsächlich einer politischen Organisation zuzurechnen sei.

Nur langsam kehrte Fritz Buchonia zum normalen Leben zurück. Seine Sprachfähigkeit hatte gelitten, und er bekam Schweißausbrüche, sobald ein Gefangener ihn ansprach. Wie ein Ertrinkender lag er morgens auf seinem Bett und sog die Geräusche in sich ein, die im Gang zu hören waren. Wenn er hinaustrat, um am gemeinsamen Hofgang, am Gottesdienst oder einer anderen Gemeinschaftsveranstaltung teilzunehmen, hatte er oft das Gefühl zu schwanken und mußte sich zwingen, mit den anderen Häftlingen zusammenzusein, weil er wußte, daß nur dadurch seine rätselhafte Krankheit geheilt werden konnte.

Was seine Heilung erschwerte, war die Gewißheit, nach wie vor von Unsichtbaren mit ausgeklügelten Mitteln verfolgt zu werden. Einmal während des gemeinsamen Hofgangs erbot sich ein Gefangener, ihm eine Pistole zu beschaffen. Er gab sich als Gesinnungsgenosse aus und behauptete, er könne Fritz zur Flucht verhelfen. Er habe Freunde draußen, die seit Jahren unweit der Anstalt kampierten, Landfahrer, bei denen er die ersten Tage nach seiner Flucht unterschlüpfen könne, wo niemand ihn suchen werde.

Als Gegenleistung verlange er nur ein paar Tips. Er beabsichtige, nach seiner Entlassung den Staat mit der Waffe zu bekämpfen, da er eingesehen habe, daß der politische Kampf keine Erfolgsaussicht habe. Ob Fritz ihm nicht ein paar Namen und Adressen geben könne.

Fritz lehnte ab, ohne viel zu sagen. Er wußte, was der Vorschlag bedeutete. Auf der Flucht erschossen, wie wahrscheinlich schon viele Gefangene, die man zur Flucht provoziert hatte.

Ein anderes Mal zog ihn ein Kalfaktor ins Vertrauen. Vor einigen Tagen sei ein Ziviler bei ihm gewesen, der sich als Mitarbeiter des Amtes für Befragungswesen ausgegeben und ihn gebeten habe, in Fritz Buchonias Zelle ein Rasiermesser zu verstecken. Zum Dank habe er ihm Sonderurlaub versprochen. Wieder ein anderes Mal behauptete ein Mitgefangener, er habe mit einigen anderen Häftlingen eine Widerstandsgruppe im Knast gegründet, und bot Fritz an, beizutreten. Sie beabsichtigten, bei passender Gelegenheit ein paar Grüne als Geiseln zu nehmen, sich Zugang zur Waffenkammer zu verschaffen und einen Massenausbruch zu organisieren. Es sei vereinbart, daß vor der Anstalt gleichzeitig eine Protestdemonstration stattfinden werde, so daß sie draußen sofort Fluchtautos hätten. Auch für einen mehrfachen Fahrzeugwechsel und Fluchtquartiere werde gesorgt.

Für Fritz waren alle diese Vorschläge Provokationen, die ihn fürchten ließen, daß die Beamten des Befragungswesens ihn nach wie vor, nur mit anderen Mitteln, weichkochen wollten. Dafür sprach auch, daß seine Zelle immer noch, wenngleich seltener, durchsucht und verwüstet wurde, während er an Gemeinschaftsveranstaltungen teilnahm.

Eine Stimme, leise, aber dicht an seinem Ohr, ließ ihn auffahren. Noch unscharf, aber deutlicher werdend, sah er einen älteren Mann in einem abgetragenen Anzug, der ihn fragte, ob er Geld umtauschen wolle. Fritz schüttelte den Kopf und sagte, er habe noch genug polnisches Geld. Der Mann verabschiedete sich höflich und ging zu einem anderen Tisch, an dem ein offensichtlich ausländisches Paar saß.

Im Gewühl auf der Mole sah Fritz seine Frau und die beiden Jungen auftauchen, hob den Arm und winkte ihnen zu. Insgeheim verfluchte er den Tag, an dem er das erste Mal von diesen Dingen gehört und gelesen hatte, die anderen widerfahren waren und die nun, seit einigen Monaten, in einer Weise von seinen Träumen Besitz ergriffen hatten, als ob sie ihm selbst widerfahren könnten.

Einige Tage später, sie waren schon wieder in Crauspers, betrat er den Arbeitsraum seiner Frau, um ihr zu erzählen, mit welcher Wucht ihn die Angst an ihrem vorletzten Urlaubstag in Zoppot überfallen hatte. Es wurde Zeit, daß er mit einem Menschen darüber sprach, ob er paranoisch wurde oder ob sein Wahn nur darin bestand, daß er sich über die Wirklichkeit Illusionen machte. Sie schaute ihn an, als hätte er gesagt: »Draußen schneit es«, und dies mitten im Sommer, und hielt ein merkwürdiges Bündel in der Hand. So etwas passiert immer uns Frauen, sagte sie empört. Warum haben sie nicht deine Unterhosen genommen.

Er schaute genau hin und sah, daß es Unterhosen von ihr waren, mindestens sechs oder acht Stück, ineinandergesteckt und verdreht. Sie hatte die Unterhosen schon gleich nach ihrer Rückkehr gesucht und das Bündel soeben unter ihrem Bett gefunden.

Eine Weile rätselten sie herum, bis sie die Lösung fanden. Jemand war in ihrer Abwesenheit ins Haus eingedrungen, hatte mehrere Unterhosen übereinander angezogen und dann in einem wieder abgestreift.

Während sie durchs Haus liefen, über den Dachboden, durch die Scheune, den Schweinestall und den Keller, um das Loch zu suchen, das der Eindringling benutzt hatte, begriff

Fritz Buchonia, daß dies alles in das Buch gehörte, an dem er seit einigen Monaten arbeitete. Er war sicher, daß es nun zügiger vorangehen würde.

7. KAPITEL

Die Unsichtbaren

Anfang Dezember 1977 hatte Fritz Buchonia die ersten fünf Kapitel des Buches in der Rohfassung fertig. Er scheute sich, die Erzählung in der Ich-Form zu schreiben, da er das Thema für heikel hielt. Deshalb erfand er sich eine Figur, die alles das denken, sagen und erleben sollte, wovor er sich fürchtete und womit er nicht identifiziert werden wollte. Zuerst erfand er sich einen Namen.

Mit dem Vornamen hatte er kein Problem, da er selbst lieber Franz geheißen hätte, wenn er schon Fritz heißen mußte. Den Nachnamen fand er auf dem Dachboden unter einem Haufen Gerümpel, das mehrere Generationen Hausbewohner hinterlassen hatten. Bei Tacitus stehe geschrieben, hieß es in einer alten Heimatkunde, die er dort fand, daß schon die Römer das Gebiet, in dem er nun leben sollte, gemieden hätten, weil es von wilden, unbezwingbaren Ureinwohnern bevölkert gewesen sei, die jeden Steuereintreiber entschieden zurückgeschlagen hätten. Da die Landschaft aber vorwiegend aus riesigen Buchenwäldern bestanden hätte, die eine Eroberung aussichtslos machten, habe man sie die »Buchonia« genannt.

Später, schon im ausgehenden Mittelalter, seien dann nur noch einzelne Dörfer zur terra non grata erklärt worden, und zwar nicht nur wegen der schlechten Bodenwerte. Vielmehr hätten die Landesherren anrainender Kleinstaaten die Angewohnheit gehabt, allerlei unwillkommene Landsleute in die Buchonia zu verbannen, wie Viehdiebe, Wilderer, Häretiker, Gotteslästerer, Staatsfeinde und Querulanten gegen Kirche und Staat, nicht zu vergessen diejenigen, die statt der Gotteshäuser die Gastwirtschaften frequentierten, auch uneheliche Kinder empfingen und zeugten und einen starken, gutmütigen, aber unbeugsamen Charakter, Menschenfreundlichkeit und Hilfsbereitschaft an den Tag legten. Fritz hätte nicht sagen können, ob die heutigen Ureinwohner von den Buchoniern abstammten oder zumindest von den Verbannten des ausgehenden Mittelalters. Allein der vagen und wenig glaubwürdigen Textstelle wegen erschien die Buchonia, die auf einem Stich aus dem Jahre 1574 auch als Buchavia bezeichnet wird, durchaus geeignet für sein freiwilliges Exil, in das er sich schon vor Jahren begeben hatte, und wenngleich die Leute vom Befragungswesen ihm nun doch auf die Schliche gekommen waren, indem sie mehr und mehr in seine Ängste und Träume eindrangen, beschloß er, den Helden seines neuen Buches ebenfalls nach einer Landschaft zu benennen: Franz Westphal.

In dem sechsten Kapitel, an dem er gerade schrieb, befand Franz sich auf der Fahrt nach Wien und machte Zwischenstation in Traunstein, um seinem Freund Andi einen letzten Dienst zu erweisen, indem er beim Nachlaßgericht seine Erbschaftsangelegenheiten regelte, wenn er schon seinen Tod nicht hatte verhindern können.

Zuvor hatte Franz Andis Todesursache beschrieben. Immer wieder kam Andi darauf zu sprechen, daß er umgebracht werden solle. Das Problem sei nur der richtige Zeitpunkt. Man müsse versuchen, seinen Tod so darzustellen, als habe er Selbstmord begangen. Hilfsweise müßten die Todesumstände so arrangiert werden, daß die Öffentlichkeit, vor allem aber das Ausland, keinen Anstoß an seiner Tötung nähmen, etwa, indem man behaupte, es habe Notwehr vorgelegen. Maßnahmen gegen die Gefangenen müßten immer so abgewickelt werden, daß Sympathisantenpositionen abgedrängt werden, habe der Chef des Bundesamtes für das Befragungswesen einmal ausgeführt.

Ein solcher Fall könne zum Beispiel eintreten, wenn eines Tages eine hochgestellte Persönlichkeit entführt werde und er freigepreßt werden solle. In diesem Falle habe die Regierung nur die Möglichkeit, seine Freilassung und damit die Freilassung des Entführten solange hinauszuzögern, bis die Emotionen der Öffentlichkeit dermaßen geschürt seien, daß sein Tod allgemein als Erleichterung empfunden werde.

Wahrscheinlich werde die öffentliche Erregung kurz vor seinem Tode durch ein zweites aufsehenerregendes Ereignis noch zusätzlich gesteigert werden, etwa eine zweite Entführung. Natürlich werde man in jedem Falle versuchen, seinen Tod als Selbstmord darzustellen. Infolge der äußeren Ereignisse werde die Mehrheit der Bevölkerung der offiziellen Version jedoch glauben, weil eine Situation geschaffen worden sei, in der sein Tod als logische und damit gerechtfertigte Konsequenz erscheine.

Wenn eine Maßnahme politisch wünschenswert sei und die Vorurteile der Bevölkerung befriedige, nehme man es mit der Einhaltung von Gesetzen nicht so genau. Weißt du schon, was du in einem solchen Fall tun wirst? fragte er plötzlich. Hast du Vorsorge getroffen für den Fall, daß die Situation eintritt, in der ich umgebracht werden kann? Franz fühlte sich angegriffen. Was soll ich tun, fragte er traurig. Soll ich vielleicht einen Bischof oder die UNO-Friedenstruppe bitten, für die Dauer der Gefahr in deiner Zelle zu nächtigen?

Einige Wochen nach seinem letzten Besuch in der Anstalt war die Situation da. Als ein Beamter des Befragungsamtes wenige Tage nach der Entführung der hochgestellten Persönlichkeit im Fernsehen ankündigte, man rechne noch vor der Lösung des laufenden Falles mit einer zweiten aufsehenerregenden Entführung, wußte Franz auch, daß Andi in Lebensgefahr war.

Als die zweite Entführung ebenfalls stattgefunden hatte, wußte er dennoch nicht, was er tun sollte. Er wußte, daß er etwas unternehmen mußte, aber er wußte nicht was. Die Leute hätten ihn ausgelacht und für verrückt erklärt, wenn er jetzt davon gesprochen hätte, daß das Leben seines Mandanten in Gefahr sei.

Von nun an schaltete er das Radio an seinem Bett auch nachts nicht ab und hörte Tag und Nacht die Nachrichten. Als die Meldung kam, daß die Opfer der zweiten Entführung befreit worden seien, und er im Radio die Menschen jubeln hörte, stellte er es ab und schlief fest bis zum anderen Morgen.

Als er kurz nach neun aufwachte, stand seine Frau am Bett und weinte. Sie sind alle tot, sagte sie. Ich weiß, antwortete er. Ich habe es heute nacht gehört.

Danach beschrieb Fritz die Beerdigung, an der Franz Westphal teilgenommen hatte. Er wäre selber hingefahren, aber er befürchtete Nachteile für sich, als wäre es ein Frevel, die Toten zu begraben, wie einst, als Antigone ihren Bruder begrub. Deshalb schickte er Franz.

Alle Zufahrtsstraßen zum Friedhof waren in weitem Umkreis abgeriegelt. Nur Fahrzeuge mit besonderer Genehmigung durften passieren. Als die Fahrzeugkolonne der Hinterbliebenen die Kontrollstelle passiert hatte und die Straße zum Friedhof hinauffuhr, hatte Franz Westphal, der im ersten Wagen saß, das Gefühl, in eine Falle zu fahren. Links und rechts standen in engen Abständen Grenzschützer, die Waffe im Anschlag.

Der Friedhof liegt in einem Talkessel. Ringsum waren bewaffnete Beamte postiert, zu Fuß und zu Pferde. Auf der Anhöhe zu beiden Seiten standen Polizeifahrzeuge, auf deren Dächern Filmkameras montiert waren. Auf einem strategisch günstigen Hügel schien sich der Gefechtstand der Streitkräfte zu befinden. Dort standen Offiziere, was man daran erkannte, daß sie andere Uniformen trugen und nicht mit Maschinenpistolen bewaffnet waren.

Unablässig donnerten Hubschrauber über das Gelände. Die Trauergäste bewegten sich wie in einem Gefängnis. Eine dumpfe Empörung schien in den meisten zu stecken und konnte sich nicht entfalten, da die geringste Protestäußerung den Befehl zum Angriff zur Folge haben konnte.

Was Franz Westphal deprimierte, war die Erkenntnis, daß Trauer verboten werden kann durch Maßnahmen, die es unmöglich machen zu trauern, und daß schon die Trauer an sich als strafbare Handlung betrachtet wird. Er stand allein in der kleinen Friedhofshalle, die für die Angehörigen der Toten reserviert war, betrachtete die drei einfachen glatten Särge, die schräg zum Zuschauerraum angeordnet waren, und fragte sich, in welchem Sarg Andi liegen mochte. Er ging langsam zu den Särgen, verharrte einen Augenblick und legte dann zögernd die Hand auf einen Sargdeckel, als wolle er dem oder der Toten über das Gesicht fahren. Als er die Hand sinken ließ, wußte er nicht einmal, ob er das Kopfende oder das Fußende gestreichelt hatte.

Während der Trauerfeier saß er stocksteif, als sei er schon alt und halbgelähmt und unfähig, etwas zu empfinden. Er sah, wie die Tür geöffnet wurde und eine Frau hereinkam. Sie mochte Ende Vierzig sein, war bürgerlich gekleidet, wirkte kräftig und hatte ihr gehäkeltes Schultertuch über das Gesicht gezogen, um nicht erkannt zu werden. Sie ging zu den drei Särgen, legte ein Blumengebinde auf den mittleren Sarg, verharrte einen Moment und ging wieder hinaus.

Erst gegen Ende der Trauerfeier sammelten sich seine Gedanken, ohne mehr als die banale Einsicht zu gewinnen, daß auch dieses Begräbnis einer Dramaturgie gehorchte, wie er sie auf zahlreichen Beerdigungen erlebt hatte.

Die Trauergäste und Hinterbliebenen sind zu Statisten einer Inszenierung degradiert, deren Ablauf festliegt und die den Teilnehmern kein Heraustreten aus den vorgesehenen Rollen gestattet. Ihre Rolle ist so festgelegt wie die der Toten, die in ihren Särgen zu liegen haben, während die Hinterbliebenen trauern dürfen und die Frauen von Männern gestützt werden.

Über allen Begräbnissen waltet ein unsichtbarer Regisseur mit Helfern, die den Ablauf regulieren, Requisiteure, Kulissenschieber, und wie Theaterstücke sind auch Begräbnisse in mehrere Akte eingeteilt. Unsichtbare Bühnenarbeiter haben die Särge bereits aufgestellt und die Trauerkapelle dekoriert, wenn der erste Akt beginnt und die Trauergäste Platz nehmen. Niemand weiß, wer eigentlich die Leute bestellt hat, die die Türen der Leichenhalle schließen, wenn die Trauerfeier beginnt, oder die Deichseln der platten Gummiwagen ergreifen und sie zum Grab ziehen, wenn die Trauerfeier beendet ist.

Es bleibt den Trauergästen nichts anderes übrig, als sich von ihren Stühlen zu erheben und ihnen zu folgen, und selbst der Weg, den sie zum Grab zu nehmen haben, und die Geschwindigkeit, mit der sie sich bewegen dürfen, wird von den Karrenlenkern vorgezeichnet.

Begräbnisse sind eine Allegorie auf das Leben. Nicht der

Tod ist es, der sie so unerträglich macht und die Menschen zu Tränen rührt, sondern die Zeremonie. Nie zuvor war Franz Westphal die grausame Organisation von Begräbnissen so aufgefallen wie hier.

Er hätte noch lange vor den Särgen sitzen können, mit ihnen stundenlang über den Friedhof gehen und sie endlos betrachten können, wie sie auf Bohlen über den geöffneten Gräbern standen, den Rest des Tages in die Graböffnungen hinunterschauen mögen, als die Särge schon hinabgelassen waren. Aber nach einem genauen Fahrplan, der allen vorschrieb, wie sie sich zu verhalten hatten, lief das Zeremoniell mit eiserner Konsequenz ab. Dieselbe eiserne Perfektion, die ihren Tod verursacht hatte, bestimmte jetzt ihre Bestattung. Die Gesellschaft hatte sie wieder.

Nur einmal geriet der Fahrplan durcheinander: am Grab, als die Särge hinabgelassen wurden. Von allen Seiten drängten die Fotografen heran, etwa fünf Minuten lang war das hektische Klicken ihrer Kameras zu hören, und einige Personen, die nahe am Grab standen, wurden fast hinabgestoßen. Franz stand in der zweiten Reihe und fühlte sich von der Regie im Stich gelassen. Die Beerdigung war zu Ende, aber er mochte sich damit nicht abfinden. Auch die anderen Trauergäste erwarteten offensichtlich, daß sich noch etwas ereignete, und rührten sich nicht von der Stelle. Aber nichts geschah. Nur die Hubschrauber kreisten weiter knatternd über der Szenerie, und an den Rändern des Friedhofes sorgten die Einsatzkommandos für etwas Bewegung.

Franz überlegte, ob er gehen solle, als eine junge Frau aus der Menge trat und vor den Gräbern verharrte. Sie hielt die Hände vor dem Schoß gekreuzt und blickte ernst zu den Särgen hinunter. Ihr Gesicht war gerötet. Nun traten auch andere hervor, blieben einen Moment lang vor den Gräbern stehen und wandten sich zum Gehen. Erst jetzt fühlte sich Franz fähig, wenigstens etwas zu tun, drängelte sich durch und trat ebenfalls vor die Gräber. Erstaunt stellte er fest, wie tief die Löcher waren, in denen sie lagen. Er fragte sich, ob alle Gräber so tief gemacht werden. Einer der zahllosen anonymen Anrufe bei den Hinterbliebenen fiel ihm ein. Der Anrufer hatte ganz freundlich gefragt, ob er sich mit einer Spende an den Bestattungskosten beteiligen könne. Auf die Antwort, daß dies möglich sei, erklärte er, er beabsichtige, eine meterdicke Betonplatte für die Gräber zu stiften, damit die Verbrecher nicht wieder rauskönnen.

Später, als Franz schon auf einem großen freien Platz am Rande des Friedhofs stand, trat ein Mann auf ihn zu und stellte sich vor. Er war der Onkel eines Gefangenen. Nach und nach kamen andere Leute, die sich bereits zu kennen schienen. Sie waren zumeist um die Fünfzig oder älter. Sie waren unauffällig gekleidet, wie kleine Handwerker, Arbeiter, Angestellte und Hausfrauen. Ihren Reden entnahm er, daß sie allesamt Angehörige von Gefangenen waren. Einige Frauen umarmten sich, während die Männer unschlüssig umherstanden.

Zusammen mit einer kleinen Gruppe von Angehörigen verließ er den Friedhof. Die Straße, auf die sie hinaustraten, war nach rechts hin gesperrt. Sie waren etwa fünfhundert Meter nach links gegangen, als sie auf eine zweite Absperrung stießen. Nach und nach sammelten sich immer mehr Trauergäste an der Absperrung. Beamte gingen durch das Gewühl und sammelten die Ausweise ein, weiter vorne waren Fahrzeuge quer zur Straße geparkt. Franz hatte das Gefühl, sich in einer Auffangstelle für Kriegsgefangene zu befinden, so drohend waren die Maschinenpistolen auf die Menschen gerichtet.

Er fühlte sich unwohl, als eine Gruppe junger Leute Anstalten machte, sich gegen die Überprüfung zur Wehr zu setzen, und hatte Schwierigkeiten, die Gefährlichkeit der Situation richtig einzuschätzen, da er nicht wußte, wie die Befehle des Einsatzkommandos lauteten. Würden sie losschlagen, sobald sich der Widerstand regte? Würden sie zu schießen anfangen, sobald einer der Friedhofsbesucher versuchen würde, die Postenkette seitlich zu durchbrechen und in den Wald zu laufen?

Ängstlich schaute er zu, wie ein junger Mann ruhig zum Straßenrand ging und, ohne auf die Posten vor sich zu achten, zwei oder drei Schritte die Böschung hinaufkletterte. Einen Augenblick lang war es still auf der Straße, und auch die Polizeibeamten hörten auf, hin- und herzulaufen, und starrten zu dem Mann hinüber. Aber der öffnete nur seine Hose und schlug sein Wasser ab.

Franz war sicher, daß alle, die an der Beerdigung teilgenommen hatten und nun hier warten mußten, durch die Fenster der Polizeifahrzeuge fotografiert wurden und daß die Abfertigung so langsam erfolgte, weil die Fotografen jeden Teilnehmer in einer besonders vorteilhaften Position fotografieren wollten.

Ein paarmal fragte er die Polizeibeamten, die von der Maßnahme etwas überfordert zu sein schienen, wie lange sie denn noch warten müßten, aber der Beamte murmelte nur etwas, der Computer sei überlastet und man habe nicht mit so vielen Menschen gerechnet. Nach einer Dreiviertelstunde erhielten Franz und die anderen, mit denen er gekommen war, die Ausweise zurück und durften gehen.

Noch zweimal wurden Franz Westphal und seine Frau an diesem Tag kontrolliert. Am Stadtrand wurden alle Kraftfahrzeuge an die rechte Straßenseite dirigiert und überprüft. Als Renate und er etwa dreihundert Kilometer weiter nördlich auf den Parkplatz einer Raststätte kamen, hielten zwei Polizeiwagen die Zu- und Abfahrtswege besetzt und kontrollierten sämtliche Fahrzeuge.

Es geschah an diesem Abend, daß Franz das erste Mal, seit er denken konnte, auf einer menschenleeren Straße lauthals auf jemanden schimpfte, obwohl er alleine war. Es war noch immer naßkalt, und derselbe Nieselregen ging wie schon morgens um vier, als sie zur Beerdigung gefahren waren, aber es war dunkel, zwei Uhr nachts, und er kam aus dem Gasthaus »Zur Schönen Aussicht«, so daß er das Polizeiaufgebot, das er beschimpfte, nicht sehen konnte. Nur die Wälder warfen seine Stimme zurück.

Einige Wochen später verbreitete sich im Dorf das Gerücht, Herr und Frau Westphal hätten an der Beerdigung teilgenommen. Nach seiner Rückkehr habe Westphal in Begleitung politischer Gesinnungsgenossen den Staat und seine Organe auf einer Landstraße öffentlich verunglimpft. Er beschloß, in den nächsten Wochen über alle diese Erlebnisse einen Roman zu schreiben, und überlegte sich vor dem Einschlafen einen Namen für die Hauptperson seines Buches.

Schnee lag an den Wegrändern, und die Straßen waren teilweise glatt, als Franz in Traunstein vom Bahnhof zum Amtsgericht ging. Der Rechtspfleger, mit dem er den Fall besprach, gab sich den Anschein, als erwecke der Name des Erblassers in ihm nicht die geringste Erinnerung. Franz hatte Andis Erbschaft angenommen, doch er bezweifelte, ob es ihm gelingen werde, auch nur eine Zeile des Verstorbenen herauszubekommen. Er würde den Erbschaftsanspruch geltend machen, wie üblich, war aber sicher, nach einem halben Jahr oder länger nichts als ein paar Koffer mit schmutzigen Socken, Unterhosen etc. zu bekommen. Der Verstorbene habe kaum schriftliche Aufzeichnungen hinterlassen, er sei in den letzten Jahren vor seinem Tode offensichtlich nicht mehr kreativ gewesen, und die wenigen vorhandenen Schriftstücke seien als Beweisstücke beschlagnahmt worden.

Die Bahnhofswirtschaft war halb besetzt mit Leuten, die hier ihren Vormittag beim Frühschoppen verbrachten. Franz bestellte ein Weizenbier mit Zitronenscheibe und eine Leberknödelsuppe. Während er auf das Essen wartete, ging er hinaus in die Bahnhofshalle, um zu Hause anzurufen, ließ aber seine Sachen in der Bahnhofswirtschaft zurück. Er hatte noch nicht die volle Telefonnummer gewählt, als er sich ärgerte, nicht wenigstens seine Aufzeichnungen mitgenommen zu haben. Einen Augenblick lang hätte er am liebsten eingehängt, dann bezwang er sich. Er erfuhr, daß ein Schreiben der Staatsanwaltschaft eingetroffen sei, und bat seine Frau, es vorzulesen. Ihm wurde mitgeteilt, daß die zunächst erwogene Einstellung des gegen ihn gerichteten Ermittlungsverfahrens nicht mehr in Frage komme, da die weiteren Ermittlungen ergeben hätten, daß nicht von einem geringen Verschulden gesprochen werden könne.

Er ging hinüber zum Zeitungsstand, kaufte einen großen Briefumschlag, steckte die Nachlaßakte hinein und schickte sie an seine eigene Adresse, um an der Grenze nicht aufzufallen. Später, im Zug nach Wien, grübelte er, was seine Schuld so gesteigert haben mochte: seine Überzeugung, unschuldig zu sein? Seine schriftstellerische Betätigung, seine Weltanschauung, die Normalität seines Lebens?

Franz schauderte, wenn er daran dachte, in welchem Maße er sich schon durch normales Verhalten verdächtig gemacht hatte. Wieviel (schien der Staatsanwalt zu denken, und Franz kannte die Mentalität von Richtern und Staatsanwälten) mußte dieser Westphal zu verbergen haben, wenn er ein so normales Leben führte, seinen Garten umgrub und die Söhne ohrfeigte, wenn sie nicht parierten? Das alles sprach plötzlich gegen ihn. Er hatte sein Leben so eingerichtet, wie er es von seinen Eltern gelernt hatte, und nicht daran gedacht, daß ein Richter oder Staatsanwalt das alles für Tarnung halten konnte.

Franz kramte Papier und Kugelschreiber aus der Tasche und schrieb seinem Freund Karl Wahnschaffe, daß er in absehbarer Zeit mit einer Gefängnisstrafe rechnen müsse. Er erwähnte einige Personen, die wegen ähnlicher Delikte von den Untergerichten zunächst zu Geldstrafen verurteilt worden seien. Das Oberste Bundesgericht habe die erstinstanzlichen Urteile jedoch aufgehoben und entschieden, daß derart staatsabträgliches Verhalten mit Gefängnis zu bestrafen sei.

Vielleicht, daß Karl Wahnschaffe etwas erreichen konnte. Es hieß, er habe hochgestellte politische Freunde. Zugleich kamen ihm Zweifel. Seit Staatsanwalt Propheter angedeutet hatte, man erwäge eine Einstellung des Verfahrens, wenn Westphal bereit sei, eine Geldbuße zu zahlen, die angesichts seiner Einkommensverhältnisse bei etwa 2000 Mark liegen müsse, hatte er sich oft gefragt, was er eigentlich wollte.

Er wollte seine Ruhe, doch die bekam er nie, falls er der Einstellung zustimmte. Den Rest seines Lebens konnte er sich mit politischen Querulanten herumschlagen, die dagegen protestierten, wenn eine Volkshochschule ihn zu einer Lesung einlud; denn wenn er der Einstellung zustimmte, gab er selber zu, sich schuldig gemacht zu haben, wenn auch nur geringfügig. Er konnte den Makel, sich strafbar gemacht zu haben, nur beseitigen, wenn er auf einer Gerichtsverhandlung bestand und freigesprochen wurde.

Resigniert steckte er Stift und Papier in die Tasche zurück und schaute aus dem Fenster. Das Land lag unter einer dichten Schneedecke, und das Abteil saß voller Skifahrer in grellfarbenen einteiligen Anzügen aus glattem, glänzendem Kunststoff wie aus einem Science-fiction-Film. Sie hatten die Gürteltaschen abgelegt, die Bretter quer durch die Abteile auf die Gepäcknetze gelegt und boten sich gegenseitig Schokolade an.

Niemand in diesem vollbesetzten Zug würde ihn verstehen, wenn er zu sagen versuchte, was ihn ängstigte. Als Angeklagter stieß er auf eine Wand von Gleichgültigkeit und Abneigung, während jedes Wort, das ihn und seinesgleichen verunglimpfte, in offene Ohren fiel.

Franz blickte in die große Halle des Westbahnhofs hinab und überlegte, ob er mit dem Bus ins Hotel fahren solle. Er ging langsam zum Zeitungsstand und kaufte sich einen Stadtplan und eine Schachtel Dreier. Er zündete sich eine Zigarette an, trat vor den Bahnhof, rauchte einige tiefe Züge und warf die Zigarette halbgeraucht wieder weg.

Es dämmerte schon und war kalt. Dort, wo der Schnee nicht geräumt war, hatte sich Schneeglätte gebildet. Ein Taxi hielt direkt vor ihm, er stieg ein und nannte den Namen des Hotels. Sie kamen nur langsam voran, wegen des Feierabendverkehrs. Als sie den Innenring erreichten, erkannte er die Stadt wieder, die Mölkerbastei und das Haus, in dem er vor Jahren einen Maler besucht hatte, dann schwand sein Orientierungssinn in den engen verwinkelten Gassen.

Übermüdet und leicht schwankend betrat er das Hotel. Es kam ihm teuer vor, und unter normalen Umständen wäre er wieder gegangen. Jetzt dachte er, daß die Staatsschützer ihn kaum in einem solchen Hotel suchen würden. Der Portier fragte, ob er eine angenehme Reise gehabt habe, und Franz hätte am liebsten mit nein geantwortet und auf die erstaunte Frage des Portiers, warum seine Reise nicht angenehm gewesen sei, von der Nachricht erzählt, die er in Traunstein von seiner Frau bekommen hatte.

Er trug sich ein, gab seinen Paß ab und dachte zugleich daran, daß im zentralen Computer in Wiesbaden noch heute die Information gespeichert würde, in welchem Hotel in Wien er abgestiegen war.

In einem altmodischen Fahrstuhl mußte er das Bedürfnis unterdrücken, einen alten Mann in Livree zu bitten, ihm Bescheid zu geben, falls irgend jemand beim Hotelpersonal Nachforschungen über Franz Westphal anstellen sollte. Er zog sich ganz aus im Zimmer, nahm eine kalte Dusche, legte sich aufs Bett und ließ sich ein Amt geben. Seine Frau war erleichtert, daß er noch einmal anrief. Den ganzen Tag über habe sie überlegt, wie sie sich bei einer Hausdurchsuchung verhalten solle.

Sie könne natürlich nach dem Grund fragen, antwortete er, im Zweifel aber würden die Beamten es nicht für nötig halten, sie zu unterrichten, und es sei auch sinnlos, sich zur Wehr zu setzen. Sie solle versuchen, einen Zeugen zu holen. Jedenfalls habe sie Anspruch auf eine Quittung, falls etwas beschlagnahmt werde.

Das Telefongespräch verstärkte sein Gefühl der Hilflosigkeit. Alles, was er tat und dachte, war diktiert von dem Gefühl, ein Ermittlungsobjekt zu sein. Er stand auf und schaute nach, ob es ein Fenster gab, von dem aus er beobachtet werden konnte. Das Zimmer ging in einen winzigen Lichtschacht, und die Brandmauer war zum Greifen nahe. Er wußte nicht recht, was er von der Feuerleiter halten sollte, die direkt an seinem Fenster entlanglief. Er kam sich vor wie in einem Agentenfilm, als er das Zimmer absuchte, unter das Bett schaute, unter dem kleinen Schreibtisch nach einem Abhörgerät suchte und schließlich sogar die Muschel des Telefonhörers aufschraubte, aber er mußte es tun. Es war zwanghaft.

Seine besondere Aufmerksamkeit erregte der Kleiderschrank. Er war fast drei Meter lang und in die Wand eingelassen. Als er die Tür öffnete, stellte er fest, daß der Innenraum nur halb so lang war. Die andere Hälfte des Schrankes gehörte zum Nachbarzimmer und war von dort aus zu öffnen. Franz preßte sein Ohr an die Rückwand des Schrankes, konnte aber nichts hören. Er klopfte und hörte eine männliche Stimme rufen: Herein! Auf Zehenspitzen verließ Franz den Schrank und schloß vorsichtig die Tür.

Es war Zeit zu gehen, wenn er vor seiner Lesung noch etwas essen wollte. Franz schloß die Tür ab und hörte, daß die Nachbartür geöffnet wurde. Er blickte einen Moment lang hoch und sah sofort wieder auf das Türschloß, als erfordere das Abschließen besondere Aufmerksamkeit. Natürlich konnte der Mann ein Agent sein. Manchmal, wenn Franz durch eine belebte Straße ging, schaute er sich die Passanten daraufhin an, wer ein Staatsschutzagent sein könnte. Er stellte fest, daß mindestens zwanzig Prozent der männlichen Bevölkerung wie Staatsschützer auszusehen scheinen.

Er ging rasch, um vor seinem Zimmernachbarn am Fahrstuhl zu sein, und lief sofort weiter, als er sah, daß der Fahrstuhl besetzt war. Er kam sich dumm vor, beruhigte sich aber damit, daß der Portier denken mochte, er sei ein Gesundheitsapostel, der lieber zu Fuß geht. Während er noch an der Rezeption stand und sich ein Lokal mit Wiener Küche empfehlen ließ, kam auch sein Nachbar herbei. Franz wünschte, daß der Portier aufhörte zu reden, konnte aber nicht verhindern, daß sein Zimmernachbar den Namen des Lokals erfuhr. Er tat deshalb so, als entspreche das Gasthaus nicht ganz seinen Erwartungen, und blätterte eine Weile in den ausliegenden Reiseprospekten, um das Gespräch zwischen seinem Zimmernachbarn und dem Portier zu belauschen. Mit einer gewissen Beruhigung stellte er fest, daß der Mann aus Österreich zu stammen schien, und machte sich auf den Weg.

Franz hatte gerade ein Viertel Meßwein und ein Wiener Schnitzel bestellt, als sein Zimmernachbar das Wirtshaus betrat. Er schaute sich suchend um und entschloß sich erst zu bleiben, als er Franz bemerkt hatte. Der Mann kam jedenfalls in den Nebenraum, der vom Hauptraum durch ein rautenförmiges Spalier abgetrennt war, und nahm einige Meter von Franz entfernt an einem Zweiertisch Platz.

Franz hob die Zeitung und versuchte wieder zu lesen. In großer Aufmachung wurde von der Verhaftung eines österreichischen Studenten berichtet, der im Verdacht stand, in Wien an der Entführung einer Fabrikantenfrau mitgewirkt zu haben. Alle Anzeichen sprächen dafür, daß es sich um einen politisch motivierten Entführungsfall handele: Der Student habe bereits mehrfach an Fakultätsbesetzungen teilgenommen und sei zuletzt in der Bundesrepublik bei einer Beerdigung registriert worden. Auf einem großen Foto neben dem Bericht sah man einige Polizeifahrzeuge sowie zahlreiche Polizisten und wartende Menschen. Der Student war mit einem weißen Pfeil gekennzeichnet und nicht zu erkennen. Auf einem kleineren Foto darunter befand sich eine Ausschnittvergrößerung des Kopfes. Auf diesem Foto war er langhaarig und sah ungepflegt aus. Franz schaute lange, ob er ebenfalls auf dem großen Bild zu sehen war, konnte sich aber nicht finden.

Er ließ die Zeitung sinken und blickte unauffällig zu seinem Zimmernachbarn hinüber, der eben einen schmalen Aktenkoffer vom Boden aufhob und ihm einen verschlossenen Briefumschlag entnahm, den er mit dem Tischmesser öffnete. Franz erkannte verblüfft, daß es der Brief an Karl Wahnschaffe war, den er dem Portier vor einer Viertelstunde zur Beförderung übergeben hatte. Der Umschlag hatte das gleiche Format, und Franz meinte sogar seine Handschrift zu erkennen. Der Mann überflog den Brief und steckte ihn zurück in den Umschlag. Einen Augenblick lang mußte Franz sich beherrschen, um nicht aufzuspringen und dem Mann den Brief zu entreißen. Doch sein Nachbar hatte das Couvert bereits wieder im Aktenkoffer versorgt und machte sich über sein Tellerfleisch her, während Franz sich damit tröstete, daß es wohl doch nicht sein Brief an Wahnschaffe war.

Resigniert betrachtete Franz sein Wiener Schnitzel, das allseits über den Tellerrand bis auf den Tisch herabhing, wo es Fettflecke erzeugte, löste argwöhnisch die dicke Panierung vom

Fleisch, das tatsächlich weniger als halb so dick war wie der ganze Flatschen, und begann mißmutig zu essen, während sein Gegenüber mit offensichtlichem Appetit große Stücke in den Mund schob. Er fraß mehr als er aß und stand schon auf, um seine Rechnung zu bezahlen, wie jemand, der die Ouvertüre in der Oper nicht verpassen möchte, als Franz den fleischgefüllten Eierkuchen auf seinem Tisch, angeblich eine Wiener Spezialität, erst auf die Größe des Tellerrandes zurechtgestutzt hatte.

Er hatte drei Viertel Meßwein intus, als er auf die Straße trat, zündete sich eine Dreier an, die zweite aus der Packung, warf sie jedoch gleich wieder weg und ließ, nach einigem Zögern, die ganze Schachtel in den nächsten Papierkorb fallen. Mit Rauchen war ihm auch nicht zu helfen. Er ging langsam an den Hauswänden entlang, trat zweimal in einen Hauseingang, als er Schritte hinter sich hörte, und kam, wie üblich, zu spät zu der Lesung, wo er den Veranstalter um zwei Flaschen Bier bat, bevor er sich bei den Zuhörern mit einigen witzig gemeinten Bemerkungen für seine Verspätung entschuldigte.

Nach der Lesung saß er wie üblich mit alten Freunden in einem Gasthaus, und seine Laune besserte sich mit jedem Viertel Meßwein, das er trank. Franz hatte sich vorgenommen, in Wien politische Kontakte zu knüpfen und Gespräche über die Situation in der Bundesrepublik zu führen, aber nun unterhielt er sich lieber über skurrile Vorfälle und gemeinsame Bekannte. Wenn er gefragt wurde, was es mit seinem Ermittlungsverfahren auf sich habe, wiegelte er ab. Das sei alles halb so schlimm, und wenn die Rede auf die innenpolitische Situation in der Bundesrepublik kam, antwortete er, das seien eben die hilflosen Strampeleien eines Ertrinkenden, mit denen man rechnen müsse. Dabei trank er zügig einen herben Burgenländer, zu dem er rundenweise Obstschnaps bestellte, und verfiel zusehends einer infantilen Trunkenheit. Mehrfach rief er, er brauchte jetzt unbedingt ein ordentliches Saftgulasch, bis die ganze Gesellschaft in ein Lokal aufbrach, wo herzhafte Speisen auf dem Küchenzettel standen und Franz zu großen Bieren und Magenbittern überging, was bei ihm erfahrungsgemäss zu völligem Erliegen intellektueller und emotionaler Fähigkeiten bei Aufrechterhaltung der wesentlichen körperlichen Funktionen führt.

Nach dem dritten Lokalwechsel hatte er, nun schon gegen Mitternacht, nicht nur den Grossteil seines Anhangs verloren, ohne es zu bemerken, sondern vermisste auch Hut, Handschuhe, Schal und Mantel, was er jedoch gleich wieder vergass. Diese Gegenstände wurden zwei Tage später beim Hotelportier von einer unbekannten Person für ihn abgegeben, was ihn in der Auffassung bestärkte, dass Polizisten tatsächlich zuweilen auch betreuerische Aufgaben erfüllen.

An der vollbesetzten Theke standen zwei junge Männer, die Franz auch bei seiner Lesung bemerkt zu haben meinte, er selbst sass am Tisch mit einem jungen Mann, der Ähnlichkeit mit dem Veranstalter der Lesung hatte. Als Franz ihn darauf ansprach, gab er zwar zu, bei der Lesung gewesen zu sein, bestritt aber, der Veranstalter zu sein, und behauptete, sein Name sei Dünnwald, obwohl Franz davon überzeugt war, dass er Mausehund hiess.

Mit ihnen am Tisch sassen zwei Damen und ein Herr. Der Herr mochte etwa fünfzig Jahre sein, sah aus wie einer, der mehrere Jahre im Gefängnis zugebracht hat, mit der typischen Physiognomie der Magenkranken.

Ein junger Mann am Nachbartisch, der hinter der jungen Frau sass und ihr Verlobter zu sein schien, hatte die Eleganz eines Grossstadtjünglings aus den unteren Klassen und war offensichtlich Automechaniker. Er trug die Perücke von Elvis Presley sowie einen grellfarbenen, changierenden Anzug mit enger Taille und abgesetzten Revers, wie sie die indonesischen Beatbands in den Amilokalen der Münchner Goethestrasse trugen, als sie 1960 den Beat importierten. Die Rüschen seines gelben Oberhemdes waren schwarz gesäumt, und an den Händen trug er grosse Ringe. Die Art, wie er sich an die Schöne wandte und mit ihr sprach, erinnerte Franz an das Verhalten eines Zuhälters, dessen Freundin nicht mehr anschaffen mag.

Es war klar, dass die Schöne auf Drängen ihrer Mutter mit

ihm Schluß gemacht hatte; denn jedes Mal, wenn der Mechaniker sich zu der Schönen umdrehte und auf sie einredete, mischte die Alte sich ein. Vergiß diesen Idioten, schien sie zu sagen, hör lieber auf mich. Der Kerl taugt nichts.

Das Lokal machte einen etwas unfeinen Eindruck, sicherlich auch deshalb, weil hier gerade ein Sparverein mit Schifferklavier und Bierlachen auf den Tischen seine Jahresversammlung abhielt. Überall lagen leere Briefumschläge, in denen sich die Jahresprämie der Vereinsmitglieder befunden hatte, auf der Tanzfläche war reger Betrieb, und da Franz Westphal merkte, daß seine Schnupftabakdose verschwunden war, die er eben noch dem achtjährigen Sohn der Schönen gezeigt hatte, wandte er sich an die ältere der beiden Damen, die wie die Hollywood-Version einer texanischen Puffmutter im ausgehenden 19. Jahrhundert aussah.

Wie ihre junge Tochter war sie enorm rausgeputzt, stark geschminkt und mit hochtoupierter Frisur, das auffallendste jedoch war ihr immenser Busen. Meinen Sie, daß jemand eine Durchsage machen könnte, fragte Franz mit unbeholfener Stimme, ich vermisse meine Schnupftabakdose.

Ihre was? fragte die Matrone. Es dauerte einige Zeit, bis sie begriff, was er vermißte. Dann winkte sie den Kellner herbei und flüsterte ihm etwas zu. Kurz darauf trat ein etwa fünfunddreißigjähriger Mann, vom Typus her Bankbeamter, auf die Tanzfläche, hob die Hände und gab mit lauter Stimme bekannt, daß in zehn Minuten Feierabend sei. Außerdem habe ein Gast seine Schnupftabakdose verloren, und der ehrliche Finder werde gebeten, sie an der Theke abzugeben. Auch die Schnupftabakdose wurde zwei Tage später von unbekannt beim Hotelportier abgegeben.

Auf die Gäste wirkte das bevorstehende Ende der Vereinsfeierlichkeit wie ein Signal, sich noch einmal mit letzter Kraft zu amüsieren. Franz, den es wie üblich zur Theke trieb, um im Schnellverfahren noch einige Biere zu trinken, bedauerte ein wenig, daß sich nun keine Möglichkeit mehr bot, mit der jungen Mutter des Achtjährigen, dem er auch sein Taschenmesser gezeigt hatte, anzubändeln, wenngleich er nie wußte, worüber er sich mit Frauen dieser Art unterhalten sollte.

Der Mechaniker machte ebenfalls einen letzten Versuch bei der Schönen, als ein bohnenstangenförmiger Soldat in Bundesheeruniform sich vor ihr mit einer ungelenken Bewegung verbeugte, und als sie spontan, trotz der Abwehrbewegungen ihrer Mutter, einwilligte, schob er sie ohne jedes Gefühl für Bewegung und Rhythmus über die Tanzfläche.

Als einer der letzten Gäste verließ Franz mit Dünnwald das Lokal, nachdem er noch mehrere Glas Bier getrunken und mindestens ebensoviele Soleier mit Essig und Öl gegessen hatte. Er war kaum draußen, als er in der Hausecke gleich nebenan ein halblautes Gerangel und unterdrücktes Stöhnen hörte. Zusammengekrümmt lag ein sehr langer Mensch gegen die Hauswand gedrückt am Boden, den der vor ihm stehende Mechaniker mit Fußtritten bearbeitete; einmal beugte er sich zur Erde und riß seinem Opfer die Hände vom Gesicht, um auch dort hineintreten zu können.

Franz zögerte nicht einen Augenblick, packte den aufgebrachten Mechaniker von hinten, zerrte ihn weg, ließ ihn los, als dieser sich wand, duckte sich zufällig, als er ausholte, um ihm eins auszuwischen, und schob seinen Kopf sofort neben das Ohr des Mechanikers, wobei er ihn locker bei den Schultern faßte. Der Mann war von der ungewohnten Form der Annäherung so überrascht, daß er sich einen Moment lang nicht rührte.

Franz senkte seine Stimme und sagte vertraulich, als habe er ihm ein Geheimnis mitzuteilen: Sie können den Mann umbringen, wenn Sie so weitermachen. Machen Sie sich nicht unglücklich wegen einer Frau.

Der Mechaniker machte eine Geste, als versuche er, Westphals Alkoholfahne vor seiner Nase zu verteilen, wandte sich abrupt ab und lief davon. Sofort sprang der Bundesheersoldat auf, denn um ihn handelte es sich, bedankte sich bei Franz und stammelte: Ich habe doch nichts von ihr gewollt, blöde Kuh. Ich kenn die doch gar nicht. Nur einmal tanzen hab ich mit ihr wollen. Was gehts den denn an, wenn ich mit ihr ins Bett gestiegen bin.

Später gingen Dünnwald und Westphal an zwei erleuchteten Fenstern vorbei. In einem schmalen Zimmer mit zwei Einzelbetten, zwischen denen zwei Nachttische standen, saß eine halb entkleidete junge Frau auf der Bettkante. Zwischen den Betten stand der Mechaniker, der nur eine winzige Unterhose trug, und redete auf sie ein. In der geöffneten Tür stand in lässiger Haltung die Schöne aus dem Vereinslokal und hörte aufmerksam zu. Aus der Toreinfahrt neben der Wohnung lief mit lautem Gekläff ein ziemlich kleiner Hund, gefolgt von der Matrone, die mit kurzen, klappernden Schritten auf und ab ging. In einem gegenüberliegenden Haus wurden Fenster geöffnet. Franz hörte Stimmen, die um Ruhe baten. Er wandte sich um und sah junge Männer, teils in ärmellosen Unterhemden, teils mit nackten Oberkörpern, die sich hinauslehnten und über den Lärm schimpften, den der kleine Hund machte, wobei sie selbst einen solchen Lärm verursachten, daß nun auch in anderen Häusern die Fenster geöffnet wurden und Menschen laut um Ruhe baten. Es fiel Franz auf, daß aus dem gegenüberliegenden Haus keine Frauen schauten und alle Männer gleichaltrig, etwa zwanzigjährig zu sein schienen.

Franz wandte sich wieder der Parterrewohnung zu, wo der junge Mann sich eben auf die halbentkleidete, junge Frau stürzte, als wolle er sie vergewaltigen. Er versetzte ihr einige heftige Schläge an den Kopf und lief dann in offensichtlicher Panik zur Zimmertür, stieß die Schöne aus dem Vereinslokal brutal beiseite und verschwand im Dunkel.

Franz wollte über das Ereignis nachdenken, als der Krach aus dem gegenüberliegenden Männerhaus anschwoll und die Toreinfahrt geöffnet wurde. In der Tür stand ein junger Mann, der ebenfalls nur mit einer Unterhose bekleidet war. Er hielt den achtjährigen Jungen an der Hand und rief über die Straße, ob die Leute nicht besser auf ihr Kind achtgeben könnten. Franz schloß daraus, daß der Junge sich in das Haus verirrt hatte.

Die Matrone rief dem Kind etwas zu, worauf es über die

Straße lief und mit ihr wieder in der Toreinfahrt neben der Parterrewohnung verschwand, während der Hund noch immer laut kläffend auf der Straße umhersprang und der Lärm der ungehaltenen Schläfer immer mehr anschwoll.

Franz rechnete jeden Augenblick mit dem Eintreffen der Polizei und riet Dünnfuß oder Mäusefuß oder wie der Veranstalter seiner Lesung auch heißen mochte, sich rasch zu entfernen, als er den Mechaniker, die Matrone und die Schöne aus der Toreinfahrt kommen und eilig die Straße hinabgehen sah. Sie waren adrett gekleidet, nichts deutete auf besondere Umstände, die Schöne hatte den Mechaniker eingehakt und hielt ihr Kind an der anderen Hand, es war gegen zwei Uhr nachts; und auf einen Wink kam auch der Köter angelaufen, wurde an die Leine genommen und hörte auf zu bellen.

Nun hörten die Leute ebenfalls auf zu schreien und verschlossen die Fenster. Es war still, als wäre nichts geschehen, und auch in der Parterrewohnung brannte kein Licht mehr.

Den Rest der Nacht erlebte Franz Westphal nur als Erinnerung. Einmal lag er in einem teuren, langhaarigen Damenpelz in einem schummrigen Lokal auf dem zugeklappten Deckel eines Konzertflügels, den Ellenbogen aufgestützt, und beobachtete mehrere schöne Frauen, die sich an der Theke unanständige Witze erzählten, als eine große Schar Polizisten hereinstürzte, die Gäste unsanft nötigte, die Mäntel anzuziehen, alle hinausdrängte, wobei ein lautes Kreischen zu hören war, und sie draußen in zwei grüne Minnas verfrachtete. Nur Franz Westphal, der sich unter dem Flügel verkrochen hatte, und Bierfuß oder Dünnbier, der unterdes auf dem Klo war, blieben verschont.

Ein anderes Mal standen Franz und Mäusehund in der Tür einer Art Nachtbar, und Franz machte schleunigst kehrt, als er fast alle seine Freunde und Bekannten erblickte, die an der Lesung teilgenommen hatten.

An eines glaubte er sich mit Sicherheit zu erinnern. Während er stundenlang durch die eiskalte Stadt stolperte und über gefrorene Pfützen rutschte, auf der Suche nach seinem Hotel, schimpfte er ununterbrochen auf seine vermeintlichen Verfolger, es mache ihm nichts aus, wenn er verfolgt und beobachtet werde, man möge ruhig sein Telefon abhören und seine Briefe lesen, es störe ihn nicht im geringsten, wenn das Ermittlungsverfahren gegen ihn nicht eingestellt werde, und er habe auch keine Angst, verurteilt zu werden. Dabei nannte er laut die Institutionen, die er beschimpfte, den Verfassungsschutz, die Geheimdienste, die Kriminalämter, die Bundesanwaltschaft, so daß jeder, der gewollt hätte, hören konnte, auf wen er stundenlang in immer neuen Variationen schimpfte.

Er machte nur eine kurze Pause, als er unversehens vor seinem Hotel stand, hineinging, sich den Schlüssel geben ließ, mit dem Fahrstuhl hinauffuhr, die Tür öffnete, und er schimpfte dann weiter, so laut wie zuvor auf der Straße. Dazu rüttelte er an den Möbelstücken, zog das Bett von der Wand, riß die Schubladen heraus, öffnete die Schranktür, klopfte gegen die Schrankwand und hörte auch nicht auf, Krach zu schlagen und zu schimpfen, als seine Zimmernachbarn links und rechts gegen die Wand zu klopfen begannen. Erst als er auf der Feuerleiter Schritte hörte, löschte er rasch sämtliche Lichter, sprang mit Kleidern und Schuhen ins Bett, zog die Bettdecke hoch, legte sich das Kopfkissen auf den Kopf und stellte sich schlafend.

Am nächsten Morgen erschien er mit gepacktem Koffer beim Portier, erklärte, er fahre einen Tag nach Graz und werde dort auch übernachten, bat, für übermorgen ein anderes Zimmer zu reservieren, und fragte, ob er den Koffer deponieren könne. Der Portier warf einen Blick des geheimen Einverständnisses auf Franz' Zimmernachbarn, der offensichtlich ebenfalls abreisen wollte, und sagte verbindlich: Aber natürlich! Wenn keine Bombe drin ist.

Erst auf der Heimreise in die Bundesrepublik ging Fritz der Sinn dieser Äußerung auf. Er war müde und verkatert, da er auch in Graz und an den folgenden Tagen in Wien und Salzburg zuviel getrunken hatte. Er mochte diese Lesetourneen nicht sonderlich. Sie waren anstrengend, da er zuwenig schlief, und brachten nichts sonderlich ein, da er das Honorar bei seinen nächtlichen Saufereien zur Hälfte wieder ausgab. In vielen Fällen waren nicht einmal die Diskussionen und Gespräche nach den Lesungen befriedigend. Er nahm diese Aufträge an, weil er eitel war und sich freute, wenn sein Name anderntags in den Zeitungen stand.

Er holte Papier und Kugelschreiber hervor und schrieb an den Veranstalter in Wien, ob er einen Bruder habe und wenn ja, ob dieser bestätigen könne, daß Franz zunächst in einem Vereinslokal der Wiener Unterwelt, sodann in einer Straße der Altstadt und zuletzt in einem Nachtlokal auf einem Konzertflügel eine Reihe merkwürdiger Erlebnisse gehabt habe.

Fast ein Vierteljahr später erhielt er einen Brief, aus dem sich ergab, daß die Vorfälle sich wirklich so ereignet hatten. Das beunruhigte ihn.

8. KAPITEL

An einem Wintervormittag

An einem Wintervormittag – draußen fiel Schnee im trüben Licht – saß Fritz Buchonia in der Küche auf dem Sofa und betrachtete seinen grün emaillierten Kachelofen. Er hatte eine Kerze angezündet und vor sich ein kleines Glas mit einem schweren, honigfarbenen Wein stehen, den er vor Jahren in einer Korbflasche aus Sardinien mitgebracht und daheim auf Flaschen gezogen hatte.

Zwischendurch stand er ein paar Mal auf, schnitt sich eine Scheibe durchwachsenen Speck ab, den er mit trockenem Brot aß, bereitete das Mittagessen vor und ordnete den Kruscht in dem offenen Schrank neben dem Sofa. Das Brot hatte er zusammen mit seiner Frau und einem Freund in einem alten Lehmbackofen im Nachbardorf gebacken, und der Speck stammte von einer Sau, die er selber geschlachtet hatte. Einmal ging er mit einer Gartenschere nach draußen und schnitt Zweige ab, die er in einem Glas ordnete in der Hoffnung auf Blüten oder wenigstens ein paar grüne Blätter zu Weihnachten. Im Ofen brodelte ein Topf mit Futterkartoffeln, den er bald abgießen und nach dem Abkühlen mit Melasse vermischt an die Schafe verfüttern wollte.

Als Lehrling bei seinem Vater hatte er sich oft gewünscht, stundenlang einfach nur dazusitzen und die Zeit mit nutzlosen Tätigkeiten zu verbringen. Später hatte er häufig den Beruf gewechselt, auf der Suche nach einer Tätigkeit, in der die Grenze zwischen Vergnügen und Arbeit aufgehoben ist. So wurde er Schriftsteller und vernachlässigte die Juristerei immer mehr.

Am meisten liebte er das Nichtstun, wenn es so still war, daß man kaum ein Geräusch hörte, im Winter, wenn es auch tagsüber nicht richtig hell wird, im Frühjahr, wenn es stürmt und die Graupelschauer so heftig gegen die Stirn schlagen, daß man glaubt, das Gehirn friert ein, im Sommer, wenn es so heiß ist, daß die Spucke im Sand Kügelchen bildet oder ein warmer Platzregen niedergeht und die Luft eigenartig riecht, oder im Herbst, wenn der Nebel sich erst mittags auflöst und mit dem Geruch der Kartoffelfeuer vermischt.

Es gab zahllose Gerüche und Wetterlagen, die in Fritz Buchonia den Wunsch nach nichts erzeugten, die klare Luft, in der die Wälder und Berge zusammenrücken und die Entfernungen schmelzen, der dichte Regen, der den begehbaren Teil der Erde klein macht und den Rest ins Jenseits verlegt, die heißen Mittage im hohen Gras, wenn nur der Obstgarten Schutz vor der grellen Sonne bietet.

Der Geruch der kochenden Kartoffeln und der Wrasen erinnerten ihn angenehm an die Küchen bei Arbeitern und Bauern. Es gibt Leute, die diesen Geruch nicht mögen, weil sie ihn mit Armut und Kleinbürgertum verbinden. Fritz liebte auch Häuser, in denen man noch Stunden nach dem Essen den Geruch von Kohl und Bratkartoffeln spürte.

Es störte ihn nicht, wenn er selber schlecht roch, Schmutz unter den Fingernägeln hatte, Rußflecken an den Armen, Asche und Schafskot an der Hose, Heu und Stroh am Pullover, Spinnweben auf der Mütze, die er auch bei Tisch trug und selbst im Bett nicht abnahm. In oberflächlicher Denkweise meinte er, durch Verhalten und Aussehen die Zugehörigkeit zur Klasse, aus der er stammte und der er sich zugehörig fühlte, beweisen zu können, aber vielleicht wollte er auch nur alle diejenigen enttäuschen, die von einem Schriftsteller etwas anderes erwarten.

Mit seinem neuen Roman war er unzufrieden. Nicht, daß er schon so weit gewesen wäre, alles wegzuwerfen oder noch einmal von vorne anzufangen. Die Probleme waren größer, als er in der Euphorie, die sich immer bildet, wenn eine Idee entsteht, angenommen hätte. Warum gelang es ihm nicht, die Stadt beim Namen zu nennen, in der die Beerdigung stattgefunden hatte, warum fügte es sich nicht ins Konzept, den Namen seines toten Freundes zu nennen?

Die schriftliche Äußerung, deren Verbreitung das Ermittlungsverfahren in Gang gesetzt hatte: Warum glaubte er, es passe nicht zu seiner Erzählung, den Text zu zitieren? Der Staatsanwalt, der ihn vernommen hatte, der Ort, in dem sich das Gericht befand, und der andere, in dem er selber lebte: Sie alle hatten Namen. Aber warum erfand er Namen für sie?

Warum schilderte er die Ereignisse nicht so, wie sie sich zugetragen hatten: den merkwürdigen Umweg, auf dem er Kenntnis von dem Ermittlungsverfahren erhalten hatte, die merkwürdige Vorladung zur ersten Vernehmung, die merkwürdige Fahrt dorthin, das vierstündige Verhör, das über weite Strecken Ähnlichkeit mit einem anachronistischen Streitgespräch hatte. Er hätte die Höflichkeit und Doppelbödigkeit dieses Gespräches beschreiben müssen, in dem es um gewaltverherrlichende Passagen im Alten Testament und in Schillers »Räubern«, um Fragen der moralischen und politischen Kompetenz der Justiz und um Religionsprobleme ging; denn gleich zu Beginn des Verhörs offenbarte der Staatsanwalt, daß er gläubiger Katholik sei, während Fritz seine sentimentale Neigung für das Gemeindeleben der protestantischen Kirche ausdrücklich hervorhob. Zwanzig Seiten voller Komik und Intelligenz hätte das hergeben können: ein Disput zwischen einem Erzkatholiken und einem atheistischen Protestanten im letzten Drittel des 20. Jahrhunderts anläßlich einer Beschuldigtenvernehmung über ein Staatsschutzdelikt.

Fürsorge sprach scheinbar aus der juristischen Verschlagenheit des Alten, der heute über Häretiker gegen den Staat befand, wie seine Vorgänger im Glauben über Ketzer wider die Religion. Noch einmal zwanzig Seiten ergaben die Parallelen zwischen der heiligen Inquisition und dem modernen Staatsschutz. Wie einst die Kirche hat der moderne Staat sich transzendiert, Gehorsam reicht ihm nicht mehr aus, er verlangt Glauben in seine Institutionen, seine Enzykliken, in drängender Sorge um das von ihm beschützte Wirtschaftssystem.

Einige Tage zuvor hatte Fritz Buchonia seinen Franz Westphal an einer wichtigen Sitzung teilnehmen lassen. Den Namen der Stadt und des Organs, das hier tagte, verschwieg er. Beim

Mittagessen sprachen sie über sein Ermittlungsverfahren. Karl Wahnschaffe bedankte sich für den Brief, den Franz ihm geschrieben hatte, und deutete an, daß er seine politischen Beziehungen habe spielen lassen.

Was soll mir das nutzen, fragte Franz Westphal. Die Politiker sind längst zu Marionetten des Staatsapparates degradiert, der wiederum nur ein Instrument der wirtschaftlich herrschenden Klasse ist. Das sah Karl Wahnschaffe anders: Auch Staatsanwälte seien weisungsgebunden, und so könne im Falle Westphal durchaus die Weisung ergehen, das Verfahren einzustellen, wenn er, Franz, bereit sei, gewisse Zugeständnisse zu machen.

Wir alle machen uns Sorgen um dich, fügte Wahnschaffe hinzu. Worin die Zugeständnisse bestehen sollten, fragte Franz, der überzeugt war, nichts Unrechtes getan zu haben, und sich deshalb auch keine Zugeständnisse vorstellen konnte.

Du bist zum Beispiel im Beirat eines in Frankfurt erscheinenden Informationsdienstes, sagte Wahnschaffe, der allgemein Anstoß erregt. Meine Gesprächspartner stellen sich vor, daß du dort austrittst.

Ist das alles? fragte Franz und versuchte, ironisch zu sein. Nun ja, sagte Wahnschaffe, du vertrittst als Rechtsanwalt eine Reihe von Personen, und es wäre gut, wenn du die Mandate niederlegen würdest. Ist es vielleicht verboten, bestimmte Leute zu verteidigen? fragte Franz wiederum. Ich bin auch Nachlaßverwalter für zwei Gefangene, die im Gefängnis verstorben sind. Soll ich auch diese Mandate vielleicht niederlegen? Sind wir soweit, daß schon eine Nachlaßverwaltung anstößig ist?

Dies nicht, sagte Karl Wahnschaffe, aber mußt ausgerechnet du diese Fälle übernehmen? Und wenn alle so dächten? fragte Franz zurück. Ich will dir doch nur helfen, sagte Wahnschaffe, aber du mußt verstehen, daß du nichts erreichst, wenn du so starrsinnig bist.

Das ganze Konzept taugt nichts, dachte Fritz Buchonia. Ich lasse mich ins Bockshorn jagen und versuche, Literatur zu produzieren, wo Klartext erforderlich wäre. Die Form, die er sich gewählt hatte, war nicht flexibel genug. Er dachte an die Kapitel, die er über Westphals Lesereise nach Österreich geschrieben hatte. Während der Fahrt las er Seumes »Spaziergang nach Syrakus«. An eine Stelle erinnerte er sich besonders, wenn er alleine oder mit anderen in den Wiener Kaffeehäusern saß:

»Über die öffentlichen Angelegenheiten wird in Wien fast nichts geäußert, und Du kannst vielleicht monatelang auf öffentliche Häuser gehen, ehe Du ein einziges Wort hörst, das auf Politik Bezug hätte; so sehr hält man mit alter Strenge ebensowohl auf Orthodoxie im Staate wie in der Kirche. Es ist überall eine so andächtige Stille in den Kaffeehäusern, als ob das Hochamt gehalten würde, wo jeder kaum zu atmen wagt. Da ich gewohnt bin, zwar nicht laut zu enragieren, aber doch gemächlich unbefangen für mich hinzusprechen, erhielt ich einige Male eine freundliche Weisung von Bekannten, die mich vor den Unsichtbaren warnten. Inwiefern sie recht hatten, weiß ich nicht; aber soviel behaupte ich, daß die Herren sehr unrecht haben, welche die Unsichtbaren brauchen.«

Was Seume schrieb vor 175 Jahren über die Unsichtbaren in Wien, scheint noch immer zu stimmen, aber die Leisetreterei, die Orthodoxie im Staat und das Verschweigen der wichtigsten Tatsachen haben sich inzwischen auf die Bundesrepublik ausgedehnt. Wehmütig dachte Fritz an seine Besuche bei Verwandten, deren Freunden und Bekannten in der DDR zurück, die auf ihren Staat schimpften, daß es eine Freude war, und nicht nur mit ihrer Schimpferei ein höheres Maß an Loyalität bewiesen als jeder Leisetreter in der Bundesrepublik; denn diese Verwandten und Bekannten gehörten den verschiedensten gesellschaftlichen Massenorganisationen und zuweilen sogar der Staatspartei an und verrichteten dennoch ihre Arbeit nicht einen Deut schlechter als ihre westdeutschen Standesgenossen.

Es muß wohl eine Eigenart der bürgerlichen Herrschaft sein, daß sie zum Duckmäusertum erzieht, dachte er und drehte den Kopf beiseite, um den Kartoffeldampf nicht in die Augen zu kriegen beim Abschütten des Wassers. Sofort verstärkte sich der Geruch nach gedämpften Kartoffeln, und er entschloß sich, nun doch das Fenster zu öffnen.

Später, als er wieder auf seinem Sofa saß, dachte er an ein Gespräch, das sein Held, Franz Westphal, zwei Tage zuvor in der Hauptstadt der DDR geführt hatte. Franz war mit dem Morgenzug in Westberlin angekommen, hatte in einem Café am Kurfürstendamm gefrühstückt und war gegen neun Uhr mit der S-Bahn zum Bahnhof Friedrichstraße gefahren. Die Abfertigung ging rasch, und es machte ihm nichts aus, daß der Zollbeamte ihn bat, die West-Zeitung abzugeben. Warum machte es mir nichts aus, fragte er sich. Einem westdeutschen Beamten würde ich es übelnehmen.

Er ging zu Fuß, da er keine Eile hatte, über die Brücke am Schiffbauerdamm zum Oranienburger Tor, blieb eine Weile stehen mit Blick auf die Museumsinsel, schaute den Möwen zu und genoß es, wieder außer Reichweite der Herren des Morgengrauens zu sein. Es war das erste Mal, daß er einen DDR-Verlag besuchte, und er wußte nicht, was ihn erwartete. Obwohl er nicht angemeldet war, wurde er ohne langen Aufenthalt zum Fahrstuhl gewiesen und in den dritten Stock geschickt.

Er hatte eine Kontrolle erwartet, wie sie in westdeutschen Funkhäusern üblich ist, wo gut ausgebildete junge Männer in paramilitärischen Uniformen das Terrain bewachen, als wäre es ein Kernkraftwerk, den Ausweis kontrollieren, telefonisch rückfragen, ob der Besucher auch wirklich angemeldet ist, und einen Passierschein ausstellen, der außen am Anzug getragen werden muß. Wer das Gebäude wieder verlassen will, muß einen Revers vorlegen mit der Unterschrift der Person, die er besucht hat. Aber nichts dergleichen geschah.

Das große Verlagsgebäude machte einen ungepflegten Eindruck und unterschied sich wohltuend vom dezenten Stil westdeutscher Verlagshäuser, die ihre Gewinne lieber in Immobilien und kultivierte Ausstattungen investieren als im kultivierten Programm, und eher teure Einrichtungen bezahlen, als ihren Autoren honorige Vertragsbedingungen und anständige Honorare zu bieten.

Später, als sie in einem Restaurant saßen, kam Franz Westphal auf sein eigentliches Anliegen zu sprechen. Er wußte, daß sein Gesprächspartner Beziehungen zur Kulturbürokratie des Landes hatte. Sie saßen an einem kleinen Tisch in einer Ecke des großen Speisesaals, ein Kellner im schwarzen Anzug hatte die Bestellung aufgenommen und zwei Biere gebracht.

Ich werde über kurz oder lang auswandern müssen, sagte Franz. Gegen mich ist ein Strafverfahren anhängig. Es ist zwar nicht meine Absicht zu fliehen, und mit Sicherheit werde ich bis zum Ende des Prozesses in der Bundesrepublik bleiben. Aber es ist vorstellbar, daß Leute wie ich eines Tages auswandern müssen. Meine Frau und ich haben überlegt, wohin wir gehen könnten. Verstehen Sie mich bitte richtig, wenn ich Sie frage. Wie beurteilen Sie es, wenn wir den Antrag stellen würden, in die DDR zu übersiedeln, und wie würde Ihre Kulturbürokratie sich dazu verhalten?

Schubert schaute einen Moment lang ernst, als könne er sich vorstellen, daß ein Schriftsteller glaubt, auswandern zu müssen, dann lächelte er, und sein Lächeln war zugleich spöttisch und melancholisch.

Wir alle würden uns natürlich freuen, wenn Sie herüberkämen, sagte er, aber Sie müssen auch die Kulturverantwortlichen unseres Landes verstehen. Auf den ersten Blick erscheint es natürlich attraktiv, wenn Schriftsteller aus dem Westen sich bei uns niederlassen. Damit ist es jedoch nicht getan, denn wenn unser Land Bürger aus dem westlichen Ausland aufnimmt, ist es für sie auch verantwortlich. Das ist kein Problem, solange ein Neubürger sich wohlfühlt bei uns. Das Problem entsteht erst, wenn er sich nicht mehr wohlfühlen sollte. Wir haben mehr derartiger Anfragen von Schriftstellern aus der BRD als Sie vielleicht glauben werden. Man ist bisher immer sehr vorsichtig gewesen mit solchen Avancen und hat den Leuten geraten, sich ihre Entscheidungen gut zu überlegen.

Franz spürte wieder, wie fremd dieses Land ihm war. Wenn er mit einem Kulturmenschen im Westen sprach, brauchte er nur auf seine Gesten und seinen Gesichtsausdruck zu achten, und oftmals wußte er schon vorher, was der Mann sagen würde. Hier in der DDR kamen die Leute dauernd mit unerwarteten Fragen und Antworten.

Er fühlte sich plötzlich zu alt, um noch einmal ein neues Leben anzufangen. Er war an die Bundesrepublik gefesselt, wie ein Ochse an seinen Kuhstall. Dort wurde er gefüttert und geschlachtet.

Fritz nahm ein paar Kartoffeln aus dem Abtropfsieb und begann sie zu schälen, um Kartoffelpüree zu machen. Er würde es ansetzen mit Milch und Wasser, unter ständigem Rühren kurz aufkochen lassen und anschließend mit heißem Schmalz abschmelzen und mit braungerösteten, kleingehackten Zwiebeln garnieren.

Er brauchte eine Form, in der er alles einbringen konnte: Seumes »Spaziergang nach Syrakus«, Kafkas »Prozeß« und Robert Walsers scheinbar zusammenhanglose, hinterlassene Sätze; den Wahnschaffe, aber nicht als Schlüsselfigur bitte, sondern mit Namen und Titel, und auch den Ostberliner Kollegen, mit dem Franz zu Mittag gegessen hatte.

Das Lokal hatte Franz an die Restaurants erinnert, in die seine Mutter mit ihm während des Krieges öfter essen ging. Es gibt eine Drehtür und eine Eingangshalle mit einer Garderobe, in der ein alter Mann mit unsicheren Fingern den Garderobenschein von einem Block abreißt, die Klofrauen tragen schwarze, glänzende Kleider mit einer weißen Schürze, und die Ober wirken vornehmer als die Gäste, die sie mit weltmännischen Gesten zu einem Tisch führen; denn natürlich konnte man sich nicht einfach setzen, wohin man wollte.

Es war alles mißraten. Mit keinem Wort erwähnte er in seinem Manuskript, welchen Sinn die Maßnahmen der Behörden hatten, die ihm Angst machten, und wer davon profitierte. Im Gespräch, in der Diskussion hätte er den politischen Zweck der Schnüffeleien und Rechtsbrüche benennen können. In seinem Kopf und in der Debatte hatten die Personen und Städte Namen, die Maßnahmen einen Zweck, und es gab nicht nur Tatsachen, die ihm angst machten, sondern auch solche, die Mut machten.

In der literarischen Form, die er gewählt hatte, bekam alles das keinen Platz. Selbst das Kapitel über den Urlaub war ihm mißraten, weil es unvollständig war. Es erschien ihm symptomatisch, daß auch der Name des Bauern nicht stimmte. Eines Tages im Wald hatte er unter dem Laub in einem schmalen Bach ein altes, kaum noch leserliches Wagenschild gefunden, wie sie früher an den Ackerwagen hingen. Das Schild war schwarz gestrichen und die Schrift mit weißer Farbe draufgepinselt. Otto Steiner, Hirschberg, Kreis Osterode, stand auf dem Schild.

Es gab den Bauern in Parwolken, doch er hieß nicht Steiner. Fritz hatte vergessen zu fragen, wie er hieß. Es stimmte zwar, daß die Lebensweise der Steiners ihn angerührt und eine unvernünftige Sehnsucht in ihm erzeugt hatte. Aber er wußte zugleich, daß diese Sehnsucht nicht seiner politischen Überzeugung entsprach.

Fritz war müde, seit Wochen müde. Wenn er nach 10 Stunden Schlaf erwachte, schmerzten seine Knochen, als hätte er die ganze Nacht den Schafen die Hufe geschnitten oder Weidezäune eingeschlagen, und sein Kopf kam ihm vor wie zermartert, als ob seine Gedanken nicht einen Augenblick Ruhe gehabt hätten.

Nachts kaute er auf irgendwelchen Sätzen herum. An einen dieser Sätze erinnerte er sich. Franz stand mit Andi an der Tür, der Besuch war zu Ende, und sie warteten, daß der Beamte aufschloß. Laß dich bald mal wieder sehen, sagte Andi. Kriegst du immer noch so wenig Besuch? fragte Franz. Außer meiner Mutter und dir nur die Anwälte, sagte Andi. Leise fügte er hinzu, und Franz war nicht sicher, ob es nicht eine Bitte war: Wann kommst du wieder?

Die Frage ließ ihn nicht los. Eine Art von Liebe, die zwischen ihnen bestand, ließ es unwichtig erscheinen, in welchem Sinne Andi sich schuldig gemacht hatte oder nicht. Mochten sie Westphal bestrafen, weil er es ablehnte, sich zum Strafvollstrecker der anderen zu machen; mochten sie ihn verfolgen, weil er seine Beziehung zu Andi nicht beendet hatte, als dieser zur Unperson wurde.

Zugleich war ihm klar, daß er Angst hatte, weil er sich schuldig fühlte, obwohl die Schuld nur darin bestand, daß er nie versucht hatte, sich von Andi zu distanzieren. Das zeigte ihm, daß er, ebenso wie die meisten Menschen, bereits den bloßen Kontakt zu einem Menschen wie Andi für verwerflich zu halten gelernt hatte.

Manchmal waren Bruchstücke eines Traumes in seinem Kopf, den er nicht mehr zusammenkriegte. Vor seinen Augen verschwammen die Gegenstände, wenn er aufwachte, oder nahmen ungewohnte Dimensionen und Formen an, als ob jemand über Nacht seine Brillengläser vertauscht hätte, und in seinem Gehirn herrschte ein Druck, der nicht schmerzte, aber die Gedanken lähmte.

Franz Westphal stand mit E., der sein Vater hätte sein können, in einer stillen und einsamen Gegend. Es war ziemlich kalt, und der Himmel war sternenklar. Sie schienen sich auf einer Anhöhe zu befinden. Er war sicher, schon einmal hier gewesen zu sein, mit demselben Mann, und es war ebenfalls kalt und sternenklar gewesen.

Hinter ihnen im Dunkel lag eine Fahrstraße, die an einer Friedhofsmauer mit einem großen Gittertor endete, und links und rechts der Straße waren Parkstreifen, auf denen trotz der Nachtstunden mehrere Autos standen. Vor ihnen hob sich die Oberkante eines flachen Gebäudes gegen den Nachthimmel ab. Auf dem Dach war die Silhouette zweier Menschen zu sehen, die auf und ab gingen.

Plötzlich befand sich auf dem Dach ein starker Scheinwerfer, der sie anstrahlte und blendete. Eine Stimme rief: Wer da! Sie nannten ihre Namen und fragten, ob sie eine bestimmte Person sprechen könnten. Der Scheinwerfer wurde gelöscht, gleich darauf ging eine schwache Hofleuchte über der Eingangstür an.

Franz wußte nun, daß er schon öfter hier gewesen war und dasselbe Erlebnis gehabt hatte. Zwei Uniformierte traten aus der kleinen Tür, gefolgt von zwei Männern mit Maschinenpistolen.

Dürften wir mal Ihre Ausweise sehen, sagte einer der beiden, während die zwei anderen ihre Maschinenpistolen auf Franz und den Pastor richteten. Der Beamte nahm die Pässe entgegen, während der andere einen Notizblock hervorholte und alles abschrieb, was in den Papieren stand. Was wünschen Sie? fragte der erste Beamte wieder und gab ihnen die Ausweise zurück. Mein Name ist E., sagte der Pastor, wir wollen Herrn S. sprechen.

Später standen sie mit S. abseits, während die Bewaffneten sie aufmerksam beobachteten. Der Anwalt schilderte die Verletzungen, die Andi erlitten hatte. Also Genickschuß, sagte Franz Westphal fragend. Ich weiß nicht, ob man es so nennen kann, antwortete S.

Als Franz wieder einigermaßen bei Sinnen war, erinnerte er sich, was er geträumt hatte. Er hatte sich nach der Todesnachricht nur notdürftig gewaschen und war ohne zu frühstücken mit dem Auto die fünfhundert Kilometer zu Andis Mutter gefahren. Wochen später kamen mit der Post zwei Bußgeldbescheide wegen zu schnellen Fahrens und unerlaubten Überholens, der eine aus der Gegend von Würzburg, der andere aus Ingolstadt.

Er kam am Nachmittag am Chiemsee an, trank Kaffee, aß ein Stück Kuchen und versuchte, sich mit Andis 94jähriger Großmutter zu unterhalten. Heute muß ein besonderer Tag sein, sagte die Alte, es waren so viele Schulkinder auf der Straße. Ist schon gut, Muttchen, beruhige dich, sagte ihr Sohn, der neben ihr auf dem Sofa saß, und streichelte ihre Hand. Aber die alte Frau kam immer wieder darauf zu sprechen: Es waren so viele Schulkinder auf der Straße. Jedes Mal, wenn sie das sagte, versuchte ihr Sohn, sie zu beruhigen.

Sie weiß nicht, daß Andi tot ist, sagte N. entschuldigend, aber sie ist schon den ganzen Tag so unruhig, als ob sie etwas ahnt. Wir haben ihr nichts gesagt. Sie würde es doch nicht verstehen. Sie hat ihn sehr geliebt. Dann hast du ihr auch nicht gesagt, daß er in Gefangenschaft war? fragte Franz. Doch, das hat sie gewußt. Sie wollte ihn immer besuchen, aber sie ist schon zu schwach.

Das Zimmer war gemütlich eingerichtet mit Polstermöbeln

in gedämpften Farben und dunklen Möbeln. Franz wollte fragen, warum vor allen Fenstern auf der Innenseite des Hauses Jalousien hingen, die geschlossen waren, obwohl es draussen noch hell war, unterliess es aber. Nach einer halben Stunde hatte N. ihren Koffer gepackt, und sie fuhren die etwa 250 Kilometer nach Norden.

Es war schon dunkel, als sie in S. ankamen. Frau E. hatte rotgeränderte Augen, als hätte sie lange geweint. Die beiden Frauen umarmten sich und verschwanden in einem Zimmer, während E. seinen Gast ins Wohnzimmer führte. Er war empört, dass die Behörden den Eltern nicht gestatteten, ihre Kinder noch einmal zu sehen, bevor sie zerschnitten wurden, und es nicht für nötig hielten, ihnen zu sagen, was mit den Toten geschehen war, wo sie sich jetzt befanden und was man mit ihnen vorhatte.

Sie verbrachten den Abend im Wohnzimmer, das sie nur einmal verliessen, um die Tagesschau zu sehen und etwas über die Toten zu erfahren. Später brachte Frau E. belegte Brote, während ihr Mann eine neue Flasche Rotwein öffnete. Sie warteten den ganzen Abend und sprachen über die letzten Tage. Nur einmal fragte N. zu E. gewandt: Hast du eigentlich schon begriffen, dass unsere Kinder tot sind? Dieselbe Frage hatte sie Franz am Nachmittag gestellt, als sie schon im Auto nach S. sassen.

Er sah Andi vor sich in seiner schlaksigen Haltung, die immer etwas eitel wirkte, und in seiner jungenhaften Kleidung. Er ging oft barfuss und trug meistens nur Jeans und ein kurzärmliges Unterhemd, das um seinen abgemagerten Leib schlotterte. Er war blass und sah aus wie ein Stummfilmstar, wenn er das fast schwarze Haar glatt nach hinten gekämmt hatte. Nie würde Franz sein ungezwungenes Lachen vergessen, nie die Ironie, mit der er die Richter und die Staatsanwälte charakterisierte, aber auch nie den Ernst und die Eindringlichkeit seiner Rede. Andi hatte die seltene Fähigkeit, Ereignisse so zu betrachten, dass ihre zukünftige Entwicklung deutlich wurde, und er irrte sich selten mit seinen Prognosen. Er glaubte fest an den Sinn seines Lebens und dessen, was er getan hatte. Es erschien ihm unmoralisch, die Welt so zu lassen, wie sie ist, und so beurteilte er die Menschen danach, ob ihre Handlungen zur Veränderung beitragen.

Wie die Welt in Zukunft aussehen sollte, mochte er nicht sagen. Es gehe nicht darum, Utopien zu verbreiten, sondern das Mögliche zu tun. Was das Mögliche sei, glaubte er zu wissen: Die Fesseln des Staates zu zerbrechen. Alle Zukunft sei in diesem Kampf angelegt, der die Menschen und ihre Beziehungen zueinander so umgestalte, daß sich ihr zukünftiges Zusammenleben aus den Erfahrungen des gemeinsamen Kampfes ergebe. Westphal kam sich ausgeschlossen vor, wenn Andi so sprach. Er fühlte sich unfrei, obwohl er in Freiheit zu leben glaubte, während der Gefangene in einer schwer vorstellbaren Weise frei zu sein schien. In solchen Augenblicken war er nicht sicher, ob Andi nicht eines Tages doch als Denkmal auf einem Sockel stehen würde, während seine Bücher längst von Archivstaub bedeckt waren. Wenn Franz davon sprach, wurde Andi ärgerlich. Franz erzählte dann von Pisacane, dem Zeitgenossen Garibaldis, der im vorigen Jahrhundert den anderen Weg ging und nicht wie Garibaldi den Schutz der Fürsten suchte, bevor er in Sizilien einen Aufstand anzettelte. Mit einer Handvoll Leute landete Pisacane in Süditalien, versuchte, die Bauern zur Rebellion gegen Kirche und Latifundisten anzuzetteln, und wurde von denen, die er in den Kampf führen wollte, gesteinigt. Sein Denkmal steht heute in Sapri, das noch immer eine armselige Stadt ist, die niemand kennt. So stell ich dich mir vor. Das war Andi schon lieber.

Es war fast Mitternacht, und die Frauen wollten gerade zu Bett gehen, als die telefonische Nachricht kam, die Leichen befänden sich auf einem Friedhof etwa fünfzig Kilometer entfernt, und sollten noch in derselben Nacht obduziert werden. Franz Westphal und E. machten sich sofort auf den Weg, in der Hoffnung, daß man ihre Anwesenheit gestatten werde.

Sie fuhren bis vor das Friedhofsgebäude und stellten ihr Auto auf einem Parkstreifen ab, auf dem schon einige Fahrzeuge standen. Es war kalt, sternenklar und stockdunkel. Nur die Bäume und einige niedrige Gebäude hoben sich vom Nachthimmel ab. Eine Weile irrten sie in der Dunkelheit umher und stolperten über die Blumenrabatten. Auf einmal sahen sie vor sich die Silhouette eines flachen Gebäudes, auf dem jemand zu stehen schien. Bei genauerem Hinsehen machten sie zwei Personen aus, die wie Wachposten aussahen.

Ein greller Scheinwerfer leuchtete auf und blendete sie. Das Licht verlosch wieder, nachdem sie ihre Namen genannt hatten. Gleich darauf ging vor dem Haus eine Lampe an, und vier Beamte kamen heraus, von denen zwei bewaffnet waren. Sie kontrollierten die Ausweise, machten sich verschiedene Notizen und verschwanden wieder.

Nach einer Weile kam ein Anwalt aus dem Haus, informierte Franz und E. über die bisherigen Obduktionsbefunde und erklärte, daß es Franz und E. nicht erlaubt sei, an der Leichenöffnung teilzunehmen. Sie standen noch einige Zeit in der Kälte und fuhren schließlich zurück nach S., wo sie gegen drei Uhr morgens ankamen. Vor dem Zubettgehen tranken sie noch eine Flasche Rotwein und sprachen über die Toten, die jetzt wohl schon zerschnippelt und verstümmelt waren.

Das war nun schon einige Monate her, aber Franz träumte noch immer davon. Wenn er die Tätigkeiten besorgt hatte, mit denen jeder Wintervormittag verging, fühlte er sich so müde, als hätte er acht Stunden geschlafen.

Er hielt es für barbarisch, daß man sich weigerte, die Eltern und Geschwister zu unterrichten, wo die Toten sich befanden. Er empfand es als einen Akt der Enteignung, daß man ihnen verwehrte, sie noch einmal zu sehen, bevor sie zerschnitten wurden. Noch heute, Monate nach dem Tod, hatte man den Hinterbliebenen nicht die persönlichen Nachlaßgegenstände ausgehändigt. Der Staat, der sich die Gefangenen angeeignet und sie zu Objekten gemacht hatte, verfügte nun ebenso über das, was von ihnen übrigblieb, und verfemte sie über den Tod hinaus.

Kein Wort, das sie geschrieben, kein Gedanke, den sie geäußert hatten, sollte an die Öffentlichkeit gelangen.

Fritz briet kleine Speckwürfel in einem Topf, gab grüne Bohnen aus einem Weckglas hinzu, würzte mit Bohnenkraut, getrockneter Pfefferminze und einer Knoblauchzehe, die er mit gemahlenem Salz auf einem Brettchen zerdrückte, und ließ das Ganze erst einmal kochen. Später, wenn die Bohnen weich waren, würde er eine helle Mehlschwitze hinzugeben.

Er dachte wieder an seinen Roman. Wo blieben die Gespräche, die Franz mit den Eltern und Geschwistern der Toten geführt hatte? Politiker und Publizisten hatten ihren Tod schon plausibel erscheinen lassen, als sie noch lebten, indem sie sie zu blutrünstigen Ungeheuern, gewissenlosen Mördern und paranoiden Fanatikern erklärten, die die Behandlung verdienten, die ihnen zuteil wurde.

Warum ließ er seinen Franz nicht erzählen, wie er Andi selber erlebt hatte? Undenkbar, daß Andi je einer geworden wäre, dem die Massen zujubelten. Aber auch kein Unmensch und erst recht kein Verbrecher. Die Arbeit des Schriftstellers besteht zunächst einmal darin, hatte sein Lehrer Kipphardt vor vierzehn Jahren gesagt, daß er seinen Stoff und sein Thema abklopft, um zu sehen, was sie hergeben. Dann erst entscheidet er, ob er weiter daran arbeitet oder nicht. Fritz Buchonia hatte das Gefühl, nicht geklopft, sondern gepopelt zu haben.

Als er die Bratwurst in die Pfanne legte, war er soweit, das Manuskript wegzuwerfen oder einem anderen zur beliebigen Verwendung zu überlassen. Draußen röhrte ein Automotor. Das Geräusch ließ auf einen defekten Auspuff schließen. Renate, die vom Einkaufen zurückkam und wahrscheinlich die Kinder aus der Schule mitgebracht hatte.

Fritz hatte jetzt, wie immer wenn er in Zeitdruck geriet, einen Einfall, den er für literarisch verwertbar hielt. Er brauchte nur einen Augenblick, um sich eine Notiz zu machen, ohne gleich die Bratwurst und die grünen Bohnen anbrennen zu lassen. Es konnte kein Zufall sein, daß auch Kafka seinen »Prozeß« nicht beendet hatte. Unvollendet, wie es war, überließ er das Manuskript ziemlich genau vier Jahre vor seinem Tode einem Freund. In seinem letzten Willen ordnete er ausdrücklich an, daß das Fragment vernichtet werden solle.

Lag die Unmöglichkeit, das Manuskript zu vollenden, vielleicht darin begründet, daß er seinen Prozeß als metaphysisches Ereignis beschrieb und nicht als einen zwar bedrohlichen, aber realen Vorgang, der durch die realen sozialen Kräfte beendet werden mußte und nur so beendet werden konnte? Hatte Franz Kafka die Arbeit an seinem Buch eingestellt, weil er den Widerspruch zwischen den realen Verhältnissen und der metaphysischen Deutung, die er ihnen durch seine literarischen Erfindungen gab, nicht mehr ausgehalten hatte?

Fritz stellte den Elektroherd ab und lief hinüber ins Arbeitszimmer. Er mußte den Gedanken aufschreiben; ob er es wert war, konnte er später überprüfen.

In der Diele stand Franz Westphal plötzlich Herrn Surbier gegenüber. Herr Surbier besaß früher ein Geschäft für Büroartikel und arbeitete seit einigen Monaten bei der Firma Pfaff. Dort hatte Franz vor einigen Tagen angerufen und sich nach gebrauchten Fotokopiergeräten erkundigt.

Am Vortage hatte sich Surbier gemeldet, und Franz ging davon aus, daß er noch immer bei Pfaff war. Ob er morgen vorbeikommen könne. Verzeihen Sie, daß ich Ihnen nicht die Hand gebe, Herr Westphal, sagte Surbier und deutete mit dem Kopf auf zwei Plastikflaschen, die er unter dem einen, und ein Paket, das er unter dem anderen Arm trug. Wo geht's lang?

Ach Sie sind's, sagte Franz ärgerlich, der Surbiers Voranmeldung schon längst wieder vergessen hatte. Es paßt mir gar nicht. Ich bin beim Kochen. Es dauert nicht lange, versicherte Surbier. Wenn Sie mit anfassen, können wir das Gerät gleich ins Haus tragen. Es dauerte einen Moment, bis Franz begriff, daß Surbier das Gerät schon mitgebracht hatte. Aber ich wollte doch noch gar kein Gerät, sagte er unsicher. Ich wollte mich zunächst einmal beraten lassen.

Anschauen kostet nichts, sagte Surbier und ging hinaus zu seinem Wagen, so daß Franz mitgehen mußte. Sie trugen das Gerät ins Haus, stellten es auf den runden Tisch, und Surbier begann zu hantieren. Zwischendurch sagte er: Gestatten Sie?

Dabei zog er das Jackett aus. Franz nickte nur und machte sich an seinem Ofen zu schaffen.

Surbier füllte jetzt Flüssigkeit nach, die sich in den Plastikflaschen befand, und suchte nach einer Steckdose. Als das Gerät zu summen begann, wurde Franz neugierig und trat näher, in der Hand einen Aschenkasten. Heiter betrachtete Surbier die mißratenen Kopien, die das Gerät auswarf, und schien belustigt über die Eskapaden des Kopierers. Diese Dinger sind manchmal höchst eigenwillig, sagte er, als sei der Kopierer ein ungezogener Junge, der nichts als Streiche im Kopf hat.

Franz machte einen letzten Versuch, das Gerät wieder loszuwerden. Sie können es ja noch einmal mitnehmen und im Büro überprüfen, schlug er vor. Die Firma Pfaff hat doch bestimmt einen Mechaniker. Surbier hantierte mit Seitenteilen, die sich abschrauben ließen. Ich arbeite jetzt auf eigene Rechnung, sagte er, ohne den Kopf zu heben. Bei Pfaff bin ich schon seit Monaten nicht mehr. Das war nichts für mich.

Franz überlegte, woher Surbier wußte, daß er ein Kopiergerät suchte, wenn er nicht mehr bei Pfaff arbeitete, kam aber nicht dazu, ihn zu fragen. Ich hab's, sagte Surbier mit triumphierender Stimme. Das Papier taugt nichts. Ich fahr eben heim. Bin in einer halben Stunde wieder da. Mit diesen Worten lief er hinaus. Draußen sprang ein Motor an. Mißmutig trottete Franz wieder an seinen Küchenherd.

Das Essen war fertig, Renate und die Jungen waren immer noch nicht da, Herr Surbier hatte längst das richtige Papier abgeliefert, das Gerät war bezahlt. Herr Surbier hatte ausdrücklich auf Barzahlung bestanden, weil das so üblich sei bei gebrauchten Geräten, und sich erst nach langem Drängen dazu bequemt, eine Quittung zu schreiben, und auch dies nur auf einfachem weißem Papier ohne Briefkopf und Stempel, als eine Idee in Franz Westphals Rückenmark hochkroch, sich ins Gehirn bohrte und dort zu einer orientalischen Hofintrige entwickelte.

Herr Surbier hatte sich für eine kleine Gefälligkeit vom Amt für Befragungswesen anheuern lassen. Der Dienst hatte erfahren, daß Franz sich für ein Kopiergerät interessierte, und benutzte Surbier, um Franz ein Gerät zu verkaufen, mit dem es eine besondere Bewandtnis hatte. Wie wäre es, fragte sich Franz, wenn mit diesem Gerät die Bekennerbriefe einer terroristischen Vereinigung vervielfältigt worden sind? Sie schieben dir das Gerät unter und beschuldigen dich, an der Verbreitung krimineller Nachrichten beteiligt gewesen zu sein. Es nutzte Franz nichts, wenn er alles abstritt und darauf hinwies, daß er das Gerät erst im Dezember 1977 erworben habe, während die fraglichen Nachrichten bereits im September oder Oktober (zum Beispiel) während der Entführung kurz vor dem Tode Andis verbreitet worden seien.

Sein einziger Zeuge war Herr Surbier, und auf den war kein Verlaß. Er war unauffindbar oder eines plötzlichen unerwarteten Todes gestorben, oder er stritt einfach alles ab, und die Firma Pfaff konnte bestätigen, daß Franz sich zwar für einen Kopierer interessiert, aber nie ein Gerät erhalten hatte.

Fritz saß jetzt in seinem Arbeitszimmer, wo inzwischen ebenfalls ein altmodischer, gußeiserner Ofen bullerte, und betrachtete haßerfüllt das Fotokopiergerät vor sich auf dem Tisch. Draußen knatterte ein defekter Auspuff. Er stand auf, sein Rheuma plagte ihn, er hatte Bauchschmerzen und ging zum Fenster. Renate und die beiden Jungen kamen den Weg herab und unterhielten sich, als wäre nichts passiert. Fritz hatte keinen Appetit mehr. Wahrscheinlich hatte er eine Blinddarmentzündung oder einen Nierenstein.

Wie sich die Ereignisse verändern, wenn ich nur daran denke, sie zu beschreiben, dachte er resigniert. Er haßte nicht nur sein Fotokopiergerät. Er haßte auch Franz Westphal.

Er wünschte sich einen kämpferischen Romanhelden, der die Menschen aufrüttelte, zum Mitkämpfen zwang und eine klare Linie hatte; der die schlimmen Zustände nicht nur erlebt, sondern auch ihre vermeidbaren Ursachen erkennt und die schlimmen Zustände bekämpft. Dieser läppische Westphal, der unfähig war, sich von einer politisch falschen Freundschaft zu distanzieren.

Fritz beschloß, ihn spurlos verschwinden zu lassen.

9. KAPITEL
Die Strafe I

Das Amt für Befragungswesen hatte sich nun doch entschlossen, Fritz Buchonia etwas stärker einzuschüchtern. Auf dem Kalender stand der traditionelle Dreikönigstag, und es war vormittags kurz nach elf, als das Telefon klingelte. Am Apparat war eine Frau aus dem Nachbardorf. Sie habe im Radio gehört, daß gegen Fritz ein Strafverfahren eingeleitet worden sei. Fast fünf Minuten lang habe der Reporter aufgezählt, welche staatsabträglichen Handlungen er in den letzten Jahren begangen habe.

Er versuchte, sie zu beruhigen. Zum Teil stimmten die Behauptungen des Rundfunkreporters zwar, aber das seien alles keine strafrechtlich vorwerfbaren Handlungen.

Sich selbst beruhigte er nicht mit solchen Feststellungen. Morgen würde die ganze Gemeinde wissen, daß er ein Staatsfeind war. Bisher hatte ihn die Naivität der Vorwürfe eher belustigt. Es stimmte zwar, daß sie ihn verurteilen konnten. Fast täglich wurden Urteile bekannt, die in einem normalen Land undenkbar waren. Aber er fürchtete das Urteil nicht. Ein Prozeß konnte nur mit einer Blamage der Justiz enden, und wenngleich die Rechtswahrer seit jeher unempfindlich gegen Blamagen sind, sagte er sich, wäre eine Verurteilung des Fritz Buchonia ein weiterer Beweis für die heutige Verkommenheit der Rechtspflege. Er erinnerte sich eines Satzes, den er irgendwo gelesen hatte: Jeder politische Prozeß deckt mehr Widersprüche auf, als er zu lösen vermag.

Nun aber schlugen sie eine andere Taktik ein, indem sie die Bevölkerung von ihren Vorwürfen gegen Fritz informierten und so ein vieltausendköpfiges Schwurgericht gegen ihn in Szene setzten.

Er erinnerte sich der Gerüchte, die es gegeben hatte, als jemand behauptet hatte, Buchonia habe sich im DDR-Fernsehen kritisch über die Bundesrepublik geäußert.

Im Laufe des Nachmittags meldeten sich mehrere Tageszeitungen und die Presseagentur, die die Nachricht verbreitet hatte. Fritz kam sich vor wie eine Gebetsmühle. Immer wieder repetierte er die gleichen Argumente. Daß die Meldung die Anklage nicht korrekt wiedergebe, daß die meisten Vorwürfe nur die Funktion hätten, ihm nachzuweisen, daß er den Vorsatz gehabt habe, andere zur Begehung von Straftaten aufzufordern, und daß er sich keiner Schuld bewußt sei.

Dieser Kommentar interessierte die Anrufer nicht sonderlich. Worauf es ankomme, sei die Frage, ob sein Freund Andi sich vor acht Jahren tatsächlich mit einem Ausweis auf den Namen Fritz Buchonia ausgewiesen habe. Er möge einmal klipp und klar erklären, wie er überhaupt zur Person dieses Menschen stehe.

Als es zu dämmern begann, hatten die Zeitungen Dienstschluß, und Fritz hatte erstmalig Zeit, etwas nachzudenken. Er hatte sich den Wortlaut der Pressemeldung durchgeben lassen und verglich ihn mit der Anklage der Staatsanwaltschaft. Der Reporter hatte die Anklage zum Teil wörtlich zitiert. Das bedeutete, daß jemand ihm den Text übergeben hatte. Dieser Jemand hatte damit eine strafbare Handlung begangen. Fritz griff zum Telefon, wählte und ließ sich mit dem leitenden Staatsanwalt verbinden.

Propheter war höflich wie stets und gab vor, von der Meldung selber überrascht worden zu sein. Die Weitergabe der Anklage stelle zweifellos eine strafbare Handlung dar. Er habe deshalb bereits ein Ermittlungsverfahren gegen Unbekannt eingeleitet und feststellen lassen, daß seine Dienststelle an der Weitergabe der Anklage nicht beteiligt gewesen sei. Der Reporter, von dem die Meldung stamme, habe sich dahin eingelassen, daß ihm die Anklage während der Weihnachtsferien zugespielt worden sei.

Es war jetzt kurz nach fünf, und spätestens ab sechs Uhr, wenn der Telefontarif billiger wurde, war mit einer neuen Flut von Anrufen zu rechnen. Er beschloß, die Zeit zu nutzen und zunächst eine Gegenerklärung zu entwerfen, die er der Nachrichtenagentur übergeben wollte. An eine Weiterarbeit an seinem Roman war im Augenblick nicht zu denken. Zunächst mußte er sich gegen die ungerechtfertigten Vorwürfe in der Presse zur Wehr setzen.

Er hatte sich gerade die ersten Notizen gemacht, als das Telefon läutete. Am Apparat war ein Nachrichtenredakteur, der ihm den Rat gab, bei einer bestimmten Zeitung anzurufen und nach Herrn Pfannschwarz zu fragen. Fritz tat, wie ihm geheißen war, und ließ sich verbinden. Gut, daß Sie anrufen, sagte Pfannschwarz. Wir hatten vor etwa zwanzig Minuten einen merkwürdigen Telefonanruf. Ein Mann rief an und fragte, ob er ein Foto von Ihnen haben könne, das wir vor einigen Tagen veröffentlicht haben. Der Anrufer behauptete, vom Bundeskriminalamt zu sein.

Hat er seinen Namen genannt? fragte Fritz. Sein Name sei Kalbfuß, sagte Pfannschwarz. Fritz glaubte sich zu erinnern, den Namen schon einmal gehört zu haben. Haben Sie ihn nicht gefragt, wozu er das Foto braucht? fragte er. Nun ja, sagte Pfannschwarz, ich habe gefragt, ob das Kriminalamt ein Dossier von Ihnen anlegen wolle, da wir heute auch eine Pressemeldung über Sie bekommen haben. Ich dachte, es würde Sie interessieren. Natürlich, sagte Fritz, es interessiert mich sehr.

Um ihn herum bildete sich eine Mauer, und er wußte, daß ihm nicht mehr viel Zeit blieb. Dies war sein letzter freier Tag. Er hatte noch einige Angelegenheiten zu regeln, eine Rechnung zu bezahlen, einem Mandanten, für den er einen Prozeß geführt hatte, die Unterlagen auszuhändigen und das Auto noch einmal zum Ölwechsel zu bringen.

Die Meldung, daß er sich eines Staatsschutzdeliktes strafbar gemacht habe und mit Terroristen sympathisiere, wurde inzwischen auch vom Regionalfernsehen und den Rundfunkanstalten anderer Bundesländer ausgestrahlt, und von überall riefen die Leute an. Fritz hatte seine eigene Presseerklärung fertig und hielt sich im wesentlichen an den Text, den er am nächsten Morgen auch der Agentur mitteilen wollte.

Es sei zwar richtig, daß er sich als Schriftsteller und Rechtsanwalt seit Jahren für eine Verbesserung der Haftsituation gewisser Gefangener eingesetzt habe, doch habe er nie die Absicht verfolgt, für die politischen Ziele der Gefangenen zu werben oder andere zur Begehung von Straftaten aufzufordern. Er habe selbst erst aus der Presse erfahren, daß Andi sich vor acht Jahren als Fritz Buchonia ausgegeben habe, und sei deswegen nie polizeilich vernommen oder strafrechtlich zur Rechenschaft gezogen worden.

Fritz kam sich blöd vor, daß er Leuten, die er nicht kannte, versichern mußte, er sei ein Anhänger des gewaltlosen Widerstandes und vertraue in die Kraft der Argumente.

Mit welchem Recht verlangte man von ihm ein politisches Glaubensbekenntnis? Hat man je von den Millionen Nazi-Anhängern nach dem Krieg gefordert, daß sie ihrem Irrglauben abschwören, oder von den Mördern verlangt, daß sie öffentlich ihre Sünden bereuen?

Noch wenige Tage zuvor hatte Fritz einen Fall aus den ersten Nachkriegsjahren erfahren, der sich in einem Nachbardorf ereignet hatte. Ein Schullehrer hatte öffentlich bezeugt, daß sein Nachbar an antisemitischen Ausschreitungen beteiligt gewesen sei. Aber nicht auf den Antisemiten richtete sich der Volkszorn, sondern auf den Schullehrer, so daß dieser vom Amt suspendiert werden mußte, da die Eltern sich weigerten, ihre Kinder weiter zur Schule zu schicken.

Von nun an führte Fritz eine Art Tagebuch und eröffnete eine neue Zeitrechnung, die mit dem Tag der Rundfunkmeldungen gegen ihn begann. Es war der zweite Tag der Pressekampagne, und er fuhr schon am frühen Morgen in die nächstgrößere Stadt, um die überregionalen Tageszeitungen zu kaufen.

Überall schlug ihm sein Name entgegen mit voller Adresse und Berufsbezeichnung. Fritz fühlte sich schwach und ausgeliefert. Seit Jahren veröffentlichte er Bücher, aber er hatte es nie über einen mittelmäßigen Platz in den Feuilletons gebracht. Plötzlich stand sein Name mit Schlagzeile auf Seite eins.

Nachdem er die Zeitungen überflogen hatte, besuchte er seinen Verteidiger. Das ist Ihre Akte, sagte der Anwalt und klopfte mit der flachen Hand auf einen dicken Packen Papier. Ich habe alles fotokopieren lassen. Ich darf Ihnen, wie Sie wissen, zwar keine Einsicht gewähren, aber ich muß Ihnen die Ergebnisse der Ermittlungen vorhalten, um drauf eingehen zu können.

Für Fritz Buchonia waren die Vorhaltungen des Anwalts insoweit beruhigend, als sie ihn wenigstens zum Teil von dem Verdacht befreiten, unter Verfolgungswahn zu leiden. Sie sind laut Akten von der Abteilung Terrorismus des Bundeskriminalamtes für den Raum Bonn zur Überwachung ausgeschrieben, sagte der Anwalt. Wie erklären Sie sich das? Vielleicht haben sie Angst, daß ich mich verlaufen könnte, sagte Fritz.

Das bisherige Ermittlungsergebnis war durchaus beachtlich. Sie hatten sein Leben zurückverfolgt bis 1963. Damals hatten ihn zwei Polizisten verprügelt, die sich nicht damit abfinden wollten, daß die Schwabinger Krawalle zu Ende waren. Wie üblich lautete die Anklage auf Widerstand gegen Vollstreckungsbeamte, Beleidigung und Körperverletzung. Manche Polizisten können sich nicht vorstellen, daß es Menschen gibt, die nicht andauernd den Wunsch haben, sie zu beschimpfen und zu verprügeln.

Sorgsam waren in Fernschreiben, Anschreiben und Vermerken Buchonias Beteiligungen an Diskussionsveranstaltungen, mündliche und schriftliche Äußerungen, Zitate aus seinen Schriften und Büchern sowie alle die Petitionen und Resolutionen aufgeführt, die er im Laufe der letzten Jahre verfaßt oder auch nur unterzeichnet hatte.

Die beobachtende Fahndung scheint doch auch Vorteile zu haben, sagte er grimmig. Keine Tagebücher und Aufzeichnungen sind mehr nötig für den Fall, daß ein Autor seine Memoiren oder auch nur ein zeitgeschichtliches Buch schreiben will.

Das Werk eines Schriftstellers ist im Amt für Befragungswesen besser aufgehoben als in einem germanistischen oder publizistischen Seminar. Zielstrebig, aber genau lesen die Beamten unsere Veröffentlichungen, machen Auszüge, notieren sich die bleibenden Sätze und speichern alles schnell abrufbereit in ihrem Computer.

Biographien werden überflüssig, weil Speicher des Befragungswesens alle wichtigen Lebensdaten und Entwicklungsphasen des Autors registriert haben. Schon jetzt zeigt sich der Vorteil dieser Methode, die in einer erhöhten Arbeitsproduktivität der einschlägig tätigen Journalisten liegt. Wenn sie einen Artikel über eine bestimmte Person schreiben wollen, erhalten sie vom Amt für Befragungswesen kostenlos alle erforderlichen Informationen.

Vorbei auch die Probleme der abweichenden Meinungen, die sich für die historische Wissenschaft einst ergaben, weil sich die Quellen widersprechen. Heute sind alle Quellen in einer Hand. Die eigenmächtige Publikation unerwünschter Quellenmaterialien wird strafrechtlich verfolgt, die fraglichen Schriften werden eingezogen, die Druckstöcke vernichtet und die Drucker ebenfalls.

Sein Anwalt lachte aufmunternd. So kann man's auch sehen, sagte er. Die Anklage ist dogmatisch unhaltbar. Der Nachmittag verging wieder mit Telefonanrufen. Oftmals klingelte das Telefon, kaum daß Fritz den Hörer aufgelegt hatte. Es waren abermals Zeitungs- und Rundfunkredaktionen, aber auch Leute aus Verlagen, mit denen er zusammenarbeitete. Eine Kollegin aus Frankfurt erzählte, ihre Mutter habe im Radio gehört, er sei verhaftet worden. Sie sei erleichtert, seine Stimme zu hören.

Sorgen machten Fritz vor allem die Reaktionen der Leute in den umliegenden Dörfern. Mit Angriffen rechnete er nicht, aber er stellte sich vor, wie er zum hundertsten Mal zu erklären versuchte, daß er unschuldig sei. Er merkte, wie er immer lauter und hektischer auf sie einredete, weil er spürte, daß er sie nicht überzeugen konnte und in dem Maße, wie er sie bedrängte, ihren Unglauben erhöhte, bis sie sich entschuldigend abwandten und weggingen, sie hätten noch etwas zu erledigen.

Andere würden rasch wieder in der Haustür verschwinden, wenn sie ihn kommen sahen, den Kopf einziehen und das Fenster schließen, wenn er Anstalten machte, sie zu grüßen. Wieder andere würden provozierend ohne ein Wort in seine Richtung schauen, und ihr Blick und ihre ganze Körperhaltung wären ein einziger Vorwurf.

Er hatte noch keinen Menschen getroffen, seit der Fahrer des Schulbusses gegen Mittag die Zeitung mitgebracht hatte, aber er wußte, daß er in den nächsten Tagen nicht aus dem Haus gehen würde, aus Angst, gesehen zu werden.

Einen Redakteur einer großen Tageszeitung fragte er, warum seine Zeitung die Meldung kommentarlos abgedruckt habe. Sie schreiben doch sonst so viel über Autoren, die vom Staat verfolgt werden, Herr Wettengel. Warum schreiben Sie nicht: Ich kenne Herrn Buchonia persönlich, ich kenne seine Bücher und Schriften, ich habe ihn oft genug reden gehört, ich glaube, ihn politisch einigermaßen einordnen zu können. Er ist ein Dummkopf, seine politischen Ansichten mißfallen mir, seine Bücher sind oberflächlich und langweilig, und ich verstehe nicht, daß er immer noch einen Dummen findet, der sie verlegt. Aber jemand, der andere zu Gewalttätigkeiten auffordert, ist er nicht, der Buchonia.

Wettengel wand sich. Wir vom Feuilleton hätten gerne einen Kommentar abgegeben, aber die Hausjuristen waren dagegen, und die politische Redaktion hätte es als Eingriff in ihr Ressort aufgefaßt.

Später verband er Fritz mit dem verantwortlichen Redakteur der politischen Abteilung, einem gewissen Hebestreit, dessen Artikel zeigen, daß er zu den Privilegierten gehört, die ihre Nachrichten direkt vom Amt für Befragungswesen beziehen und sie ungeprüft weiterverbreiten dürfen. Etwa eine Stunde lang erläuterte er Fritz, daß es ihm ohne Gegenbeweise nicht möglich sei, einen Artikel zum Schutz Buchonias zu schreiben, da sich die Ermittlungen des Befragungsamtes immer durch große Treffsicherheit auszeichneten. Fritz mußte ihm recht geben. Hebestreit meinte vermutlich die Menschen, die im Zuge polizeilicher Fahndungsmaßnahmen erschossen werden.

Was Fritz zu seiner Entschuldigung vorbringen konnte, war

Papier, das tief und vielleicht sogar unauffindbar im Chaos seines sogenannten Archivs lag, in den Mappen mit jahrealter Korrespondenz, nach Sachgebieten geordnet, an die er sich nicht mehr erinnerte. Wenn Tönnske und Kalbfuß doch wirklich Ordnung geschaffen hätten in seinen Papieren. Er bat seine Frau, allen Anrufern zu sagen, er sei für eine halbe Stunde ausgegangen, ging in das Kämmerchen, in dem der Ledermann Tönnske und Kalbfuß ausgepeitscht hatte, und kehrte nach langem Suchen mit zehn Kilo Papier zurück, das er auf dem Fußboden seines Arbeitszimmers auszubreiten begann.

Am Nachmittag rief ein Bekannter aus einem der Nachbardörfer an. In der Gastwirtschaft erzähle man sich, er sei verhaftet worden. Da dies schon der zweite gleichlautende Anruf innerhalb weniger Stunden war und dasselbe Gerücht an verschiedenen Orten auftauchte, mußte sich mehr dahinter verbergen als nur ein Mißverständnis. Offensichtlich streute jemand die Nachricht aus, um ihn bei der Bevölkerung in Mißkredit zu bringen. Wenn er verhaftet wurde, war die Zeitungsmeldung über seine angeblichen Straftaten doch wohl glaubwürdig, oder?

Er hatte seine Suchaktion wieder aufgenommen, als ein Bekannter einige Bücher vorbeibrachte. Es handelte sich um unpolitische Schriften, aber Fritz hatte den Eindruck, daß der Mensch sich ihrer so rasch wie möglich entledigen wollte, damit sie nicht irgendwer zufällig bei ihm sah und daraus schloß, seine Beziehung zu Fritz Buchonia sei so innig, daß er sich sogar Bücher entlieh.

Er habe es eilig und müsse gleich wieder gehen, sagte der Besucher, und Fritz schloß daraus, daß er sich nicht unnötig verdächtig machen wollte. Der Besucher mochte auch nicht hereinkommen, sondern blieb in der Haustür stehen und versuchte, Fritz in den Garten zu ziehen, indem er sich einige Schritte von der Tür entfernte, um den Dorfbewohnern, die jedes bei Fritz ankommende Fahrzeug beobachteten, Gelegenheit zu geben, sich davon zu überzeugen, daß er mit Buchonia tatsächlich nur einige Worte wechselte.

Vergeblich versuchte Fritz, mehr darüber zu erfahren, was die Leute gestern abend in der Gastwirtschaft über ihn und die im Radio gemeldeten Straftaten geredet hätten. Nur soviel mochte sein Besucher bekunden, man habe sich in niedriger und gemeiner Weise über Fritz Buchonia geäußert, so unqualifiziert, daß er, der Besucher, an einem bestimmten Punkt der Gespräche aufgesprungen sei, vor den Lästermäulern ausgespuckt und das Lokal verlassen habe.

Fritz fand dieses Verhalten zwar etwas übertrieben, tröstete sich aber damit, daß in deutschen Gastwirtschaften nicht auf den Fußboden gespuckt werden darf.

Er hatte an diesem Nachmittag noch zwei Besuche. Beide Male handelte es sich um Jungen, die im Auftrage ihrer Väter eine unerledigte Rechnung brachten, was Fritz zu der Annahme verleitete, die Leute wollten rasch noch ihre Rechnungen kassieren, bevor er für immer in den Löchern der Justiz verschwand.

Kurz nach vier, es war schon fast dunkel, und Fritz begann sich damit abzufinden, daß er die nächsten Monate als Einsiedler verbringen würde, klingelte das Telefon abermals. Hier Tönnske, Kriminalpolizei, sagte eine bekannte Stimme. Fritz ließ sich nichts anmerken und sagte nur knapp: Ja bitte? Ich rufe an im Auftrag von Herrn Oberstaatsanwalt Propheter. Ich hätte gerne Herrn Buchonia gesprochen. Am Apparat, sagte Fritz vorsichtig.

Tönnske schien aufzuatmen: Da bin ich aber beruhigt. Wie meinen Sie das? Tönnskes Stimme klang so, als finde er seine Frage nun selber erheiternd: Herr Propheter hat uns gerade angerufen und gebeten, bei Ihnen anzurufen und festzustellen, ob es stimmt, daß Sie verhaftet worden sind. – Dann ist es ja wohl an mir, beruhigt zu sein, sagte Fritz. Diesmal verstand Tönnske nicht, was er meinte. Nun, sagte Fritz und bemühte sich, überlegen zu wirken, es wäre für mich doch mindestens ebenso beunruhigend wie für Sie, wenn ich verhaftet worden wäre. Jetzt lachte Tönnske und verabschiedete sich.

Fritz hängte ein und merkte, daß er in Panik war. Er lief hinaus, um seiner Frau von dem Anruf zu erzählen. Es gab nur eine Erklärung. Er sollte verhaftet werden, einerlei ob Tönnske nun tatsächlich Kriminalbeamter war oder nicht, der Anruf ließ nur zwei Deutungen zu. Entweder Tönnske wollte ihn warnen, oder er hatte von der bevorstehenden Verhaftung erfahren und wollte sich vergewissern, ob sie bereits ausgeführt war.

In jedem Fall bedeutete seine Frage, daß die Verhaftung nicht von Staatsanwalt Propheter ausging, und bestärkte Fritz in der Meinung, daß eine zweite, ungleich mächtigere Behörde als Propheters mit seinem Fall befaßt war und daß die beiden Behörden nicht zusammenarbeiteten.

Er begann, aus dem Schrank einige Unterhosen, Socken, Hemden, Handtücher und Waschlappen zu nehmen, bat seine Frau, einen kleinen Koffer vom Boden zu holen, legte sich eine zweite Hose, einen Pullover, Wasch- und Rasierzeug, zwei Bücher, die wichtigsten Strafgesetze und ausreichend Schnupftabak zurecht und begann zu packen, um bereit zu sein, wenn es gleich an der Haustür klingelte und die Herren des Morgengrauens schon am Abend kommen sollten, um ihn abzuholen.

Später hatte er Bedenken. Sie wollten ihn vielleicht nur in die Enge treiben und veranlassen, sich der bevorstehenden Verhaftung durch Flucht zu entziehen. Wenn das so war, tat er besser, den Koffer wieder auszupacken. Wenn sie jetzt kamen und den gepackten Koffer in der Diele stehen sahen, besaßen sie ein untrügliches Indiz für seine Absicht zu fliehen und konnten ihn wegen Fluchtgefahr verhaften.

Er nahm den Koffer und verstaute ihn im Schrank. Er würde behaupten, er habe für den Fall einer unverhofften Reise immer einen gepackten Koffer stehen.

Der Abend verlief in gewisser Weise enttäuschend. Es wurde immer später, er arbeitete wieder an den alten Unterlagen, aber niemand klingelte an seiner Tür. Sie würden also doch, wie üblich, erst im Morgengrauen kommen. Er ging zeitig zu Bett und stellte den Wecker, um sich zu duschen, Kaffee zu trinken und die Schafe zu füttern, bevor er verhaftet wurde.

In dieser Nacht träumte er von Willy Brandt. Brandt stand auf einem Podium, das mit den üblichen Blattpflanzen geschmückt war, und sprach über Demokratie und Rechtsstaat vor einem festlich gekleideten Publikum, das ausschließlich aus Honoratioren und ehrenwerten Bürgern bestand. Die Bundesrepublik ist der freiheitlichste Staat, der je auf deutschem Boden bestanden hat, rief er unter dem tosenden Beifall der Zuhörer.

Am Rand der Bühne mit dem Gesicht zum Publikum und auch zu beiden Seiten der Rednertribüne standen etwa zwanzig, sportlich und entschlossen wirkende junge Männer in paramilitärischen, kurzen Lederjacken, schwarzen Hemden und Reitstiefeln. Sie waren ganz in Schwarz gekleidet und trugen sogar schwarze Lederhandschuhe.

Als Brandt seine Rede geendet hatte und der Beifall abebbte, brachen sie in den militärisch exakten, laut hallenden Ruf aus: Zieht aus! Packt aus! Steckt rein! Kaut! Dabei zogen sie in ebenso schöner wie militärischer Exaktheit ein Kaugummi aus der Tasche, wickelten es aus, steckten es sich gleichzeitig in den Mund und begannen, rhythmisch zu kauen. Wieder brauste im Publikum jubelnder Beifall auf.

Als Fritz am nächsten Morgen aufwachte, brauchte er einen Moment, um sich zu erinnern, warum der Wecker so früh klingelte. Dann schalt er sich selbst einen Dummkopf, stellte den Wecker ab und schlief weiter.

Der dritte Tag nach dem Beginn der Pressekampagne war ein Samstag. Es gab daher keine Anrufe von Personen, die ein Diensttelefon besitzen. Fritz hatte starke Kopfschmerzen und konnte sich jetzt vorstellen, was andere Menschen unter Migräne verstehen. Er hatte eine Art Nervenschmerz in den Mundwinkeln, sein linkes Augenlid zuckte fortgesetzt, und er litt unter Appetitlosigkeit.

Am Spätvormittag schickte er einen der Söhne zur Kasse, Geld abzuheben, da er den Leuten aus dem Weg gehen wollte. Am Samstag beschäftigen die Nebenerwerbslandwirte sich mit ihrer Landwirtschaft, und im Lager der Genossenschaft ist an diesem Tag Hochbetrieb. Im Laufe des Tages übertrug Fritz seine körperlichen Beschwerden auf den älteren Sohn, der Reizhusten, Durchfall und Atembeklemmungen bekam. Das Ehepaar Buchonia hatte in den vergangenen zwei Tagen von nichts anderem gesprochen als den hetzerischen Pressemeldungen, und die beiden Jungen waren zumeist Zeugen dieser Gespräche gewesen.

Merkwürdigerweise litt jedoch nur einer der beiden unter der Hysterie seines Vaters. Der andere erklärte offen, ihn interessierten die Probleme der Alten nicht sonderlich. Das habe er auch seinen Schulkameraden gesagt.

Wie jeden Samstag zog er gleich nach dem Mittagessen seine Turnhose unter, packte Trikot, Stutzen und Fußballschuhe ein und verschwand auf einem Fußballplatz. Als er nach mehreren Stunden verschwitzt und übelriechend zurückkehrte, hatten sie zweimal unentschieden gespielt, einmal gewonnen und einmal verloren. Nächstes Jahr gewinnen wir den Pokal, sagte er, Mann, wir haben gespielt.

Den Kontakt zur Außenwelt hielt auch Frau Buchonia aufrecht. Der Reihe nach besuchte sie zunächst die Familien, zu denen sie Vertrauen hatte. Die Meldungen über das Strafverfahren gegen Buchonia waren überall das wichtigste Thema. Auch alteingesessene Familien, die als gute Bürger gelten, behaupteten, man verdächtige sie in der Nachbarschaft, an Fritz Buchonias strafbaren Handlungen beteiligt gewesen zu sein, nur weil sie mit ihm befreundet waren. Diejenigen, die es gut meinten, rieten, Fritz solle sich in Zukunft aus der Politik heraushalten. Das bringt nichts ein, außer Ärger. Eine Ausnahme machte ein Nebenerwerbslandwirt. Ich sage allen, die es hören wollen: Der Herr Buchonia ist ein feiner Mensch!

In den Abendstunden versuchte Fritz, erstmalig seit Tagen wieder, an seinem neuen Roman zu arbeiten. Er las, was er bisher geschrieben hatte, studierte seine Aufzeichnungen und spannte einen neuen Bogen in die Schreibmaschine. Nachdem er eine gute halbe Stunde untätig davorgesessen hatte, gab er es auf und sortierte wieder seine alten Unterlagen. Er wollte beweisen, daß schriftstellerische Standesorganisationen und zahlreiche Autoren sich in den letzten Jahren für die Haftsituation der Gefangenen in der Bundesrepublik eingesetzt hatten und daß er deshalb annehmen mußte, derartige Aktivitäten seien legitim.

In den Morgenstunden des Sonntag hörte er aus dem Radio neben seinem Bett einen Nachrichtensprecher. Fritz sei auf Veranlassung des Bundeskriminalamtes verhaftet worden. Er versuchte aufzuwachen, um die Meldung deutlicher zu hören. Jetzt hörte er auch aus einem Zimmer jenseits des Korridors den Radiosprecher. Er setzte sich aufrecht hin. Neben seinem Bett stand kein Radio. Er stand hastig auf und lief durch das Haus. Nirgendwo ein Radio.

An diesem vierten Tag nach Beginn der Pressekampagne erhielt er erstmals Besuch. In den Nachmittagsstunden kam eine Freundin seiner Frau. Sie sei gestern auf einer Familienfeier gewesen, wo man auf Fritz Buchonia geschimpft habe. Solche Elemente wie er gehörten nicht in die freiwillige Feuerwehr. Er habe sich dort vermutlich nur einschleichen können, weil er Freibier spendiert habe. Auch der Gemeindepfarrer sei Kommunist und verderbe die Jugend. So habe er kürzlich einem farbigen Geistlichen aus Südafrika gestattet, bei einem Gemeindeabend die Bundesrepublik zu verunglimpfen.

Später kam eine Gruppe junger Leute aus einem Nachbardorf. Renate kochte noch mehr Kaffee und Tee und bedauerte, daß kein Marmorkuchen mehr da sei. Sie sprachen kaum über die Ereignisse der letzten Tage. Fritz war dankbar für ihren Besuch. Er gab ihm das Gefühl, nicht völlig isoliert zu sein, und es schien, als ob sie eben deswegen gekommen waren.

Der erste Anrufer am fünften Tag seit Beginn der Pressekampagne war Oberstaatsanwalt Propheter. Er entschuldigte sich dafür, daß er die Kriminalpolizei veranlaßt habe, bei ihm anzurufen. Er habe lediglich ein Gerücht überprüfen wollen, das in seiner Behörde kursiere.

Fritz hatte abermals unruhig geschlafen, und an seine Träume mochte er gar nicht denken. Sie verrieten ein abgrundtiefes Mißtrauen gegen den Staat und seine Organe, vor allem des polizeilichen Vollzugs und der Justiz. Allein eine Nacherzählung dieser Träume hätte ihn wegen Verunglimpfung des Staates und ähnlicher Delikte ins Kittchen bringen können.

Auch dieser Tag verging im wesentlichen mit der Beantwortung von Telefonanrufen, zumeist wiederum von Redaktionen, die um ausführliche Stellungnahmen baten, welche dann doch nicht veröffentlicht werden durften.

Renate, die weiterhin über die Dörfer fuhr und alle Frauen besuchte, die sie kannte, war etwas resigniert. Fast alle Frauen, die sie auf die Meldungen und Gerüchte ansprach, behaupteten, noch nichts davon gehört zu haben. In den letzten Tagen sei soviel Arbeit gewesen, daß sie nicht dazu gekommen seien, die Zeitung zu lesen oder mit anderen Leuten zu reden.

Es war mild, fast wie im Frühling, und die Bauern nutzten das Wetter zum Mistfahren. Auf den Feldern lagen Reste von Schnee. Es war diesig, und ein feiner Nieselregen setzte sich in die Sachen. Die Wälder wirkten noch schwärzer als sonst, und die Ackerschollen schienen unter der wegschmelzenden Schneedecke hervorzubrechen wie Hefeteig.

Fritz wurde trübsinnig bei dem Gedanken, daß er nicht mehr an den Veranstaltungen der Vereine teilnehmen könnte, denen er angehörte. Er brauchte seine Vereine, weil sie eine Möglichkeit waren, mit den Leuten zu reden, und ihm das Gefühl gaben, nicht allein zu sein, sondern Menschen zu haben, die es für wert hielten, sich mit ihm zu unterhalten.

Er hatte den Wunsch, in ein Haus zu gehen, wo er die Leute kannte, eine Weile in der Küche zu sitzen und etwas Belangloses zu hören oder zu reden. Die Frau würde ihm ein Stück Obstkuchen vom Sonntag anbieten, und der Mann würde die Schnapsflasche aus dem Wohnzimmer holen und ihm einschenken. Selbst aber würde er nichts trinken. Ich habe noch viel vor heute, würde er sagen. Wir sind am Mistfahren.

Oder sie waren gerade mit dem Essen fertig, und die Schüsseln und Töpfe standen noch auf dem Küchentisch. Dann fragten sie, ob er etwas mitessen wolle. Die Frau ging nach hinten zum Herd die Bratpfanne holen und zeigte das übriggebliebene Schnitzel. Essen Sie doch was, Herr Buchonia. Wir müssen es sonst einfrieren. Das eine Schnitzel.

Fritz saß noch immer am Fenster, als sein Nachbar, Karl Vegesack, beim Mistfahren eine Erscheinung hatte. Seit den Mittagstunden stand im Wiesenweg, hinter dem Wäldchen, das an Vegesacks Acker grenzt, ein PKW, in dem zwei schnöselige junge Männer saßen.

Als sie nach der dritten Fuhre Mist noch immer in ihrem grünen Ford Granada hockten und stumpfsinnig auf die Kreisstraße starrten, die nach Crauspers führt, das in manchen Heimatkundebüchern auch Krispins heißt, stellte Vegesack seinen Traktor ab und ging wie zufällig an dem Fahrzeug vorbei.

Er sah ein Funksprechgerät unter dem Armaturenbrett und schaute sich die beiden Jünglinge genau an, da er sie in Verdacht hatte, einen Überfall auf die Raiffeisenkasse zu planen, aber die zwei schauten durch ihn hindurch, als gäbe es sie gar nicht.

Später, es dämmerte bereits, als er mit dem Mistfahren fertig war und sich gewaschen hatte, stand er am Küchenfenster, zog sich um, schaute auf die einzige Straße, die durch Crauspers führt, und überlegte, wen er von seinem Verdacht unterrichten könne. Draußen fuhr langsam der grüne Granada vorbei Richtung Ortsmitte, was nur bedeuten konnte: zum anderen Ortsende, wo die Genossenschaftskasse liegt.

Rasch zog er die Hosenträger über, nahm den Blaumann vom Haken und fuhr hinterher; aber schon in der Ortsmitte kamen sie ihm wieder entgegen. Er ließ sich nicht irritieren und fuhr weiter, schon um nicht aufzufallen. Als er jedoch am anderen Ortsende in den Tannenweg bog, um zu wenden, sah er, daß auch hier ein Zivilfahrzeug stand; ein schwerer BMW, hinter der großen Himbeerhecke. Donnerwetter, dachte sich Vegesack, der einige Tage zuvor im Fernsehen gesehen hatte, wie Gangster einen ganzen Ort ausraubten. Die scheinen ja alles auszubaldowern. Er stieg abermals aus, ging auch zu diesem Auto, hörte das Funkgerät quaken und wandte den Kopf rasch ab, als die beiden Lackel im Fahrzeug ihn herausfordernd anblickten, als hätten sie das Recht, in Crauspers auch die Bank zu überfallen, und als machte Vegesack sich noch strafbar, wenn er ihnen nachschnüffelte.

Erschreckt fuhr Vegesack nach Hause. Nicht nur sein Verdacht war ins Wanken geraten; er wußte auch nicht mehr genau, ob er sich verdächtig machte, indem er die vier Männer verdächtigte. Sicherheitshalber rief er bei der Polizei an, damit er später beweisen konnte, daß er wirklich nur an Banküberfall gedacht hatte, und meldete in unscharfen Worten seine Beobachtung. Da stehen zwei Wagen. Ich wollte nur sagen, weil bei uns wegen der Kasse. Danach bezog er wieder Posten am Küchenfenster und verließ seinen Platz nur einmal kurz, um seinem Nachbarn Buchonia die Sache zu erzählen.

Die sind bestimmt wegen mir da, sagte Fritz. Die sollen auf mich aufpassen. Ich glaube eher, die haben's auf die Kasse abgesehen, antwortete Vegesack halsstarrig. Bei Vereinsfeierlichkeiten saßen Fritz und Vegesack oft zusammen, oder Fritz half bei Vegesacks, die Kälber aus den Rindern zu ziehen, bekam dafür einen Jägermeister eingeschenkt und erhielt den Gummiwagen geliehen, wenn er Bauschutt abfahren wollte. Man darf nie das Schlimmste voneinander denken, wenn man friedlich und gutnachbarlich miteinander leben will.

Fritz mochte den unermüdlichen Vegesack, der seine Maschinen selber reparierte und noch zum Ackern fuhr, wenn er vor lauter Ischias kaum noch stehen konnte. Er hatte die Fähigkeit, auf fast instinktive Weise einen Klassenstandpunkt auszudrücken. Es wird nicht in der Landwirtschaft verdient, sondern an der Landwirtschaft, zum Beispiel. Oder: Ist doch egal, wer auf dem Wagen sitzt; diejenigen, die ihn ziehen müssen, sind immer wir.

Bestimmt hatte Karl Vegesack in seinem Leben noch keiner Partei der Linken seine Stimme gegeben und dachte statt dessen mit leichter Wehmut noch heute an den Schulausflug zurück, der sie zum Grab eines gewissen Horst Wessel geführt hatte, das sich angeblich auf einer Insel im masurischen Grunberg befand.

Und doch war er der erste gewesen, der Fritz unterrichtet hatte, als die Herren des Morgengrauens schon vor Jahren die Leute im Dorf nach ihm ausgeforscht und in seiner Abwesenheit das Buchonische Haus von allen Seiten fotografiert hatten.

Langsam kam nun eine Polizeistreife ins Dorf gefahren, gefolgt von dem grünen Granada. Vegesack wartete ein paar Minuten, ging dann hinaus und nahm den alten Audi, den er eigentlich schon abmelden wollte, statt des neueren Wagens, den er zuvor benutzt hatte, damit die Viererbande nicht gleich bemerkte, daß er ihr immer noch nachspionierte.

Etwa hundert Meter von der Kreisstraße entfernt, im Tannenweg, sah er die drei Fahrzeuge stehen; die Männer waren ausgestiegen und redeten miteinander. Er konnte nicht recht erkennen, wie sie sich benahmen, aber für ein Gespräch zwischen Räuber und Gendarm benahmen sie sich etwas zu freundselig. Vegesack fuhr weiter ins Nachbardorf und berichtete seinem Schwager zweiten Grades, Valentin Huff, der ebenfalls Vollerwerbslandwirt ist, von dem geplanten Banküberfall in Crauspers, und fuhr dann wieder heim. Etwa ein Stündchen später erhielt er einen Anruf der Kripo, er brauche sich nicht zu sorgen, in Crauspers finde zur Zeit eine Rallye statt. Also ging er noch einmal zu Fritz hinüber.

Vegesack erinnerte sich sogar noch des Namens des Kriminalpolizisten. Sein Name sei Tönnske, behauptete er und fragte: Glaubst du das mit der Rallye, Fritz? Glaubst du, die Polizei lügt? fragte Fritz ebenso vorsichtig zurück. Wenn du mich fragst, antwortete Karl Vegesack, die haben einfach zuviel Geld. Die gehören erst mal ein paar Jahre ins Arbeitslager, damit sie erst mal richtig schaffen lernen. Sie können dir ja beim Mistfahren helfen, gab Fritz zurück. Das würde schon schikken.

An diesem Abend fand eine Sitzung statt, an der Fritz Buchonia teilnehmen mußte. Die Runde bestand aus zwei Nebenerwerbslandwirten, die tagsüber arbeiten gehen, und zwei Arbeitern. Der Mann, in dessen Wohnzimmer sie tagten, ist gelernter Anstreicher und schafft als Busfahrer. Mach uns bloß keinen Kummer, Fritz, sagte der eine, als sie auf seinen Prozeß zu sprechen kamen. Mit einem Mal wirst du noch eingebuchtet, und wir müssen für deine Familie aufkommen.

Zwischendurch hörte man zwei Autos mit quietschenden Reifen vorbeifahren. Wenn du im Gefängnis bist, kommen wir dich manchmal besuchen, sagte ein anderer.

Fritz staunte über sich selbst, wie gelassen und offen er über seinen Fall sprechen konnte, während die Angst, die er während der letzten Tage gehabt hatte, sich auf die vier anderen zu übertragen schien.

Als draußen vor den Fenstern Geräusche zu hören waren, merkten sie auf und verrieten ein gewisses Schuldbewußtsein. Sie wirkten zerstreut, während sie ihm zuhörten. Als Fritz sagte, daß er zugeben müsse, Andi schon seit Jahren gekannt und oft im Gefängnis besucht zu haben, unterbrach ihn der eine und sagte, das habe Fritz ihm doch schon vor Jahren auf einer Kirmes erzählt.

Draußen waren nun tatsächlich Schritte zu hören, und irgend etwas kratzte an den Rolladen, die der Hausherr zu Beginn der Sitzung gegen seine sonstige Gewohnheit heruntergelassen hatte. Sofort war Stille im Raum. Schließlich brach einer das Schweigen. Da schleicht einer ums Haus, sagte er. Die anderen pflichteten ihm bei. Der belauscht uns, was wir hier sagen. Der Hausherr stand humpelnd auf, zog den Rolladen hoch, öffnete das Fenster und schaute hinaus in die Dunkelheit. Macht mich nicht verrückt, Leute, sagte er. Da ist niemand. Wenn ich's euch sage.

An diesem Abend, als sich in Crauspers das Gefühl einnistete, von Unsichtbaren überwacht zu werden, fand ein zweites Ereignis statt, von dem anderntags das ganze Dorf sprach und mit dem die beiden Betroffenen noch Wochen später in Gastwirtschaften und auf Familienfeiern prahlten.

Valentin Huff und Karlheinz Trost, zwei Bauern im Alter von etwa fünfzig Jahren, fuhren in Richtung Crauspers, als sie im Tannenweg den BMW mit abgeblendeten Scheinwerfern stehen sahen. Sie verlangsamten die Fahrt, um zu schauen, wer dort stand. In dem Moment ließ der Zivilfahnder den Motor an und kam aus dem Seitenweg herausgeschossen.

Sie kommen, sagte Huff, schnell weg hier. Trost gab Gas, und sofort begann eine wilde Verfolgungsjagd. Der Beamte hatte die Scheinwerfer aufgeblendet, fiel jedoch immer wieder zurück, da er die Straßenverhältnisse nicht kannte. Am Ortseingang riß Trost, ohne zu blinken, das Steuer nach rechts herum und fuhr mit quietschenden Reifen über eine wenig befahrene Nebenstraße an dem Haus vorbei, in dem Fritz Buchonia und die anderen gerade tagten.

Mitten im Dorf bog er abermals scharf ab, in einen Bauernhof, wo sich der Bauer und die Bäuerin noch auf dem Hof zu schaffen machten und ihnen verstört nachschauten, wie sie in die offene Scheune fuhren, durch das hintere Tor wieder hinaus, über den geschotterten Weg auf eine asphaltierte Feldstraße und oben im Wald verschwanden.

Nun kam auch der BMW mit quietschenden Reifen die Straße herauf, hielt an und fragte, ob jemand einen dunklen Opel Rekord gesehen habe. Niemand hatte ihn gesehen, auch der Bauer und die Bäuerin nicht, durch deren Scheune er gefahren war. Der grüne Granada kam hinzu, offenbar über Funk herbeigerufen. Eine Zeitlang patrouillierten die beiden Fahrzeuge noch durchs Dorf und über die umliegenden Feldstraßen. Dann nahmen sie wieder ihre Posten ein.

Ein Glück für den Valltin, sagte der Bauer, daß ich den Nachmittag den Gummiwagen aus der Scheune gefahren hatte und daß das hintere Scheunentor noch offen war. Sonst wäre er glatt dawider geballert.

Was ist das nun für ein gewaltiges Ding: der Staat, dachte Fritz Buchonia, der den Leuten angst macht, daß sie sich lieber den Kopf einfahren als sich von seinen Hütern kontrollieren lassen, obwohl sie nichts zu befürchten haben? Der erste Teil seines Gedankens kam ihm bekannt vor.

In dieser Nacht träumte er von der Sitzung, die sie am Abend zuvor gehabt hatten. Sie saßen wieder um den niedrigen Couchtisch, vor ihnen standen die Platten mit den belegten

Broten, die die Hausfrau gebracht hatte, als die Sitzung sich in die Länge zog, und warteten.

Nach einiger Zeit waren wieder die Schritte und das Kratzen an den Rolladen zu hören. Sofort standen die zwei Nebenerwerbslandwirte und einer der beiden Arbeiter auf, öffneten leise die Zimmertür und verschwanden. Nur Fritz und der Hausherr blieben sitzen und bemühten sich, so unbefangen wie möglich weiterzureden.

Es vergingen einige Minuten, bis draußen vor dem Fenster ein Geräusch zu hören war, als ob jemand gewaltsam heruntergezogen und zusammengeschlagen würde. Gleichzeitig hörte man halblautes Schimpfen und eine Stimme, die Schmerzenslaute ausstieß. Fritz wollte aufspringen und hinauslaufen, um der Person zu Hilfe zu eilen, aber der Hausherr sagte nur: Halt du dich da raus.

Kurz darauf wurde die Zimmertür geöffnet, und die drei Männer schleiften den Kalbfuß herein. Das Blut floß ihm aus der Nase, und an der Wange hatte er zwei Rißwunden. Er blickte stier und murmelte fortgesetzt: Ich wollte doch nur ein Foto von ihm haben.

Fritz starrte auf den erdverschmierten Fahnder, schaute die drei Männer halb empört, halb ängstlich an und rief mehrfach: Das will ich nicht, das will ich nicht. Später stritt er mit ihnen wegen des Vorfalls, aber sie behaupteten halsstarrig, Kalbfuß habe kein Recht, hier herumzuschnüffeln, und wenn Fritz sich zehnmal strafbar gemacht habe.

Vom sechsten Tag an enthalten Buchonias Aufzeichnungen, außer Vermerken, aus denen hervorgeht, daß er immer noch zahlreiche Anrufe in seiner Strafsache erhielt, nur noch Hinweise auf sein sich änderndes Verhältnis zu den Leuten.

Er ging in einen Lebensmittelladen und fragte nach Weißkohl. Die Kauffrau und die Frauen im Laden begrüßten ihn freundlich, obwohl es geheißen hatte, daß in diesem Laden schlecht über ihn geredet werde. Sie unterhielten sich sogar mit ihm, wobei sie es allerdings vermieden, ihn auf seinen Prozeß und die Polizeikontrollen in Crauspers anzusprechen. Es gab keinen Weißkohl, und sofort erklärte eine der Frauen, sie habe noch einige Kohlköpfe im Keller, er könne gerne mitkommen und sich einen Kappes aussuchen.

Am Abend ging er das erste Mal seit einer Woche wieder in die Gastwirtschaft. Die Bedienung bedauerte, daß er am vergangenen Samstag nicht an dem Faschingsfest teilgenommen habe. Man habe ihn allgemein vermißt. Die Männer an der Theke nickten zustimmend. Er habe wirklich etwas verpaßt. Es sei sehr schön gewesen.

Andertags klingelte es an der Haustür. Ein Nachbar, der im Wald arbeitet, stand vor der Tür. Fritz habe ihn doch vor einigen Wochen gefragt, ob er ihm einen neuen Hackklotz beschaffen könne. Sie seien jetzt beim Eichenfällen, und er könne sich gleich einen guten Klotz abholen.

Zehn Tage nach der ersten Meldung ging er das erste Mal wieder in die Singstunde, und auch hier konnte man meinen, daß nichts gewesen sei. Selbst die Frau, die Renate einmal die Woche beim Hausputz half, fand sich mit einigen Tagen Verspätung wieder ein, und die Nachbarin, die gemeint hatte, nun werde wohl niemand mehr seine Kinder zu Frau Buchonia in die Flötenstunde schicken, hatte sich geirrt.

So wurde wieder alles wie früher. Es war, als interessiere sich niemand für seine Probleme. Nach wie vor hätte er nicht sagen können, ob es auf Einbildung beruhte, wenn er glaubte, die Leute hätten eine schlechte Meinung von ihm. Nach wie vor auch wußte er nicht, ob die Angst, die er vor seinen Nachbarn gehabt hatte, auf einem Urteil beruhte, das er über sich selber gefällt hatte, oder ob auch sie ihn verurteilten.

Wenn er sie jetzt anschaute und mit ihnen sprach, hatte er das Gefühl, als fürchteten sie, er könne von seinem Prozeß und den Presseberichten anfangen. Er hatte gehofft, von ihnen in Ruhe gelassen zu werden, und nun schien es, als wollten sie in Ruhe gelassen werden.

Sie erschienen ihm freundlicher als früher und gesprächsbereiter, als wollten sie ihm helfen, aus seinem Kopf die bösen Gedanken zu vertreiben.

Er hatte den Verdacht, eine Chance vertan zu haben, aber er wußte nicht, wie er sie hätte ergreifen können. Wohin er die Hand ausstreckte, es war, als griffe er in Watte. Es war überall weich, und seine Hand hatte keinen Halt. Er grub die Finger an einer Stelle tief ein und zog das Weiche beiseite. Sofort wich der Druck, der auf seiner Brust gelegen hatte. Später wurde ihm kalt, und er schaute auf die Uhr. Es war fünf Uhr morgens. Es hob die Bettdecke auf, die neben das Bett gefallen war, und deckte sich zu.

Es war alles wirklich, und sein Prozeß war noch lange nicht zu Ende.

10. KAPITEL

Die Strafe II

Fritz hatte sich nun doch entschlossen, dem Ermittlungsverfahren von sich aus ein Ende zu setzen. In diesem Mai war ein Jahr vergangen, seit er auf der Küchenbank den Beschluß des Bundesrichters gefunden hatte, der die Aufnahme der Ermittlungen ankündigte.

Seine Versuche, ein Buch über die Ereignisse zu schreiben und dadurch die Öffentlichkeit über seinen Fall zu unterrichten, waren gescheitert. Es war nahezu aussichtslos, für das, was er plante, einen Verlag zu finden. Wie es beruflich weitergehen würde, war unklar. Er hatte seit Monaten von den Rundfunkanstalten keine Aufforderung zur Mitarbeit mehr erhalten, aber es war nicht nachzuweisen, daß dieses plötzliche Desinteresse an seiner Arbeit mit dem Ermittlungsverfahren zusammenhing.

Es hatte auch Absagen gegeben. Lesungen und Veranstaltungen, an denen er teilnehmen sollte, fielen aus, wurden auf unbestimmte Zeit verschoben, oder er erhielt die lakonische Mitteilung, daß man auf ihn verzichten müsse. Am Telefon sprachen die Veranstalter von politischen Auseinandersetzungen, die seine Person ausgelöst habe. Seine Bitte, ihm dies schriftlich zu geben, wurde ignoriert. So konnte er auch diese Nachteile nicht einmal beweisen. Aber nach wie vor erschienen Artikel und Leserzuschriften, in denen er als Staatsfeind und Extremist dargestellt wurde, und das war ihm Beweis genug.

Die Angst glaubte er durch seine Schreibversuche bezwungen zu haben, aber kleine Zwischenfälle bestätigten ihm, daß er sie nur verdrängt hatte. Er wurde unruhig, wenn ein Wagen durchs Dorf fuhr, der von weitem wie ein Polizeifahrzeug aussah, oder der Hubschrauber der Grenzschützer in niedriger Höhe das Dorf mehrmals umkreiste und über seinem Haus herunter ging, so daß er den Luftzug zu spüren meinte.

Was ihn bewog, das Gericht um ein Urteil zu bitten, waren jedoch nicht diese Ereignisse, sondern seine Unfähigkeit zu schreiben, unter der er neuerdings litt. Er war sicher, alles im Kopf zu haben, was er aufschreiben wollte, aber zugleich hielt er sich selbst von der Arbeit ab. Die Tätigkeiten, mit denen der Morgen begann, zogen sich immer mehr in die Länge, und wenn er endlich soweit zu sein glaubte, mußte doch noch etwas rasch erledigt werden.

Einige Wochen lang glaubte er, sich selbst überlisten zu können, begann den Tag mit leichten Gartenarbeiten, pflanzte Bäume und Büsche, verlegte Sandsteinplatten hinter dem Haus, räumte die Scheune auf, betonierte Zaunpfosten ein, reparierte die Schafgatter und tat, was ihm gerade einfiel, in der Hoffnung, seinen rätselhaften Tätigkeitsdrang zu befriedigen und in den Nachmittagsstunden schreiben zu können.

Aber sobald er mit derartigen Nebenarbeiten fertig war, mußte er sich erst duschen, Kaffee kochen, eine Stunde aufs Sofa legen, und wenn er schließlich glaubte, jetzt schreiben zu können, fiel sein Blick auf eine Zeitung, die er noch nicht gelesen hatte, oder er entdeckte einen Brief, der sofort beantwortet werden mußte.

Renate wunderte sich, mit welcher Bereitwilligkeit er seit einiger Zeit im Haushalt half, mehrmals die Woche das Mittagessen kochte und fragte, ob er für sie etwas erledigen könne.

Wenn er es endlich geschafft hatte, sich an den Schreibtisch zu setzen, hatte er alles vergessen, was er aufschreiben wollte. Manchmal fand er einen Satz, der ihm als Anfang geeignet schien, aber sobald der Satz auf dem Papier stand, bildete er eine Mauer, die kein weiteres Wort hindurchließ. Dann glaubte er, der Satz sei schuld, strich ihn aus und stierte auf das Papier.

Wenn ihm nach einiger Zeit noch immer nichts einfiel, riß er das Papier aus der Maschine, in der Hoffnung, ein unbeschriebenes Blatt werde die Gedanken anlocken.

Als er angefangen hatte zu schreiben, im September des Vorjahres, war er überzeugt gewesen, die Idee für ein taugliches Buch zu haben. Er war voller Einfälle und Erinnerungen, innerhalb weniger Tage hatte er ein Konzept aufgestellt, das er nur noch auszufüllen brauchte mit dem, was er wußte. Inzwischen war das Konzept längst unbrauchbar, und jeden Tag vergaß er ein bißchen mehr von dem, was er eigentlich schreiben wollte.

Also machte er sich auf den Weg in das Zimmer mit den Blattpflanzen auf dem Fensterbrett und der Justizsekretärin, die immer Kaffee kochte, und fand es auf Anhieb.

Sie wies auf die Tür, die Fritz ebenfalls bereits kannte, kaum daß er nach Richter Propheter gefragt hatte.

Die fünf Richter saßen diesmal nicht auf der Richterbank, sondern an verschiedenen Stellen im Saal. Der eine flegelte sich auf der Anklagebank und las Zeitung, der andere baute aus Aktenstücken ein Kartenhaus, das er mit einer Handbewegung umwarf, der dritte lag ausgestreckt und offenbar schlafend auf einer Bank, auf der üblicherweise die Sachverständigen sitzen, der vierte saß rittlings auf dem Zeugenstuhl und schaute Fräulein Bürstner bei der Arbeit zu, und der Vorsitzende hatte es sich an dem kleinen Tisch des Justizwachtmeisters gleich neben der Eingangstür bequem gemacht.

Fräulein Bürstner bügelte mit einem Reisebügeleisen auf der Schreibunterlage ihre weiße Dienstbluse, die sie zu dem Zweck ausgezogen hatte. Niemand beachtete Fritz, der zögernd an Propheters Tisch trat. Die Richter hatten offensichtlich Verhandlungspause, was ihm sehr gelegen kam. Unbeschwert von den Zwängen des prozessualen Rituals und der gerichtlichen Würde ließe es sich vielleicht leichter reden, auch wenn die Herren ihre Amtstracht noch nicht abgelegt hatten.

Propheter hatte ein buntgeblümtes Schnupftuch auf dem Tisch ausgebreitet, hielt in der linken Hand den Verschluß seiner Thermosflasche und nahm mit der rechten eine neue Klappstulle, während er noch kaute. Vor sich hatte er die Thermosflasche, eine Metallschachtel, in der sich die Brote befanden, einen Plastikbecher mit Fruchtyoghurt, einen Teelöffel aus Plastik und eine Apfelsine.

Bitte setzen Sie sich doch und holen Sie sich einen Stuhl, sagte er. Fritz tat, wie ihm geheißen wurde, während Propheter mit einer einladenden Handbewegung auf die Mahlzeit wies. Darf ich Ihnen etwas anbieten? Den Yoghurt vielleicht? Soll sehr gesund sein. Fritz machte eine Geste, die andeuten sollte, daß Propheter sich keine Mühe machen solle, und sagte: Ich möchte Ihnen nichts wegessen.

Aber nein, essen Sie nur, sagte Propheter eindringlich und schob ihm den Yoghurtbecher zu. Es erschien Fritz reichlich intim, wenn er den Yoghurt annahm, andererseits dachte er daran, daß jedes menschliche Verhalten damit anfängt, sich das Essen zu teilen, statt es sich streitig zu machen.

Nun denn, sagte Propheter mit vollem Mund, während er erneut von der Stulle abbiß. Fritz öffnete den Yoghurtbecher und sagte: Vielleicht kommen wir uns auf diese Weise näher.

Sie wollen sich also beschweren, antwortete Propheter, daß Ihr Verfahren so lange dauert. Er schob das restliche Brot mit einem Schubs in den vollen Mund, nahm den Becher und trank einen tiefen Zug, um sich das Kauen zu erleichtern. An seinem rechten Mundwinkel hing ein Speiserest, der Fritz irritierte.

Nun ja, sagte er, irgendwann müssen die Ermittlungen doch abgeschlossen sein. Es ist eigentlich nicht meine Art, sagte Propheter, in der Mittagspause über Amtsgeschäfte zu reden. Dabei kaute er unentwegt, Fritz hatte Mühe, ihn zu verstehen. Aber Ihr Fall liegt im Grunde genommen ganz einfach.

Fritz wußte nicht recht, wie er die Äußerung verstehen solle, und sagte nur: Ganz meine Meinung. Propheter hatte fertig gekaut und spülte mit der restlichen Flüssigkeit nach. Er schien die Hauptmahlzeit beendet zu haben; denn er klappte jetzt die Brotbüchse zu und sagte, während er den Becher mit einer Ecke des Schnupftuches auswischte und auf die Thermosflasche schraubte: Nicht so, wie Sie meinen, mein Lieber.

Glauben Sie ernsthaft, mit einem Prozeß davonzukommen, als wären Sie betrunken Auto gefahren wie ein gewöhnlicher Eierdieb? Gewiß, Ihr Verbrechen ist nicht schwer, aber es weist doch in seiner Grundtendenz eine Eigenart auf, die heutzutage weit schwerere Verbrechen hervorbringt. Vielleicht werden Sie mit einer leichten Strafe davonkommen, das werden die Verhältnisse entscheiden, unter denen Ihr Prozeß stattfinden wird. Aber das enthebt uns nicht der Aufgabe, den Kern Ihres Delikts zu beweisen und mit aller Deutlichkeit als das Grundübel unserer Zeit zu kennzeichnen: Ihre staatsabträgliche Gesinnung.

So was kostet Zeit, Herr Buchonia. Ein solches Beweisverfahren will gründlich vorbereitet sein. Einen solchen Prozeß kann man nicht alle Tage machen. Momentan scheint die Öffentlichkeit zu schlafen, es haben schon einige Monate keine Verbrechen aus Staatsfeindschaft mehr stattgefunden. Der Augenblick ist ungünstig. Also müssen Sie warten.

Während dieser Sätze räumte er alle seine Utensilien in eine Einkaufstasche, die er neben dem Tischbein abgestellt hatte, so daß nur noch die Apfelsine auf dem Schnupftuch lag. Er holte ein Taschenmesser aus der Hosentasche, klappte es auf und schälte die Apfelsine, wobei er seine Rede wieder aufnahm.

Was meinen Sie, was Sie den Staat schon gekostet haben, Herr Buchonia. Ich habe hier die Stundenzettel der Beamten, die mit Ihrem Fall bisher befaßt waren. Er griff in die Tischschublade und warf einen dicken Packen Papier auf die Tischplatte. Dazu kommen die Sachleistungen, die Maschinenstunden, ganz abgesehen von meiner Wenigkeit.

Was meinen Sie, was der Rechnungshof uns sagt, wenn diese Ausgaben nicht optimal genutzt werden. Der Bürger, der Steuern zahlt, hat Anspruch darauf, daß der Staat seine Mittel angemessen einsetzt.

Ich muß sagen, ich bin etwas enttäuscht von Ihnen. Sie gehören zu einer winzigen Bevölkerungsgruppe, der die Behörden überproportional Beachtung schenkt. Es stünde besser um unser Land, wenn wir alle Bevölkerungsgruppen mit derselben Gründlichkeit betreuen könnten wie Sie. Und ausgerechnet Sie wollen sich beschweren.

Er zerlegte die Apfelsine in zwei Hälften und schob sich die eine Hälfte in den Mund, so daß der Saft aus beiden Mundwinkeln lief. Dabei schob er den Kopf vor, um sich nicht zu bekleckern, und hob das Schnupftuch auf, um sich abzuwischen.

Schließlich schluckte er einige Male heftig und würgte das Stück auf einmal hinter. Puh, sagte er und atmete tief durch. Auf seiner Stirn stand Schweiß, den er ebenfalls mit dem Schnupftuch abtupfte.

Ich habe nichts gegen Sie persönlich, Herr Buchonia, das habe ich Ihnen schon bei unserem ersten Gespräch gesagt. Sie sind ja nicht eigentlich straffällig geworden, und wenn bei Ihnen nicht eine spezielle Überzeugung hinzukäme, wären Sie überhaupt nicht strafbar. Ihre Gesinnungslage ändern Sie doch nicht, wenn wir Sie jetzt bestrafen. Sie sehen also: Es ist wirklich nicht der geeignete Moment, Ihnen den Prozeß zu machen, verehrter Herr Kollege. Es wäre rausgeworfenes Geld. Das müssen Sie einsehen.

Er betrachtete jetzt die andere Hälfte der Apfelsine und schien zu überlegen, ob er das zweite Stück zerlegen solle, bevor er es in den Mund schob. Mit einer plötzlichen Bewegung schob er das Stück zu Buchonia hinüber und sagte: Essen Sie das? Ich mag keine Apfelsinen.

Fritz zögerte einen Moment, dann begann er mechanisch die Apfelsine zu zerlegen und legte die einzelnen Scheiben in einer Reihe auf das Schnupftuch. Propheter nahm seine Rede wieder auf, während er ebenso mechanisch wie Fritz die Scheiben in den Mund schob. Warum wollen Sie Ihr Verfahren beenden? Sie sollten dankbar sein, daß die Justiz es bislang nicht für opportun gehalten hat, eine Verhandlung anzuberaumen. Das kleine Verfahren gegen Herrn Sangmeister werden Sie sicher verzeihen. Es war ein Scherz, wie man ihn sich bisweilen mit Angeklagten erlaubt, um das Leben etwas kurzweiliger zu gestalten und dem Angeklagten den Ernst seiner Lage vor Augen zu halten. Haben Sie Feuer?

Fritz kramte nach Streichhölzern, reichte Propheter das brennende Hölzchen und sagte nur, da der Vorsitzende von sich aus auf alle Fragen zu sprechen kam, die er zu erörtern wünschte: Selbstverständlich. Propheter zündete sich die Zigarette an, blies das Streichholz aus, rubbelte mit Daumen und Zeigefinger den Ruß ab und popelte sich mit dem Stumpf des

Hölzchens in den Zähnen herum, während er in tiefen Zügen rauchte.

Was haben Sie davon, wenn Sie jetzt freigesprochen oder verurteilt werden? Seit Monaten beschäftigen Sie sich mit nichts anderem als mit Ihrem Strafverfahren, ja es ist sogar schon an die Stelle Ihrer Existenz getreten. Uns liegen Erkenntnisse vor, daß Sie seit Monaten nichts mehr geschrieben haben. Das Verfahren, das wir gegen Sie angestrengt haben, hat Ihrem Leben einen neuen Sinn gegeben. Wollen Sie sich dessen auch noch berauben? Was glauben Sie denn, wer Sie sind? Mann, Buchonia? Wir haben Sie durch dieses Verfahren zu etwas gemacht!

Wären Sie je auf die erste Seite der großen Tageszeitungen gelangt, ohne dieses Verfahren? Ihre Lesungen sind besser besucht als früher, Ihre Bücher verkaufen sich besser, seit Sie gelegentlich ausgeladen werden und die Presse den entsprechenden Wind dazu macht. Man interessiert sich für Sie. Natürlich, es liegt uns fern, aus Ihnen einen Märtyrer zu machen. Aber wir geben Ihnen die Chance, sich selber dazu zu machen. Ist das etwa nichts? Und das wollen Sie von einem Tag auf den anderen aufgeben?

Fritz stand auf, wortlos, und ging. Propheter hatte recht. Die Justiz verfolgte ihn nicht nur. Sie gab ihm auch eine Chance. Er fühlte sich beschämt. Der Boden tat sich unter ihm auf. Er glaubte den Querschnitt einer unterirdischen Anlage zu erblicken, in der es von Menschen wimmelte. Der Saal, der sich ihm eröffnete, sah aus wie eine große U-Bahn-Station, die stillgelegt war und jetzt als Gebraucht-Möbellager diente. An vergammelten Kochherden standen Leute und machten sich Frühstück, in ausrangierten Schlafzimmern und Matratzengrüften lagen Menschen und schliefen.

Zu Hause angekommen, packte er seine Manuskripte in eine große Plastiktüte und nahm das Köfferchen aus dem Kleiderschrank, das er vor seiner Verhaftung gepackt hatte. Bevor er sich aufmachte, blickte er noch einmal aus dem Giebelfenster, mit dem alles angefangen hatte.

Renate arbeitete unten im Garten, er sah ihr blaues Kopftuch leuchten und hielt einen Augenblick inne. Noch immer erschienen ihm der Rasen vor dem Haus mit den blühenden Büschen drumherum und der wohlgeordnete Garten, der Kugelbaum, unter dem er fünf Sommer lang gesessen hatte, und das Fachwerkhaus, dessen Ächzen und Knacken ihm in Zukunft fehlen würde, als Ausdruck eines beschaulichen Lebens, das er seit seiner Jugend gesucht hatte.

Aber er ging fort, ohne eine Nachricht zu hinterlassen.

Unvollendete Kapitel und Notizen aus Buchonias Plastiktüte

Erinnerungen an eine Bahnfahrt

Es war mehr als zehn Jahre her, und er stand auf dem Podium vor einem großen, mittelalterlich wirkenden Gebäude, einem ehemaligen Kornspeicher. Der Platz war voller Menschen, zumeist junge Leute. In Westberlin hatte ein Attentat stattgefunden, und er sollte zu ihnen sprechen, da er lange in Berlin gelebt hatte. Er wollte gerade beginnen, als er von einem Blitz geblendet wurde. Er sah einen Mann, ganz nahe, der eine Blitzlichtkamera in die Höhe hielt und rasch in der Menge verschwand, als die Umherstehenden ihn aufforderten, sich zu legitimieren. Presse, Presse, rief er, ich bin nicht verpflichtet, mich auszuweisen.

Einige Wochen später fuhr Fritz Buchonia mit dem Zug nach Italien. Er hatte die Nacht über mit Freunden gefeiert, ihm war übel. Als er kurz hinter München die Toilette verließ, standen ihm zwei Grenzschützer gegenüber. Müde und ohne zu denken, überreichte er seinen Ausweis und lehnte sich gegen den Anschlag der offenen Tür.

Der Beamte blätterte in dem Paß und sagte: Ach Sie sind das. Ich dachte, Sie sind in Rom? Es war für Fritz wie ein Schock. Woher wußte der Mann, daß er nach Rom wollte? Er war doch keine Berühmtheit, deren Reisen in den Klatschspalten der Boulevardzeitungen angekündigt werden. Woher wissen Sie überhaupt, daß ich jetzt in Rom lebe? fragte er mühsam. Der Beamte hob überlegen den Kopf und gab ihm den Ausweis zurück.

Man hat eben auch seine Informanten.

Fritz schleppte seinen kraftlosen Körper ins Abteil, zog die Sitze zusammen und fiel in tiefen, unruhigen Schlaf. Er schwitzte und hatte das Gefühl, als wäre seine Haut mit einer dicken feuchten Schicht besetzt. Gleichzeitig schien von seinem Leib, der ihm aufgedunsen vorkam, ein heftiger Gestank auszugehen.

Einmal bemerkte er, wie zwei Mädchen und ein junger Mann das Abteil betraten, ihn belustigt anschauten und eilig verschwanden, wobei sie sich die Nasen zuhielten. Ein anderes Mal schien eine italienische Großfamilie im Abteil zu sein. Sie holten aus einer Frischhaltetasche einen Messingbehälter mit Spaghetti und Tomatensoße, die sie auf Pappteller verteilten und mit Plastikgabeln verzehrten.

Als nächstes packten sie in Stanniolpapier gewickelte Brathähnchen aus, tranchierten sie und aßen sie mit den Fingern. Dazu tranken sie Rotwein, den sie aus einem weißen Plastikkanister abfüllten. Dabei redeten sie fortgesetzt, so daß Fritz das Gefühl hatte, sein Kopf sei eine Mühle, in deren Räderwerk lange italienische Sätze und allerlei kurze Ausrufe eindrangen, die durch den Mund wieder hinauswollten. Aber so viele Worte auch durch seinen Kopf schwirrten, er brachte keinen Laut hervor.

Die ganze Zeit verspürte er einen aufdringlichen Speisegeruch im Abteil, der sich vergeblich gegen seinen Körpergeruch durchzusetzen versuchte, und er meinte auch zu beobachten, wie die Gesellschaft sich durch Zeichen zu verstehen gab, daß ihre Mahlzeit unter seinem Gestank leide.

Zwei- oder dreimal waren uniformierte Beamte im Abteil, griffen in seine Taschen und machten auch vor seinen Schuhen nicht halt, die er neben dem Sitz abgestellt hatte.

Bei all diesen vagen Eindrücken, die seinen Schlaf zu einem Alptraum machten, war er unfähig, sich zu rühren oder aufzuwachen. So sehr er sich auch beobachtet fühlte von Personen, die in unregelmäßigen Abständen an seinem Abteil vorbeigingen und ihn teils mißbilligend, teils mitleidig betrachteten – er war unfähig, sich hinzusetzen, seine Kleider zu richten und wenn schon schlafend, wenigstens eine unauffälligere Haltung einzunehmen.

Als er endlich erwachte, war er immer noch alleine im Abteil.

Der Zug fuhr, wie die Landschaft jetzt zeigte, durch die Toskana. Er prüfte sein Gepäck und die Anzugtaschen. Ihm fehlte nichts. Nur der Geruch seines Körpers war wirklich auffallend.

Die Schwarzen

Doch auch dann war er unsicher, wenn sie ihn reibungslos abfertigten. Vielleicht ließen sie ihn nur ausreisen, um behaupten zu können, er sei geflüchtet, und um einen Auslieferungsantrag zu stellen. Bei passender Gelegenheit einige Überlegungen hierzu. Aber in welches Land überhaupt? Er kannte das Gebiet zwischen Weimar, Leipzig, Halle und Magdeburg. Hier fuhr er eine Zeitlang herum und besuchte Verwandte und Bekannte.

Er versuchte sich vorzustellen, ob er hier leben könne. Er wußte nicht, wo und wie er wohnen würde, was er arbeiten würde, wie man sich polizeilich anmeldete, ob man zum Arzt ginge, von einer Stadt in die andere reiste, eine Zeitung abonnierte und die Kinder zur Schule schickte, wie im Westen auch. Das Land war ihm fremd geblieben, und er konnte sich nur schwer vorstellen, wie die Menschen darin lebten.

Nun kommt denkbarerweise nur dieses Land in Frage, wenn bei uns der Druck unerträglich wird, weil die öffentliche Hysterie soweit geschürt ist, daß sie sich auf der Straße entladen muß. Durch was für eine schwarzbekleidete Landschaft er in Westdeutschland von einer Veranstaltung zur nächsten reise. Faschistische Schlägerbanden mit schwarzen Handschuhen, um sich die Knöchel nicht aufzureißen, in schwarzen Lederjacken, schwarzen Hosen, schwarzen Hemden oder Rollkragenpullovern und schwarzen Stiefeln, um treten zu können, Fahrradketten und Schlagringe in den Taschen, gut durchtrainierte Bodies, vielleicht sogar mit Fallschirmjägererfahrung.

Gruppen von fünfzehn oder zwanzig jungen Männern, gelegentlich ein Alter dazwischen, die nicht lange reden und zuhören, sondern zuschlagen. Kerle, wie sie Tag und Nacht Wache gestanden hatten vor dem Haus des geflüchteten Nazi-Verbrechers Kappler.

Man sieht sie jetzt öfter in den Straßen, Lokalen und Versammlungen. Vor Gerichtssälen stehen sie, wenn einer der ihren angeklagt wird, was selten vorkommt, schlagen jeden zusammen, der anders zu denken scheint als sie. Laufen offen herum, trainieren, legen Waffenlager an, gründen Ortsgruppen, kündigen an, was sie tun werden, wenn sie stark genug sind, und keiner der zehntausend Staatsschützer, die das Land nach Staatsfeinden durchsuchen, unternimmt etwas gegen sie.

Er war froh, das andere Deutschland zwischen sich und seine Ängste schieben zu können, die es schwer machen zu sagen, was Wirklichkeit ist und was Befürchtung.

Steiner

Am Nachmittag fuhren die drei Familien in ein nahegelegenes Dorf namens Parwolken. Die Straße war schmal, voller Schlaglöcher, und das holprige Kopfsteinpflaster bildete einen Buckel in der Straßenmitte. Am rechten Fahrbahnrand befand sich ein Sandweg für die Pferdefuhrwerke.

Fritz ging hinunter zum See, während die anderen in den Wäldern untertauchten, um Pilze zu sammeln. Auf dem Bootssteg saß ein alter Mann, der früher Weichselschiffer war, und hatte drei große und einige kleine Fische neben sich liegen. Ein zweiter Mann, der dabeistand, fragte Fritz, ob er aus Westdeutschland stamme. Ihm gehörten die etwa fünfzig Gänse und Enten und die drei Pferde auf der Wiese nebendran, die Wälder, die Felder und die zwei Seen.

Früher wohnten drei Bauern in Parwolken. Der erste flüchtete bei Kriegsende nach Westen, der zweite verkaufte sein Land an den Staat, der es aufforstete, und zog in die Stadt, der dritte blieb. Otto Steiner!

Steiner hatte sich daran gewöhnt, daß es seit Kriegsende, er war damals vierzehn, kein elektrisches Licht gab in Parwolken.

Früher, als sein Großvater und sein Vater noch lebten, fischten sie mit Netzen und verkauften den Fisch.

Wenn er jetzt in die Stadt fährt oder ins nächstgelegene Dorf, nimmt seine Frau Eier, Butter, Gemüse, Pilze oder ein paar Hühner mit, verkauft die Sachen auf dem Platz und verdient damit das Bargeld für ihre Einkäufe. Die Kinder werden mit dem Jeep der Forstverwaltung in die Schule gebracht, der auch zum Arzt oder in die Apotheke fährt, wenn es eilt, und die Zeitung mitbringt. Frau Steiner stellte Brot, Butter, Wurst, Schnaps und Brunnenwasser auf den Tisch. Fritz dachte an Seifert, der auf die polnische Landwirtschaft schimpfte: So etwas gäb's bei uns nicht.

Obwohl Fritz ihm recht geben mußte, beneidete er die Steiners. Sitzen im Wald an zwei Seen, ohne Fernseher, Auto, Kino, Kneipe, Laden, haben kein Geld, tragen sonntags wie werktags dieselben Sachen, leben in einem Haus aus eichenen Wänden mit einem dicken Schilfdach, Mutter, Vater und drei halbwüchsige Kinder, haben in Parwolken noch nie einen Polizisten gesehen, ackern mit zwei Pferden, mähen das Korn mit der Hand und wären mit ihren zwanzig Hektar Wiese und Akkerland, dreißig Hektar Wald und fünfzehn Hektar Wasserfläche voller Fische in Westdeutschland eine wohlhabende Bauernfamilie.

Vergeblich versuchte Fritz herauszufinden, ob Steiners zufrieden waren. Das Wort schien nicht zu existieren in ihrem Sprachschatz. Steiner empfand es nicht einmal als ungewöhnlich, daß er den Schnaps selber brannte, das Schwein, von dem die Wurst stammte, selber schlachtete, das Wasser vom Brunnen holte und daß seine Frau das Brot buk und das Butterfaß schlug.

Wie die Worte, die man kennt, und die Ängste alle auch in den Brotfabriken hergestellt werden, dachte er, als sie schon durch den Wald zum Campingplatz zurückfuhren. Die Fleischereien waren leer, in den Lebensmittelläden fehlten die wichtigsten Waren, und die Haushaltsgeschäfte blieben auf ihren Brotschneidemaschinen sitzen, weil die Steiners nur für sich arbeiteten und fast nichts kauften.

Aber Steiner tat nur, was sein Vater und sein Großvater getan hatten.

Betreuer

Wie kurz ist doch im Grunde der Sommer und war früher eine richtige Jahreszeit. Über die Jugend werde ich schreiben, wenn ich noch etwas älter bin. Nun aber einige Worte zum Geld. Früher fühlte ich mich sicher, wenn ich ein kleines Guthaben hatte. Doch warum von den alten Zeiten schwärmen? Gibt es keine wichtigen Erinnerungen?

Einmal war ich telefonisch mit einer Rechtsanwältin verabredet. Wir trafen uns in einer billigen Kneipe in Frankfurt, was etwa 130 Kilometer von mir entfernt liegt, und nach dem Gespräch fragte ich ganz höflichkeitsmäßig: Kann ich noch etwas für Sie tun?

Sie bat mich, ihre Sekretärin zum Bahnhof zu bringen. Es war in den frühen Abendstunden, und der Verkehr war wie üblich dicht. Das fremde Fahrzeug folgte uns trotz einiger Umwege und Nebenstraßen und blieb auch hinter uns, als ich verbotswidrig links abbog.

Es näherten sich zwei Zivilisten, und der eine tat eine Geste, als wolle er sich ausweisen, es konnte aber auch eine Scheckkarte sein, die er herauszog. In diesem Land glaube ich jedem Menschen unbesehen, ein Polizist zu sein. Und warum überprüfen Sie dann die Dame und nicht mich, fragte Fritz, wenn ich mich verkehrswidrig verhalten habe. Sie sehen nicht aus wie Verkehrspolizisten und fahren auch ein Zivilfahrzeug.

Es gibt ja nicht nur Verkehrspolizisten, antwortete der Beamte und klopfte mit dem Knöchel gegen das linke Rücklicht. Alles in Ordnung, Sie können fahren.

Wenn sie ihm wenigstens eine Geldstrafe verhängt hätten, das hätte seine Zweifel beschwichtigt.

Erst in der Kantine im Funkhaus, dann im Festzelt in Bergen-Enkheim und schließlich in einem Lokal, das bis vier

Uhr früh geöffnet hat. Er fühlte sich unsicher auf den Beinen und war froh, endlich zu sitzen. Er fuhr an, gab Gas, damit sie ebenfalls beschleunigen mußten, bremste unvermittelt, blinkte und fuhr rechts ran. Sie wichen gerade noch rechtzeitig aus, überholten und fuhren voraus.

Als sie die nächste Querstraße passiert hatten, gab er Gas, bog ohne Blinkzeichen rechts ab, gleich darauf abermals und atmete auf. Der Rückspiegel war leer.

Ich habe nichts zu verheimlichen, wenn man von einer gelegentlichen Blutalkoholkonzentration am Steuer einmal absieht, dachte er, und auch sein Beifahrer war nur ein harmloser Trinker, mit dem er fast fünfzehn Jahre lang um drei Ecken verschwägert war. Aber es widerte ihn an, auf Schritt und Tritt verfolgt zu werden, oder genauer: auf Schritt und Fahrt.

Ich bog abermals ab. An der nächsten Querstraße standen sie plötzlich vor mir. Die Ausweistasche vergesse ich häufig. So auch diesmal. Nun, sage ich, das macht nichts. Sie wissen ohnedies, wer ich bin. Und wer sagt uns, daß Sie das Fahrzeug nicht gestohlen haben? Aber sie interessierten sich natürlich nur für den Beifahrer, wie üblich, der kurz vor dem Einschlafen war und ebenfalls seine Brieftasche suchte, bis er sie gefunden hatte und ihr mit tapsigen Fingerspitzen den Ausweis entnahm.

Noch mehr solcher Zwischenfälle, aus denen sich hinreichender Verdacht ergibt.

Entweder die Beamten des Befragungswesens können hellsehen, oder es ist so, wie es mir scheint. Andererseits bei Verkehrskontrollen, warum kontrolliert man fast nie den Fahrer, aber immer den Beifahrer?

Abgehoben, wie auf der Spitze eines Funkturms, teile ich die Ansicht des englischen Offiziers auf dem Ätna am Rande des Hauptkraters: Now it is indeed worth a young man's while to mount and see it; for such a sight is not to be met within the parks of old England!

Das erwartungsgemäße Verschwinden der Spielfiguren

Der Mensch, der das Unglück hat, in einem Buch vorzukommen, lebt ein zweites Leben, wie es im Buche steht; wenn Fritz Buchonia mit dem Schreiben aufhört, verschwindet Franz Westphal wieder, und wenn das Buch zu Ende ist, geht es ihm ebenso spurlos. Unserkeiner lebt sich selber, unserkeiner stirbt sich selber.

Notizen zum sechsten Kapitel

F. will noch einmal mit Propheter sprechen, trifft jedoch nur Fräulein Bürstner an. Einige Bemerkungen über die erotische Anziehungskraft der Bürstner, die ihn zeitweilig den Zweck seines Kommens vergessen läßt, wobei insbesondere das Gesäß, die Beine, der weite Rock, der üppige Busen, der enge Pullover, die Nackenpartie, das gekräuselte Haar und der liebliche Gesichtsausdruck eine Rolle spielen. Sie dürfe sich keine falschen Vorstellungen von ihm machen. Doch darüber zwischendurch.

In dem Raum noch andere Angeklagte, stickig, entsetzlich heiß. Hier können sie nicht bleiben. Propheter ist jedoch in einer wichtigen Besprechung, so daß Fritz ihn nur durch ein Loch in der Wand beobachten darf. Gedrängel vor dem Loch in der Wand. Fritz blickt in einen abgedunkelten Raum, in dem Propheter und andere Richter und Staatsanwälte sich einen pornografischen Film anschauen. Fräulein Bürstner: Wenn irgendwo was beschlagnahmt worden ist, laufen immer aus dem ganzen Haus die Herren zusammen, um das Beweismaterial zu prüfen.

Daß Andi Charme hatte, wer würde das verstehen? Manchmal fühlte er sich geradezu körperlich angezogen. Eine Art von Liebe.

Dann einiges über angebliche Sprengstoffanschläge und Entführungen, die in Wahrheit von den Beamten des Befragungswesens angedroht oder sogar begangen werden, um die

Menschen irrezuführen. Ein Gespräch, in dem erläutert wird, daß diese Taktik eine alte Tradition hat. Schon im Altertum pflegten die Könige das Gerücht auszustreuen, von einer gewissen Bevölkerungsgruppe gehe eine Gefahr aus.

Ich glaube manchmal, sie tun es wirklich. Kaum ist ein Bankier ermordet oder ein Industriemagnat entführt worden, lese ich schon in den Zeitungen, wer die Täter waren, nach denen gefahndet wird. An dieser Stelle große Aufregung im Saal. Eine demagogische Frage Buchonias provoziert diese Unruhe: Wissen Sie, meine Herren Staatsdiener, was das Volk mit Ihnen machen wird? Wenn es diese Verstrickungen je erfahren sollte? Das Volk liebt seine Bankiers und Industriekapitäne: Vor allem die einfachen Leute sind hingerissen für den Glanz des Lebens der wirklich Reichen!

Steinigen würde man Sie, meine Herren Agenten!

Aber Fräulein Bürstner gibt sich Fritz Buchonia auf der Anklagebank hin, gewährt ihm unerlaubte Akteneinsicht, und später auf einem alten Kanapee in einem verstaubten Archiv deutet sie Richter Propheter. Er ist nicht nur eine Marionette, wie du glaubst. Er denkt viel nach über diese Fälle, und ich bin sicher, daß er über deinen Fall ganz anders denkt als die politischen Dienststellen.

Zwischendrin Gespräche mit den anderen Angeklagten über ihre Fälle. Der Schatten auf dem Dach eines flachen Gebäudes auf dem Tübinger Waldfriedhof, in dem die Obduktion stattfindet. Über die Schwierigkeit, die Tatsachen so darzustellen, daß sie unwirklich werden, weil die Wirklichkeit unerträglich wäre.

Einige Episoden

Ich vergaß zu erwähnen, daß Oberstaatsanwalt Propheter mich zum Analverkehr nötigte. Wir lagen auf einem kreisrunden Bett mit weißen Laken unter einer leichten Daunendecke, seitlich, die Beine angezogen. So forderte er mich auf, in ihn einzudringen, versprach mir eine günstige Behandlung, und ich tat es. Auch dieses Bild schweigsam, wie die meisten Gemälde. Es mag sein, daß ich ins Zimmer trat und ihn auf dem Bett liegend antraf und er mich aufforderte, ihm beizuwohnen. Das war allerdings ein Traum, wie andere auch. Dabei hatte das Poetenleben so hoffnungsvoll begonnen.

In ungeordneter Reihenfolge ferner, meine Unfähigkeit, die wahren Gefühle zu beschreiben, oder genauer, die Fähigkeit, unwahre Gefühle zu beschreiben. Es war alles ganz anders. Keinesfalls litt ich so unter den Ereignissen, wie es scheinen mag, und wenn überhaupt, dauerte mich, daß ich so ganz das Positive vergaß und den Bauch der Fatalisten mäste.

So zum Beispiel blickte Fiebig aus dem Schlafzimmerfenster, während ich das Schafgatter reparierte, und sagte, das Objektive ist doch zumeist nur eine Methode, unsereins in den Sack zu hauen. Die Wissenschaft sagt, eine Sache ist so oder so, das ist objektiv. Zehn Jahre später ergibt der neueste Stand der Wissenschaften das Gegenteil. Das ist dann wieder objektiv. Ich sagte: Die Schafe haben heute nacht das Gatter durchbrochen und sind abgehaun, das ist objektiv.

Nun ein Hinweis darauf, daß Romanfiguren es zumeist ablehnen, die Ängste und Schwächen des Autors auf sich zu nehmen. Der Leser erkennt den Autor sofort. Sie sind linksradikal, pflegt er zu sagen, ich verstehe nicht, was Sie wollen. Früher kamen die Akten ins Archiv oder wurden vernichtet, und der Angeschuldigte hörte einfach auf zu existieren. Heute ist alles im Zentralcomputer gespeichert.

Wer sind Sie überhaupt. Sie haben nicht einmal einen richtigen Namen. Buchonia ist kein Name, das ist eine Landschaft. Also gehen Sie dahin zurück, wohin Sie gehören. Sie hören wieder von uns, wir schicken jemand. Bevor den Staatsmännern etwas einfällt, setzen sie sicherheitshalber erst einmal das Militär ein.

Ich erhielt einen Anruf von einem Kellner, das Manuskript meines Buches sei im Lokal gefunden worden und könne am Buffet abgeholt werden. Mit einer Bangigkeitsstimme sagte er das; als halte er eine heiße Kartoffel in der Hand. Mich wunderte das nicht. Einmal fand ich vor der Kirche neben der Hecke die Durchschrift eines von mir verfertigten Schreibens an das Gericht. Ich sah es selbst gelegentlich dort liegen, bis ich es eines Tages aufhob.

Erst gestern wieder saß ich in einem dieser eng ausgestatteten Wohnzimmer mit geblümten Möbeln. Mit welch bedeutungsträchtigem Blick der Mann seine Frau anschaute: Man sieht's ihm nicht an, aber er ist es bestimmt. Er meinte nichts Wichtigeres als meinen staatsfeindlichen Ruf und trank lediglich eine Flasche Bier dazu. Erst als ich sagte, probieren Sie doch einmal von diesem Schinken, trat das Gefühl einen Moment in den Hintergrund.

Dennoch riet er mir: Nehmen Sie ja keinen politischen Anwalt.

Der Prügler

Einige Tage später, sie waren gerade zurück aus Polen, hörte Fritz, als er sein Arbeitszimmer betrat, ein merkwürdiges Gerumpel aus dem Nebengelaß, das er großsprecherisch als sein »Archiv« zu bezeichnen pflegte. Er ging zur Tür, legte das Ohr dagegen und konnte nun verschiedene Geräusche unterscheiden.

Das eine Geräusch klang, als schlüge jemand mit einem Lineal auf unbekleidete Haut. Das andere konnte daher rühren, daß entweder der Schlagende oder der Geschlagene von Zeit zu Zeit gegen ein Möbelstück stieß – das Regal etwa oder die zwei Stühle oder den Ablagetisch.

Jeden klatschenden Schlag begleitete ein unterdrücktes Stöhnen oder ein leiser Aufschrei. Gleichzeitig war eine halblaute Stimme zu hören, die fortgesetzt redete. Die Stimme klang monoton und beschwörend zugleich, wie ein Vorbeter, und auch das Stöhnen und die Schreie wirkten wie eine Litanei.

Da das Klatschen, Rumpeln, Stöhnen und Schreien in rhythmischen Abständen erfolgte, hatte das Ganze musikalischen Charakter, und es war schwierig zu beurteilen, ob in dem Hinterzimmerchen nun jemand ausgepeitscht wurde oder einige Künstler eine neuartige Körpermusik ausprobierten.

Fritz wollte nicht amusisch erscheinen und die Musikanten nicht stören, was ihnen vielleicht auch peinlich gewesen wäre, und setzte sich deshalb aufs Sofa, um dem sonderbaren Konzert zuzuhören.

Er hatte wohl zehn Minuten gesessen, als die Schlaggeräusche, das Stöhnen, der Sprechgesang und das Gerumpel lauter wurden, so daß Fritz nun doch zu erkennen meinte, daß hier nicht musiziert wurde, sondern eine Auspeitschung stattfand. Das aber mochte er nicht dulden in seinem Haus. Er stand also auf, zögerte noch einen Moment und öffnete dann abrupt die Tür.

In der entsetzlichen Unordnung, die immer hier herrschte, zwischen all dem Papier und Zeitschriften, die den Fußboden bedeckten, knieten die Kriminalbeamten Tönnske und Kalbfuß, die Fritz in den letzten Wochen mit ihren Ermittlungen wahrhaftig genug gepeinigt und geängstigt hatten; mit entblößtem Oberkörper, den Kopf gesenkt und auf einen Stoß Wochenzeitungen einer linksopportunistischen Sekte mit dem Titel »Rote Fahne« gestützt.

Ein Dritter, der die beiden anderen offenbar beherrschte und zuerst den Blick auf sich lenkte, stak in einer Art dunkler Lederkleidung, die den Hals bis zur Brust und die ganzen Arme nackt ließ. »Was geht hier vor?« fragte Fritz herrisch. Der Lederne antwortete nicht, aber die zwei anderen riefen: »Herr! Wir werden verprügelt, weil du an einem Buch schreibst, in dem du dich über uns und unseresgleichen beschwerst.«

»Nun«, sagte Fritz und starrte sie an. »Ich beschwere mich nicht. Es geht mir nicht um mich, wenn ich über Erfahrungen mit Euch und über mein Ermittlungsverfahren schreibe, sondern darum, daß zahllose Menschen unter Alpträumen und Verfolgungsängsten leiden. Und ganz schuldlos sind Sie beide ja nicht daran. Ist es vielleicht strafrechtlich verwerflich, wenn ich andeute, was passiert, wenn in unserem Land ein Mensch inhaftiert und zwangsernährt wird, wie man ihn beerdigt und wie seltsam in unseren Haftanstalten gestorben wird?«

»Herr«, sagte Kalbfuß, während Tönnske sich hinter ihm vor dem Dritten offenbar zu sichern suchte, »wenn Ihr wüßtet, wie es uns ergeht, Ihr würdet besser über uns urteilen. Wir sind doch verpflichtet, Fahndungserfolge vorzuweisen. Wie aber sollen wir Informationen über die Menschen beschaffen, ohne gleichzeitig in ihnen das Gefühl zu erzeugen, ausgefragt, beobachtet und verfolgt zu werden?«

»Glaubt nicht, daß wir es gerne täten, und wenn unsereins in den Haftanstalten die Gefangenen zuweilen etwas hart anpackt, dann nur, weil es von uns erwartet wird. Was glaubt Ihr wohl, Herr, wie lange ein Gefangenenaufseher seinen Posten behält, wenn er Milde walten läßt gegenüber seinen Gefangenen? Es ist ja auch ganz alltäglich, und jeder, der verhaftet oder verfolgt wird, erwartet im Grunde all diese Dinge. Bringt er es, wie Ihr, allerdings öffentlich zur Sprache, dann muß die Bestrafung erfolgen.«

»Was Ihr jetzt sagt, wußte ich nicht«, sagte Fritz, »und ich habe auch keineswegs Eure Bestrafung verlangt, mir ging es um ein Prinzip.« »Sagte ich dir nicht«, wandte sich Tönnske nun zu dem Prügler, »daß er unsere Bestrafung nicht verlangt hat? Jetzt hörst du, daß er nicht einmal gewußt hat, daß wir bestraft werden müssen.«

»Laß dich nicht durch solche Reden rühren«, sagte der Prügler zu Fritz, »die Strafe ist ebenso gerecht als unvermeidlich.«

»Hör nicht auf ihn«, sagte Tönnske dagegen und unterbrach sich nur, um die Hand, über die er einen Rutenhieb bekommen hatte, schnell an den Mund zu führen. »Wir werden bestraft, weil du uns in deinem Buch angezeigt hast. Sonst wäre uns nichts geschehen. Kann man das Gerechtigkeit nennen?«

»Wir zwei, insbesondere aber ich, hatten uns als Ermittlungsbeamte lange Zeit bewährt. Du selbst mußt eingestehen, daß es uns gelungen ist, dein Gewissen zu wecken für die Frage, ob du dich nicht doch in staatsabträglicher Weise betätigt hast, so daß wir vom Standpunkt der Behörde aus betrachtet gut ermittelt haben. Wir hatten Aussicht vorwärtszukommen und wären gewiß auch bald Prügler geworden wie dieser, der eben das Glück hatte, von niemandem angezeigt zu werden; denn eine solche Anzeige kommt wirklich nur selten vor.«

»Wer schreibt schon ein Buch über seine Erlebnisse, so daß wir uns wirklich benachteiligt fühlen müssen gegenüber den zahllosen Ermittlern, Wächtern, Aufsehern und Beamten des Befragungswesens, die sich alle genauso und zum Teil noch schlimmer benehmen als wir, ohne daß jemand ein Buch über sie schreibt?«

»Ich würde dich gut belohnen, wenn du sie laufen läßt«, sagte Fritz zu dem Prügler, wandte sich zu seinem Schreibtisch, dem er ein Scheckbuch entnahm, und sagte ohne den Kopf zu heben, denn solche Geschäfte werden mit beiderseits niedergeschlagenen Augen am besten abgewickelt: »Wieviel?«

»Du willst dann wohl auch über mich schlecht schreiben«, antwortete der Prügler, »und auch mir noch Prügel verschaffen. Nein, nein!« »Seid doch vernünftig«, sagte Fritz, »wenn ich geahnt hätte, daß sie bestraft werden sollen oder auch nur bestraft werden können, hätte ich ihre Namen nie genannt. Ich halte sie nämlich gar nicht für schuldig, schuldig ist die Organisation, schuldig sind die hohen Beamten.«

»So ist es«, riefen Tönnske und Kalbfuß wie aus einem Mund und bekamen sofort einen Hieb über ihre schon entkleideten Rücken. »Hättest du hier unter deiner Rute einen hohen Richter«, sagte Fritz und drückte, während er sprach, die Rute nieder, die sich schon wieder erheben wollte, »ich würde dich wahrhaftig nicht hindern, loszuschlagen, im Gegenteil. Ich würde dir noch Geld geben, damit du dich für eine gute Sache kräftigst.«

»Was du sagst, klingt ja glaubwürdig«, sagte der Prügler, »aber ich lasse mich nicht bestechen. Ich bin zum Prügeln angestellt, also prügle ich.« Er erhob den Stock und wollte ihn auf Tönnskes Rücken niedersausen lassen, als die Tür zum Arbeitszimmer geöffnet wurde und Fritz seine Frau fragen hörte: »Hast du Besuch oder sprichst du mit dir selber?« Er kam rasch aus dem Kämmerchen und schloß die Tür mit einem heftigen Schlag, in der Hoffnung, daß sie nicht hören würde, wie Tönske den Hieb empfing und laut aufheulte.

Sie fragte besorgt: »Ist etwas nicht in Ordnung?« »Nichts ist in Ordnung!« platzte er heraus und war zornig über ihr unerwartetes Erscheinen. In seinen Träumen und Phantasien hatte sie nichts zu suchen. »Ein Sauhaufen ist das da drin!« Sie nahm das Buch, das aufgeschlagen auf seinem Schreibtisch lag, und fragte argwöhnisch: »Seit wann liest du Kafka?«

Der Besuch

Zum Schluß kamen noch eine Frau und ein Mann, beide Anfang bis Mitte dreißig, die niemand kannte und die sich nur mit Vornamen bekannt machten: Charlotte und Holger. Sie besitzen im nördlichen Kreisteil ein altes Haus, das sie als Ferienhaus benutzen, und wollten angeblich schon lange einmal kommen. Mehr mochten sie offensichtlich nicht sagen.

Später, als die jungen Leute aus dem Nachbardorf gegangen waren, begann Charlotte zu reden, während Holger Zigaretten drehte, die er an Renate und Charlotte verteilte. Sie seien erst durch die vorgestrige Zeitungsmeldung auf die Idee gekommen, Buchonias zu besuchen. Sie selbst hätten schlechte Erfahrungen mit dem Staatsschutz gemacht, und es interessiere sie, wie die Menschen in anderen Dörfern auf derartige Schikanen reagierten. Ihr Haus sei im Frühjahr und im Herbst 1977 zweimal von bewaffneten Polizeieinheiten überfallen worden, das zweite Mal in ihrer Abwesenheit. Sie lebten und arbeiteten beide in Westberlin, sie als Sozialarbeiterin und Holger als Lehrer. Worauf diese Überfälle zurückzuführen seien, könnten sie sich nur schwer vorstellen.

Ein Grund könne sein, daß sie beide in ihrer Studienzeit gewählte Vertreter der Studentenschaft gewesen seien und Holger vor zehn Jahren eine Weile mit einem Studenten zusammengelebt habe, der Jahre später in Gefangenschaft geraten und abermals zwei Jahre später im Gefängnis verhungert sei. Zwischen ihm und dem Gefangenen habe seit der Zeit des Zusammenlebens jedoch keine Verbindung mehr bestanden.

In ihrem Dorf betätige sich ein älterer Lehrer, der früher aktiver Nationalsozialist gewesen sei, als Polizeispitzel. Er erfülle auch die Aufgabe, im Dorf Gerüchte über sie auszustreuen, die den Zweck hätten, sie bei der Bevölkerung in Mißkredit zu bringen.

Es ereigneten sich aber auch völlig unerklärliche Dinge. Einmal habe ihr Nachbar erfahren, sie seien wieder da. Zu dem Zeitpunkt befanden sie sich aber noch auf der Autobahn in der DDR.

In gewisser Weise sei der Unmut der Dorfbevölkerung über die mutmaßlichen Staatsfeinde sogar erklärlich. Es sei keine Seltenheit, daß die Leute, wenn sie nachts fahren, nur bedingt fahrtauglich seien. Viele Dorfbewohner errichteten Häuser in Schwarzarbeit. Infolge der häufigen Polizeikontrollen müsse die Einwohnerschaft Nachteile befürchten, wie den Verlust der Fahrerlaubnis und Bestrafung wegen unerlaubter Gewerbetätigkeit.

Fritz schlug vor, auf Kreisebene eine Interessengemeinschaft der Staatsschutzgeschädigten zu gründen. Er saß noch eine Zeit vor dem Fernseher, nachdem Holger und Charlotte gegangen waren. Gegen Mitternacht wäre er am liebsten in die Gastwirtschaft gefahren, um ein paar Bier zu trinken. Sein Bierdurst war so groß, daß er bereit war, sich ausfragen zu lassen. Trotzdem blieb er daheim. Wenn er das Auto anließ, hörte ihn das halbe Dorf, aber woher sollten die Leute wissen, daß er nur auf ein Bier in die Gastwirtschaft fuhr? Er hielt es für möglich, daß sie glaubten, er fahre zu einem konspirativen Treffen.

Renate hatte erzählt, im Nachbardorf habe einer gesagt, seit diese Dinge über Buchonia bekannt geworden seien, traue man sich abends kaum noch über die Straße.

Er begann sich vorzustellen, wie ein ganzes Land von Angst

ergriffen wird und haltlose Verdächtigungen das Verhältnis der Menschen zueinander vergiften, so daß keiner dem andern mehr zu trauen wagt. Dies war der gelungene Griff in den Kopf der Menschen, von dem jeder Regierungspolitiker träumt, und der Anfang der totalen Beherrschbarkeit der Menschen. In einer solchen Situation genügt ein Wort, um jedes moralische Aufbegehren und jede Solidarität im Keim zu ersticken: Staatsfeind.

Zwei Versionen

In der Nacht nach der Straßenszene in Wien träumt Franz, daß er von der Justiz auch deshalb verfolgt werde, weil er beweisen kann, daß Andi getötet wurde. Eines Tages, als sie wieder einmal die Umstände seines bevorstehenden Todes erörterten, fragte Franz: Und wie soll ich wissen, daß du keinen Selbstmord begangen hast? Ich glaube, niemand kann mit Sicherheit sagen, daß er unter besonderen Umständen nicht doch einen Selbsttötungsversuch unternehmen wird.

Sie vereinbarten daraufhin, daß Andi für den Fall eines Selbstmordes ein untrügliches Zeichen hinterlassen solle. Nach Lage der Dinge konnte damit nur eine mündliche oder schriftliche Äußerung gemeint sein. Karl Wahnschaffe, dem Franz einige Monate später Teile seines Manuskriptes zum Lesen gab, erklärte, dieser Traum könne nicht unwidersprochen so stehen bleiben. Franz müsse eine Korrektur hinzuerfinden, die etwa folgendermaßen lauten könne: Franz hielt es für möglich, daß Andi nur vergessen hatte, ihm eine solche Nachricht zu hinterlassen, oder daß ein Brief Andis, der für Franz bestimmt war, von der Beförderung ausgeschlossen worden war.

Er akzeptierte die Korrektur, um das Erscheinen seines Buches nicht zu gefährden, obwohl sein Traum keinen solchen Zusatz enthalten hatte, und nahm sich vor, in Zukunft weniger staatsabträglich zu träumen.

Das Ende

Renate hatte ihn verlassen, ob wegen des Verfahrens war ungewiß. Auch wo die Kinder waren, hätte er nicht sagen können. Sie fühlte sich seit langem nicht wohl in der Abhängigkeit von ihm, und sein Leben wurde immer komplizierter. Er phantasierte häufiger, und selbst seine schlimmsten Befürchtungen wurden Wirklichkeit. Er brauchte nur etwas zu träumen oder sich vorzustellen, damit es sich ereignete.

Oft meinte er, Dinge vorauszusehen, und dann hatten sie sich bereits ereignet. Selbst das Geld, das ihn ein wenig sicher gemacht hatte, bedeutete keine Sicherheit mehr. Er hätte auswandern müssen, um sich von seinen Ängsten zu befreien, die der Wirklichkeit so genau entsprachen.

Wovon wollte er dann leben? Hier hätte er den Kampf führen müssen, aber schon der Gedanke daran machte ihn krank. So war er plötzlich allein. Nur einige Nahrungsmittel waren ihm geblieben: etwas italienischer Sellerie, Weißbrot, Butter, Speck, doch er hatte kein Dach über dem Kopf.

Einmal hatte es geheißen, an seinem Haus seien die Fensterscheiben eingeworfen worden, aber alle Scheiben waren heil.

Einmal sprachen die Leute, jemand habe ihm das Haus angezündet, doch das Haus hatte noch gestanden. Einmal schwor ein Mensch, er werde ihn erschießen, wenn es stimme, daß er als Rechtsanwalt Terroristen verteidige, aber derselbe Mensch hatte ihn tags darauf zu einem Glas Bier eingeladen.

Einmal hieß es, die Leute sagten, er habe sich in ihr Vertrauen eingeschlichen, indem er sie zum Trinken einlud, aber die Menschen waren nach wie vor freundlich und hilfreich, wenn er sie traf.

Sie behaupteten, er habe sich auf Andis Befehl hier angesiedelt. Aber er fand niemand, der dem Gerücht Glauben schenkte, wenngleich es viele kannten. Jemand wollte gehört haben, daß er sich mit anderen in einem alten Backhaus treffe, um terroristische Straftaten vorzubereiten, doch wenn er anderntags das Brot holte, frugen einige, ob sie etwas davon kaufen könnten.

Wieder überraschte ihn, auf dem Weg zurück in die Stadt, das unerwartete Auftauchen und Verschwinden der Dörfer in der Landschaft. Lange Zeit schien die Gegend unbewohnt, und nur die Dreschseiler, die zwischen den Wegmarkierungen gespannt waren, bewiesen, daß Kühe den Weg entlang getrieben wurden. Plötzlich waren in geringen Abständen Dörfer.

Auf den Höhenrücken zwischen den gewundenen, schmalen Tälern, in denen Bäche, kleine Flüsse oder Straßen verliefen, schien es, als hätten die Dörfer zu beiden Seiten der Hügel ihre Lage verändert. Wer nur auf Straßen geht, muß zwangsläufig annehmen, alle Dörfer seien hintereinander aufgereiht. Sie liegen aber in der Landschaft umher. Da er keinen Ausweg fand aus der Gegend, kehrte er zurück in das Dorf und lagerte sich wieder seitlich eines Hauses unter einem allseitig offenen Vordach. Der Geruch nach Karbolineum, das Summen der Insekten in der Luft, das sauber gestapelte Brennholz im Holzschuppen gleich nebendran, der löchrige, verrostete Maschendraht vor dem Grabegarten, der Sandsteinschotter auf dem Hof, die Frühjahrswärme machten ihn träge.

Er wäre geblieben. Wenn er einige Koppeln gehabt hätte, einen kleinen Wald, um Holz zu machen für einen großen Schafstall, ein paar Acker Land für Futterrüben und Hafer, ein paar Acker Wiese, um Heu zu machen, eine elektrische Schere, um die Schafe zu scheren, eine Anlage, um die Wolle zu waschen, Frauen, um die Wolle zu zupfen und zu spinnen, Leute, um die Wolle zu verschicken.

Wenn er gewußt hätte, wie man viele Schafe hält, Rüben und Hafer anbaut, Schafe schert und Wolle macht, und nicht nur, wie man fünf Schafe hält und das Futter mit Geld bezahlt, das die Schreiberei einbringt, das Fell von einem Fremden scheren läßt, die Wolle auswärts waschen und in Steppdecken nähen läßt, statt sie zu spinnen.

Aber er mußte zurück in die Stadt. Als Zapfer oder Aushilfskellner, Rausschmeißer oder Ladendieb. Jemand hatte versprochen, ihm zu helfen. Eine Wohnung zu besorgen und sich an der Miete zu beteiligen. Er traute ihm nicht, doch er wollte es versuchen. Abermals brach er auf und wiederum zu Fuß. Er saß am Waldrand, ganz nahe bei einem Dorf, und blickte in den winzigen Ort, der stilisiert wirkte, wie auf einem gotischen Tafelbild. Die Häuser ineinandergeschoben, wie ein einziges Haus.

Die zwei Nachbardörfer waren zum Greifen nah und sahen genauso aus. Darüber kreisten sechs Mäusebussarde. Wie üblich war tagsüber kein Mensch zu sehen. Er betrachtete den Ort, als wisse er, daß er ihn nicht mehr betreten dürfe, obwohl niemand es ihm verboten hatte.

Er hätte nur hineinzugehen brauchen, ein Haus zu kaufen oder eine Wohnung zu mieten. Die Leute hätten ihn freundlich empfangen. Etwas neugierig zwar und mit leichtem Argwohn vielleicht, aber ruhig und höflich. Etwas über sein Vorleben wäre bekannt geworden. Aber das alles hätte ihn nur innerlich berührt.

In einiger Entfernung stand eine alte Bauersfrau in der Tür eines kleines Hauses. Sie hatte einen hellen Trenchcoat an und schaute ernst zu ihm herüber. Er wußte nicht, ob es Ablehnung war oder Desinteresse, stille Aufmerksamkeit oder die Bereitschaft sich anzuhören, was ihm zu schaffen machte. Er verlor die Fähigkeit, das Denken und Fühlen der anderen zu begreifen.

Es war schon Nacht, als er durch ein größeres Dorf kam. Es hatte zwei Hauptstraßen, die wie ein T aufeinanderstießen, und Seitenstraßen. An der Hauptstraße lagen einige größere Gehöfte.

Einmal kam er an einem hell beleuchteten Hof vorbei, auf dem mehrere Möbelstücke standen, als seien sie zu verkaufen. Er verlangsamte seine Schritte und erkannte Möbelstücke aus seinem eigenen Haus in Crauspers. Es berührte ihn nicht, und er fragte auch nicht, wie sie dahin kamen. Er ging einfach weiter.

In der Stadt ging er zu der Wohnung, die der Jemand ihm angeblich beschafft hatte, und erfuhr, daß er sich zu einer anderen Wohnung im dritten Stock begeben solle.

Er betrat eine große dunkle Diele mit einem Fenster zum Hinterhof. Der Jemand führte ihn durch die riesigen Räume. Sie waren leer und verwohnt, die Decken zu hoch, die Wände mit uralten dunklen Tapeten bedeckt, die in Fetzen herabhingen, die elektrischen Leitungen aus der Wand gerissen, Waschbecken und Toilettenschüssel angeschlagen, die Badewanne zerkratzt, die Fensterladen nur teilweise zu öffnen, die Parkettfußböden grau und fleckig.

Es würde viel Arbeit kosten, die Wohnung herzurichten. Aber für wen? Mit wem sollte er hier wohnen? Die Wohnung war viel zu groß für ihn. Er fragte nach der Miete. Sie betrug 750 Mark.

Er wäre am liebsten weggefahren. Zum Beispiel nach Sizilien.

In ein winziges, weißes Zimmer am Meer, mit nichts als einem Tisch, einem Stuhl, einem Bett, einem Kleiderhaken und einer Glühbirne von der Decke.

Anhang

I.
Die Aufnahme der Ermittlungen.

Jemand mußte in Fritz Juchenia/ein schlechtes Gewissen erzeugt
haben, denn ohne, daß er sich einer Schuld
bewußt gewesen wäre, hatte er eines Morgens einen
Traum.
Er stand am Fenster, im Zimmer seiner Frau, hielt ein Buch
in der Hand, denn fast alle Bücher waren in diesem
Raum aufbewahrt, und war unfähig, es aufzuschlagen.

Durch das lange Tal kamen
Polizisten langsam auf den Hügel zu,
an dessen Abhang sich früher der Pfarrgarten befunden hatte. Sie waren weit ausgeschwärmt und bildeten eine
Postenkette,
das
Schnellfeuergewehr vor der Brust gekreuzt, den Stahlhelm
auf dem Kopf, am Koppel baumelten allerhand undefinierbare
und
Gegenstände, vielleicht Handgranaten Gasmaske.

Hinter ihnen fuhren fünf oder sechs
offensichtlich gepanzerte Fahrzeuge. Ob es Kettenfahrzeuge
waren, hätte er hinterher nicht sagen können, war
aber sicher, daß ihre Besatzungen nicht zu sehen waren.

Sie waren noch zwei- oder dreihundert Meter vom Pfarrgarten entfernt, als er sich daran erinnerte, den gleichen
Traum schon einmal gehabt zu haben. Das letzte Mal
waren die Polizisten im Gänsemarsch den asphaltierten Feldweg
heraufgekommen, der in den Wiesen

Damals waren die Polizisten
wie Fallschirmjäger gekleidet und trugen ein schwarzes
Barett auf dem Kopf.

Es schien ihm plötzlich, als habe er diesen Traum
schon mehrfach geträumt. Jedes Mal gab es
gewisse Abweichungen im Detail, aber jedes Mal war er
sicher, daß sie zu einem Angriff auf sein Haus an-
setzten.

Typoskript mit handschriftlichen Korrekturen zu
»Die Herren des Morgengrauens«.

PETER O. CHOTJEWITZ, geboren 1934 in Berlin, war Malergeselle, machte Abendabitur, studierte Jura, ist Schriftsteller, Übersetzer (u. a. von Dario Fo im Rotbuch Verlag) und Rechtsanwalt.

Nachwort

Der erstmals im Herbst 1978 bei Rotbuch verlegte Roman von Peter O. Chotjewitz war ursprünglich bei Bertelsmann in der Autoren-Edition geplant. Die Absetzung des Titels kurz vor Erscheinen und die Auseinandersetzung darüber kommentierte der Verlagsleiter Gerhard Beckmann in einem Interview folgendermaßen:

> Es geht da vornehmlich um § 129 und 129 a, also Werbung für kriminelle und terroristische Vereinigungen. Als das Manuskript Rechtsanwalt Gerhard Ende Mai, Anfang Juni zuging, sah der Anwalt zunächst kein juristisches Problem. Das sah er erst im Juli nach einer neuen BGH-Entscheidung, die den § 129 wesentlich enger auslegt.
> (*Börsenblatt* vom 11.8.1978)

Im Zusammenhang mit diesem und anderen Fällen freiwilliger Zensur sprach Ernst Piper vom »juridifizierten Verlagslektor« (»Zur Geschichte der Zensur in Deutschland« – *Vorgänge* Heft 4/1980). Auch die *Herren des Morgengrauens* wurden Gegenstand eines Berichts des Abgeordneten Olaf Schwencke im Europarat, in einer Debatte über das geistige und literarische Klima nach dem Deutschen Herbst 1977.

Chotjewitz schildert in seinem Roman Verfolgungsmaßnahmen und Verdächtigungen und ihre Wirkung auf das Bewußtsein und das Verhalten des Verfolgten und seiner Umgebung, die ihrerseits in Verdacht gerät, durch Freundschaften und Bekanntschaften mit Personen, denen die Sicherheitsbehörden damals mißtrauten und die sie deshalb überwachten und verfolgten. Diese »Kontaktschuld« und Äußerungen, die, für sich betrachtet, eigentlich zu keiner Sorge Anlaß geben, sind es, die von nun an auf das Leben und die Beziehungen von Chotjewitz' Protagonisten Buchonia einwirken und zur Zerstörung seiner sozialen Beziehungen und seiner Person führen.

Was Chotjewitz in seinem Roman beschreibt, spiegelt sich wider in den Strategien, in den Äußerungen und in den Handlungen der Staatsschutzbehörden und der Regierung und schließlich der Justiz.

Buchonia, Schriftsteller und Rechtsanwalt, hatte vierzig Schriftstellern einen Brief über die Haftbedingungen der politischen Gefangenen zugesandt, die mit einem Hungerstreik eine Verbesserung ihrer Haftbedingungen erreichen wollten. Beigefügt war eine Erklärung der Gefangenen über ihre Lage. Der Bericht endet, dem Vorwurf der Staatsanwaltschaft zufolge, mit einer Aufforderung zur Gewaltanwendung. Als Buchonia von diesem Vorwurf erfährt und den Satz noch einmal liest, stellt er fest, daß ein Leser eine solche Aufforderung unterstellen könnte, aber eigentlich nur Leser wie Staatsanwälte, die auf dergleichen Unterstellungen aus sind.

Buchonia ist also ein »typischer« Sympathisant der RAF, der Gefangenen aus der Baader-Meinhof-Gruppe. Er gehört damit zu denjenigen, die nicht selbst strafbare Ziele verfolgen oder gar strafbare Handlungen begehen oder Beihilfe leisten, sondern die sich durch Sympathie mit den Gefangenen oder durch Interesse und Einsatz für sie verdächtig machen. Die Staatsanwälte bedienen sich dabei des Verfolgungsmusters, das sie schon in den Prozessen nach dem Korea-Krieg gegen die Kommunisten benutzten: bei politischen Delikten komme es nur auf die Absicht an. So wurden Frauen von Kommunisten wegen Fortführung und Unterstützung der KPD bestraft, weil sie nach dem KPD-Verbot des Jahres 1956 ihre Kinder in die DDR zur Erholung schickten. Und so heißt es im KPD-Verbotsurteil, daß gerade die Berufung auf das Grundgesetz ein typisches Merkmal der verfassungsfeindlichen Unterminierung der freiheitlich-demokratischen Ordnung sei. Chotjewitz zitiert eine Äußerung des Staatsanwalts gegenüber Buchonia:

Dank des Interpretationsmonopols der Justiz können wir jedoch auch die Fälle erfassen, die dem normalen Menschen strafrechtlich unverdächtig erscheinen.

Der Begriff des »Sympathisanten« war danach der entscheidende Begriff, Personen auch außerhalb der Strafgesetze zu verfolgen, einzuschüchtern und einem ersten Zugriff sowohl der Staatsgewalt als auch der publizistischen Ausgrenzung und Feinderklärung auszusetzen. Der Begriff taucht in keinem Gesetz auf, ist selbst also keine gesetzliche Grundlage für Verfolgungsmaßnahmen. Aber man staunt: Er wurde schon früh in Urteilen der Gerichte benutzt, die über diesen Begriff ihre Unabhängigkeit auf dem Altar der Staatsschutzinteressen opferten. Im Jahre 1973 hat das Bundesverfassungsgericht den Begriff aufgegriffen, als es über das Verbot des Ermittlungsrichters zu entscheiden hatte, die Gefangenen aus der RAF dadurch zu isolieren, daß ihnen alle Besuche, außer von Angehörigen, alle Briefe, außer von Angehörigen, und jeder Briefwechsel, außer mit Angehörigen, verboten wurde (BVerfGE 34, 384; Beschluß vom 14. März 1973). Die Verfassungsbeschwerde habe ich damals als Anwalt zusammen mit meinem Sozius Franz-Josef Degenhardt und anderen Anwälten erhoben. Wörtlich heißt es beim Bundesverfassungsgericht:

Nach den Feststellungen des Bundesgerichtshofs ist davon auszugehen, daß eingehende Briefe im wesentlichen von Personen kommen, die mit den Zielen der kriminellen Vereinigung, der die Beschwerdeführer angehören sollen, sympathisieren und möglicherweise zur Unterstützung von Befreiungsversuchen bereit sind.

Der Bundesgerichtshof wird dahingehend zitiert, es sei zu befürchten, daß »mit dieser Vereinigung sympathisierende Personen bei Besuchen in verschlüsselter Form Mitteilungen über Befreiungspläne oder über das Ermittlungsverfahren überbringen könnten«. Auf den Einwand in der Verfassungsbeschwerde, die Gerichte hätten keinen einzigen Fall zu nennen gewußt, in dem der Briefverkehr zur Mitteilung von Befreiungsplänen geführt habe, ging das Bundesverfassungsgericht nicht ein. Die Grundlage war also der Begriff des »Sympathisanten« und die

Befürchtung, wozu ein solcher Sympathisant fähig sein könnte. Kein Gericht aber knüpfte an Tatsachen an. Das Wort »Sympathisant« wurde nicht von den Staatsschutzbehörden erfunden, nur die politische Nutzung. In dem Schreiben, das man bei Ulrike Meinhof bei ihrer Festnahme fand und das Gudrun Ensslin zugeschrieben wurde, heißt es:

> Die andere Seite ist, daß die Sympathisanten immer noch eher zu den Linken wie Negt gehören und das ist der Kern unseres Problems.

Der strategische Begriff des »Sympathisanten« und die Ausnutzung zum Zwecke der Strafverfolgung und Einschüchterung von Personen, die sich nicht selbst strafbar gemacht haben, ist ein Konstrukt der Staatsschutzstrategen im Bundeskriminalamt und in der Bundesregierung. Viele sind dieser Strategie erlegen, in den Redaktionen von Zeitungen, Fernsehen und Rundfunk und in der Justiz selbst, wie die Entscheidung des Bundesverfassungsgerichts zeigt. In seinem Buch *Strafprozeßführung über Medien* hat Joachim Wagner festgestellt, daß noch nie vorher in der Geschichte des deutschen Rechtsstaats Polizei und Staatsanwaltschaft mit Unterstützung von Regierungen und Parteien die Medien so massiv und rücksichtslos für Fahndung, Prozeßführung und Verurteilung eingespannt haben wie im Kampf gegen die Rote Armee Fraktion. Er zitiert eine Maxime des Generalbundesanwalts Siegfried Buback (*FAZ* 25.02.1975) »Offensive Information der Öffentlichkeit über die Baader-Meinhof-Bande« und sagt weiter:

> Die publizistische Vorwärtsstrategie amtlicher Stellen schloß die großzügige und bedenkenlose Weitergabe von Aktenteilen an Presseorgane ein – von RAF-Papieren aus konspirativen Wohnungen zu Tonbandabschriften. Dabei betätigten sich Regierungen ganz offiziell an der Verbreitung von Vermerken und Papieren aus den Ermittlungsakten – ohne Rücksicht auf das laufende Verfahren.

Bereits 1972 wurde der *Baader-Meinhof-Report* veröffentlicht mit dem Untertitel: »Dokumente – Analysen – Zusammenhänge – aus den Akten des Bundeskriminalamtes, der Sonderkommission Bonn und dem Bundesamt für Verfassungsschutz.«
Der Veröffentlichung war ein Artikel von Peter Boenisch in der *BILD-Zeitung* im Mai 1972 vorausgegangen, in dem er Horst Herold, den Präsidenten des Bundeskriminalamtes, zitierte, der auf die Sympathisanten der Baader-Meinhof-Gruppe hinwies und unter diesen 45 Rechtsanwälte ausmachte, die im *Roten Kalender* des Rotbuch Verlages (damals Wagenbach) genannt worden waren, und zwar als Anwälte, die zur Verteidigung in politischen Strafsachen bereit waren.

Am Anfang des Reports veröffentlichte das BKA eine Grafik (s. S. 200/201 in diesem Band), in deren Mittelpunkt die RAF steht und die Gruppen, aus denen sie hervorgegangen sein soll, sowie die Anwaltskollektive und die Sympathisanten »ersten« und »zweiten« Grades. In diesem Buch wird übrigens nicht der SDS oder gar die Kommune I[1] als Ursache des Terrorismus beschrieben, sondern – man staunt – die Kinderläden. Der spätere Literaturnobelpreisträger Heinrich Böll wird in dieser Propagandaschrift als »ein scheinbarer Schöngeist, von guten Geistern verlassen, Sympathisant einer Mördergruppe« beschrieben, und weiter heißt es: »Trotz der vielen Sympathisanten und Gönner vom Typ Böll, wurde es jetzt der Bande in der Bundesrepublik zu heiß.«

Noch ein anderer wird beispielhaft »Sympathisant« genannt, nämlich »der schon erwähnte Meinhof-Freund und Sympathisant der Bande, Professor Peter Brückner«.

Brückner taucht als »Sympathisant ersten Grades« in der dem *Baader-Meinhof-Report* beigefügten Grafik auf. Peter Brückner war 1968 eine der theoretischen Leitfiguren der Linken und gerade deshalb immer Gegenstand von Verdächtigungen, Unterstellungen und Verfolgungen. Als er mit anderen Professoren den »Mescalero«-Artikel[2] herausbrachte, verbunden mit einem kritischen Vorwort, wurde er von seinem Amt als Professor für Psychologie suspendiert, erhielt Hausverbot in der

Universität Hannover und mußte lange auf den Freispruch warten. Die Suspendierung wurde aber nicht nur mit der Herausgabe des Mescalero-Artikels begründet, sondern auch mit Interviews und anderen Schriften, in denen er sich kritisch sowohl mit der RAF als auch mit den Verfolgungsmaßnahmen der Regierung auseinandergesetzt hatte, ohne sich aber, wie die Regierung verlangte, in gesonderten Worten »zu distanzieren«.

Über die Berichterstattung in der Presse, über die Erklärungen der Regierenden und über die Strafverfolgungsmaßnahmen, die mit der Veröffentlichung des Mescalero-Artikels einhergingen, will ich hier nicht im einzelnen berichten, obwohl auch sie den Begriff des »Sympathisanten«, der sich nicht distanziert, zur eigentlichen Grundlage der Vorwürfe machten.

Am schärfsten werden die Anwälte und Verteidiger der Gruppe als Sympathisanten angegriffen:

Es waren der Anwalt Kurt Groenewold und sein Sozius Dr. Franz-Josef Degenhardt. Durch ihre Machenschaften sind diese zwei Rechtsvertreter den Beamten der Hamburger Polizei, der Abteilung K 5, schon seit Jahren Widersacher im Kampf um Recht und Ordnung ... Auf diesen Typ von Anwaltskollektiv, die immer wieder die Pläne der Polizei durchkreuzen und versuchen, die Justizbehörden lächerlich zu machen, bezieht sich der Präsident des Wiesbadener BKA, Bundeskriminaldirektor Dr. jur. Horst Herold, wenn er diese Gruppe von fast 80 Männern und Frauen zu den schlimmsten der Sympathisanten zählt. Die Laschheit im Vorgehen gegen die Sympathisanten und Mitläufer fiel der deutschen Öffentlichkeit bereits im Spätherbst 1971 auf. (*Baader-Meinhof-Report*)

Mit dem *Baader-Meinhof-Report* gab das Bundeskriminalamt Signale. Die Ziele waren nicht etwa, strafbare Unterstützung auszuschalten, sondern jede politische Diskussion über die Gruppe oder ihre Erklärungen zu verhindern. Jeder, der in irgendeiner Weise mit Ulrike Meinhof oder mit den damals linken Personen und Positionen etwas zu tun hatte, sollte auf diese Art abgeschreckt werden. Das Bundeskriminalamt machte Hausdurchsuchungen bei allen, die mit Ulrike Meinhof etwas zu tun hatten; das führte oft dazu, daß die von den Durchsuchungen betroffenen Personen ausführliche Aussagen über sich selbst und ihren eigenen politischen Standpunkt machten und sich gleichzeitig, ohne Not und Notwendigkeit, von den Aktivitäten der RAF distanzierten.

Dies entsprach der Strategie von Horst Herold, Kenntnisse über die Protestbewegung und über die Verbindungen der dort agierenden Personen zu erhalten. Im Sinne der später eingeführten Rasterfahndung ging es nicht um die Verfolgung konkreter Straftaten, sondern um die Erweiterung der Kenntnisse der Polizei über die Bürger. Das Buch von Chotjewitz zeigt richtig, daß man dabei weniger die Inhaftierung oder Überführung von Straftätern im Sinne hatte, sondern die soziale Isolierung von Freunden und Nachbarn. Es ging um vorbeugende Abschreckung im Sinne von Hans Magnus Enzensbergers bekannter Nürnberger Rede von 1967 (»Staatsgefährdende Umtriebe«, in: *Voltaire, Flugschrift Nr. 11*, Berlin, 1968). Enzensberger beschreibt die Wirkung:

> Manchmal, ja häufig, kommt der Angeklagte mit dem Schrecken davon... Dieser Schrecken heißt auf lateinisch Terror; er soll zermürben, abschrecken, Denkzettel austeilen; er gehört zur Strategie der politischen Justiz in Deutschland, er ist eine Strategie der Angst.

Wie zerstörerisch sich diese Angst auswirkt auf alle, die ins Visier der Staatsschutzbehörden geraten sind, gegen die plötzlich Überwachung, unerbetene Besuche, Besuche bei Nachbarn und Freunden einsetzte, zeigt Chotjewitz ganz realistisch. Ein Schrecken, der zur Zerstörung der Persönlichkeit, zu ihrer sozialen Isolierung und in einigen mir bekannten Fällen sogar zu paranoiden Vorstellungen führt. Aber paranoid waren auch die Vorstellungen, die sich die Staatsschutzbehörden von ihrem

»Staatsfeind« gemacht hatten und die sie zu Verfolgungswahn und regelrechten Feinderklärungen bewogen. Bundesanwalt Träger schrieb 1976 in der Wochenzeitung *Das Parlament*, die Tätigkeit der Bundesanwaltschaft beschränke sich nicht auf die Strafverfolgung allein, sondern:

> Der moderne Staatsschutz muß nahezu alle Bereiche des sozialen Lebens umfassen, wenn die mit immer neuen Methoden vorgetragenen Angriffe gegen unseren Staat abgewiesen werden sollen.

Und die 1975 nach der Entführung des Berliner CDU-Abgeordneten Lorenz eingebrachten Gesetzesvorschläge erinnern an die Maßnahmen der politischen Polizei und der SS nach der Machtübernahme 1933, als ganze Häuserblocks in Arbeitervierteln von der Polizei abgeriegelt und durchsucht wurden. Kriminalrat Nemeskal hielt harte Maßnahmen für erforderlich, allerdings für nicht durchsetzbar (*Der Kriminalist*, Heft Juli 1975):

> Es wird m.E. unmöglich sein, diese Schwierigkeiten durch Evakuierung der Bevölkerung aus guerillaverseuchten Stadtvierteln zu beheben.[3] Eine solche Maßnahme würde bei der hohen Bevölkerungsdichte einen enormen Zeit- und Kräfteaufwand erfordern. Außerdem würde es an der Unterbringung der Evakuierten scheitern. Um den Gefahrengrad für Unbeteiligte auf ein Minimum zu reduzieren, besteht aber die Möglichkeit, ein Stadtgebiet abzuriegeln.

Siegfried Buback, Pressesprecher und später Generalbundesanwalt, sagte deutlich, warum die Anwälte mit Verdächtigungen und als Sympathisanten verfolgt wurden:

> Es ist und bleibt unsere Ansicht, daß die Entgegennahme solcher Mandate in einer derartigen Situation, wie wir sie z.Zt. haben, standeswidrig ist. (*Stern* Nr. 27/72).

BILD-Chefredakteur Peter Boenisch konkretisierte unter dem Schutz der Staatsschutzkampagne die von den Staatsschutzbehörden ausgehenden Vorwürfe:

> Die Anwälte üben erwiesenermaßen folgende Tätigkeiten aus: Sie präparieren Zeugen, die bei einem Geschehen gar nicht zugegen waren, um angeklagte Bandenmitglieder – gleichsam meineidig – zu entlasten. Sie übernehmen den Transport von Gegenständen, die der Ausübung von Straftaten dienen, z.B. den Transport von Sprengkörpern. (*BILD-Zeitung* am 26.05.1972)

Er zitiert damit die Äußerung des damaligen Innenministers Hans Dietrich Genscher:

> Die Helfershelfer und die Gesinnungsfreunde der Baader-Meinhof-Bande seien vor allem links eingestellte Rechtsanwälte.

Darin stimmte die Presse ein; so die *Kölner Rundschau* am 26. Juni 1972:

> Die »schwarzen Schafe« sind bekannt. Gegen Otto Schily, Klaus Croissant, Heinrich Hannover, Kurt Groenewold, Wolf-Dieter Reinhard u.a. richtet sich der Verdacht des Kassiberschmuggels, Solidarisierung mit den Mitgliedern der Baader-Meinhof-Bande, Begünstigung des Terrorismus und aggressiver standesschädlicher Äußerungen gegenüber Grundgesetz und Demokratie.

Die Strafverfolgungsbehörden, Bundesanwaltschaft und Bundeskriminalamt, hatten Schwierigkeiten, den angeklagten Mitgliedern der Baader-Meinhof-Gruppe einzelne Delikte nachzuweisen. 1974 entschieden sie sich deshalb dafür, die Mitgliedschaft per se als Beweismittelersatz einzusetzen und auf den Nachweis einzelner Taten zu verzichten. Das hinderte sie nicht, die Verteidiger, die sich gegen Haftbedingungen, gegen Isolationshaft und Aktenmanipulation wandten, weiter als Sympathisanten zu bezeichnen. Eine solche Bezeichnung der Verteidiger im offiziellen Sprachgebrauch war ein Signal an Angehörige und Beamte der Polizei, des Strafvollzugs und der Justiz, besonderes Mißtrauen zu entwickeln, normale Abläufe zu behindern und die Worte der Großen als Tatsachen zu nehmen. Solche Signale gab auch Bundeskanzler Helmut Schmidt.

Auch gegen Autoren, Verleger und Buchhändler wird der Kampfbegriff des Sympathisanten benutzt, um den Vorwurf der Werbung oder strafbaren Unterstützung einer kriminellen oder terroristischen Vereinigung zu konstruieren. Josef Gräßle-Münscher hat in seinem Buch *Kriminelle Vereinigung – Von den Burschenschaften bis zur RAF* (Europäische Verlagsanstalt, Hamburg 1991) die Ausweitung auf das geschriebene oder gesprochene Wort beschrieben, indem er eine Linie zieht von der Demagogenverfolgung unter Metternich über die Verfolgung der Sozialdemokraten unter Bismarck und der Kommunisten in der Weimarer Republik bis zur Verfolgung der Kommunisten in der Ära des »kalten Krieges« in den ersten Jahren nach Gründung der Bundesrepublik Deutschland.

Als im November 1975 das Buch von Bommi Baumann *Wie alles anfing* (Trikont Verlag, später Rotbuch Verlag) beschlagnahmt wurde, richtete sich der Vorwurf, Sympathisant zu sein, gegen seine Verleger Herbert Röttgen und Gisela Erler vom Trikont Verlag. Die Beschlagnahme löste Proteste aus und führte zu einer von vielen Intellektuellen und Verlegern verantworteten Neuverlegung und am Ende zur Aufhebung der Beschlagnahme und zum Freispruch der Verleger. Der erste Freispruch wurde durch das Urteil des Bundesgerichtshofs vom 9. August 1977 auf Revision der Staatsanwaltschaft aufgehoben. Das Urteil wurde zwei Tage nach der Ermordung des Bankiers Ponto und drei Monate nach Ermordung des Generalbundesanwalts Buback veröffentlicht. Die Richter des Bundesgerichtshofs begründen:

Schon aus der Form der Darstellung kann hier u.U. eine Billigung entnommen werden, weil der Darstellende teils Mittäter, teils erklärter Sympathisant der Täter ist und sich wirklich nicht ausdrücklich von den Tätern distanziert.

Das Oberlandesgericht München ordnet durch Beschluß vom 24. November 1977 die erneute Beschlagnahme des Buches an, die es am 21. Januar 1977 noch abgelehnt hatte. Die neuen Gründe zeigten, welchen Einfluß die von der Regierung ausgehenden Signale auf die politische Kultur und auf die juristischen Interpretationen gehabt hatten:

Denn im Falle ihrer Verbreitung muß diese Schrift bei Leuten, die von ihrem Inhalt Kenntnis erlangen, den Eindruck erwecken, als sei der Staat, der aus Gründen der Rechtsstaatlichkeit ohnehin bei der Bekämpfung des Terrorismus mit außerordentlichen Schwierigkeiten zu kämpfen hat und oft über längere Zeit keine Erfolge aufzuweisen hat, noch nicht einmal bereit und in der Lage, sich gegen Schriften zu wehren, in denen terroristische Gewaltakte unverhüllt gutgeheißen und gerechtfertigt werden. Dieser Eindruck kann gerade in der gegenwärtigen Situation, in der die Frage nach den äußeren und inneren Ursachen des Terrorismus und den erforderlichen staatlichen Reaktionen auf denselben besonders stark im Vordergrund steht, bei einem erheblichen Teil der Bevölkerung zu einer wachsenden Skepsis gegen den Rechtsstaat führen, der entgegen gewirkt werden muß und die als Störung des öffentlichen Friedens durchaus angesehen werden kann.

Da auch die allgemeine Presse in Berichten oder durch Zitate oder sogar durch den Abdruck von Erklärungen Personen zu Worte kommen läßt, die solche Veröffentlichungen als Kampfmittel ansehen, grenzt der Bundesgerichtshof in der Entscheidung vom 9. August 1977 solche Veröffentlichungen ab:

Im Vordergrund steht dann aber in der Regel die Berichterstattung eines Presseorgans, das sich nicht mit der Kundgebung identifiziert, oder es handelt sich um eine wertfreie Dokumentation. Im vorliegenden Fall kommt (bis auf das in strafrechtlicher Hinsicht unerhebliche Nachwort) nur der Verfasser Baumann zu Wort.

Die Verleger werden am 1. Februar 1978 verurteilt, allerdings nur zu einer Geldstrafe von 150 Tagessätzen à DM 10,00, obwohl die Staatsanwaltschaft ein Jahr Gefängnis für Herbert Röttgen und neun Monate für Gisela Erler beantragt hat. Im Revisionsverfahren hat dann am 1. Februar 1979 der Bundesgerichtshof die Angeklagten endgültig freigesprochen.

Am weitesten ausgedehnt wurde die Bezeichnung »Sympathisant«, als, nach der Entführung von Arbeitgeberpräsident Hans-Martin Schleyer und nachdem die entführten Geiseln in der Lufthansamaschine in Mogadischu blutig befreit worden waren, Baader, Ensslin und Raspe tot in Stuttgart-Stammheim aufgefunden wurden und schließlich Schleyer ermordet worden war. Während der Zeit seiner Geiselnahme und danach standen nicht so sehr die Mitglieder der RAF im Mittelpunkt der staatlichen Verurteilung und der Verfolgungsmaßnahmen als vielmehr die sogenannten »Sympathisanten«. Zwar gab es hohe Polizeipräsenz, zahlreiche Haus- und Wohnungsdurchsuchungen, Sondergesetze, aber mehr noch gab es Schrecken, der die Abschreckung und Vereinzelung der Linken zum Ziel hatte, die mit der RAF nichts zu tun hatten. Auch von diesen Ereignissen handelt der Roman von Chotjewitz, weniger von den Ereignissen selbst als von den Folgen auf das Bewußtsein. In dieser Zeit veröffentlichte *DER SPIEGEL* eine vierteilige Serie, die die Kampagne aufnahm. Buchhändler, Anwälte, K- und Sponti-Gruppen, Schriftsteller wie Heinrich Böll, Günter Grass, Luise Rinser oder der Stuttgarter Schauspieldirektor Claus Peymann, der eine Spendensammlung für Zahnersatz von Gudrun Ensslin angeregt hatte, wurden zu »Sympathisanten« gestempelt (vgl. Oliver Tolmein und Detlev zum Winkel in: *Zehn Jahre Deutscher Herbst, Konservativismus der Linken*). Andere Zeitungen griffen sich sogar die Gewerkschaften als Sündenböcke heraus, die angeblich in ihren Zeitungen Haß gegen den Arbeitgeberpräsidenten gesät hatten.

Die katholischen Bischöfe nahmen die Hochschulen ins Visier, die evangelische Kirche redete davon, sie selbst sei dem »einseitig konfliktbetonten Verhalten in unserer Mitte« nicht deutlich genug entgegengetreten.

Jetzt war allerdings auch der Höhepunkt der »Sympathisantenhetze« erreicht. Betrachtet man es vom heutigen Standpunkt aus, zwanzig Jahre danach, war dies vielleicht auch das Ende, soweit sich die Kampagne gegen die linke Mitte richtete. Es gab zwar noch die Aufregungen, die Angriffe und Prozesse gegen die Hochschullehrer, die den Text des Mescalero-Nachrufs auf die Ermordung von Generalbundesanwalt Buback mit einem kritischen Nachruf veröffentlicht hatten. Und es folgten noch die Angriffe gegen den Schriftsteller Erich Fried, der anläßlich der Ermordung Bubacks ein Gedicht gemacht hat, in dem er von einem »Stück Fleisch« spricht, das auch einmal ein »Kind« gewesen sei, der aber auch an die politischen Positionen von Buback erinnerte.[4] Es war eine Zeit, in der die Öffentlichkeit im Rausch der Verurteilung und Vorverurteilung kritische Stimmen gegenüber der RAF nicht wahrnahm, nicht wahrnehmen wollte.

Man weiß natürlich nicht, warum bald danach die Hysterie endete oder einen geringeren Hitzegrad erreichte. Vielleicht, weil die Gefangenen in Stammheim tot waren und andere Gefangene nicht mehr die gleiche öffentliche Aufmerksamkeit fanden. Vielleicht, weil die Anwälte, die in der Nachkriegszeit eine bürgerliche demokratische Erziehung genossen hatten, im Sinne der liberalen Reeducation, durch andere ersetzt worden waren, die während der Protestbewegung ihre Erfahrungen gemacht und ihr politisches Bewußtsein geschult hatten und die nicht mehr daran glaubten, daß die staatlichen Behörden die durch das Gesetz vorgegebenen Grenzen im Auge hatten.

In der Sache aber sind die Staatsschutzbehörden bis heute

beharrlich bei ihrem Weltbild und ihrem Verfolgungswahn geblieben. Wer z.B. ein Plakat anbringt, in dem die Zusammenlegung von politischen Gefangenen oder die Aufhebung der Isolationshaft gefordert wird, benutzt angeblich die Sprache der Gefangenen und wirbt für ihre politischen Ziele. So wurden im November 1994 zwei Buchhändlerinnen aus Göttingen angeklagt wegen Unterstützung einer Vereinigung, deren Ziele Mord und Straftaten gegen die persönliche Freiheit seien, weil sie eine »Erklärung der terroristischen Vereinigung RAF« und zwei Broschüren »Ausgewählte Dokumente der Zeitgeschichte« (12. Auflage bei ca. 12 000 Exemplaren) verkauft hatten. Dabei handelte es sich um Texte der RAF aus den Jahren 1974 bis 1977 mit Vortext (vgl. Bericht in *Die Beute* Heft 1/95). Man durchsucht natürlich ein Buchladenkollektiv in Göttingen mit besonderer Liebe, weil man dort noch immer Staatsfeinde wittert.

Man sieht also: Die Geschehnisse, die Peter O. Chotjewitz in *Die Herren des Morgengrauens* schildert, die Ängste und Befürchtungen, diese »Mischung aus Fakten und Alptraum«, in der Verlagsleiter Beckmann 1978 Parallelen zum *Prozeß* von Franz Kafka gesehen hatte, sind noch immer aktuell; sie sind die andere, dunkle Seite der Justiz und der politischen Kultur in Deutschland.

Kurt Groenewold

Anmerkungen

1 SDS: Sozialistischer Deutscher Studentenbund, 1945 gegründet, in der zweiten Hälfte der 60er Jahre aus der SPD ausgeschlossen. Träger und Anführer der Protestbewegungen der 60er Jahre.
   Kommune 1: Erste Wohngemeinschaft von SDS-Mitgliedern in Berlin (1966), in der neues politisches und gesellschaftliches Handeln propagiert wurde.

2 Nach der Ermordung von Generalbundesanwalt Buback erschien in einer Göttinger Studentenzeitung ein mit »Mescalero« gezeichneter Ar-

tikel, in dem der oder die Verfasser ihrer »klammheimlichen Freude« über den Tod Bubacks Ausdruck verliehen. Dieses aus dem Zusammenhang gerissene Zitat wurde Anlaß einer heftigen Polemik von offizieller, staatlicher Seite und der Medien, insbesondere der *Frankfurter Allgemeinen Zeitung*, die den Verfasser zum Sympathisanten schlechthin stempelte. Justizminister Vogel stellte daraufhin Strafantrag. Der vollständige und genaue Wortlaut des Artikels schien unbekannt. Um die Debatte zu versachlichen und eine Grundlage für Diskussionen zu geben, veröffentlichte Peter Brückner zusammen mit einer Reihe anderer Hochschullehrer den Artikel im Wortlaut.

3 »Guerillaverseucht« ist eine Neuschöpfung des Bundeskriminalamtes, ein Begriff wie aus dem »Wörterbuch des Unmenschen«, exemplarisch für das Selbstverständnis der staatlichen Sicherheitsorgane der damaligen Zeit und deren Bild politisch Andersdenkender.

4 Das Gedicht mit dem Titel »Auf den Tod des Generalbundesanwalts Siegfried Buback« erschien zuerst 1977 in dem Band *So kam ich unter die Deutschen* (Hamburg, Verlag Association) von Erich Fried. Es heißt u.a.

1.
Was soll ich sagen
von einem toten Menschen
der auf der Straße lag
zerfetzt von Schüssen

den ich nicht kannte
und nur wenig zu kennen glaubte
aus einigen seiner Taten
und einigen seiner Worte?

2.
Dieses Stück Fleisch
war einmal ein Kind
und spielte
...

Dieses Stück Fleisch
war ein Mensch
und wäre wahrscheinlich

ein besserer Mensch
gewesen
in einer besseren Welt

...

4.
Was er für Recht hielt
hat Menschen
schaudern gemacht

...

7.
Es wäre besser gewesen
so ein Mensch
wäre nicht gestorben

Es wäre besser gewesen
ein Mensch
hätte nicht so gelebt

Der Text folgt der Ausgabe von 1990 *So kam ich unter die Deutschen*.
Wir danken dem Verlag Klaus Wagenbach, Berlin, für die freundliche Abdruckgenehmigung.

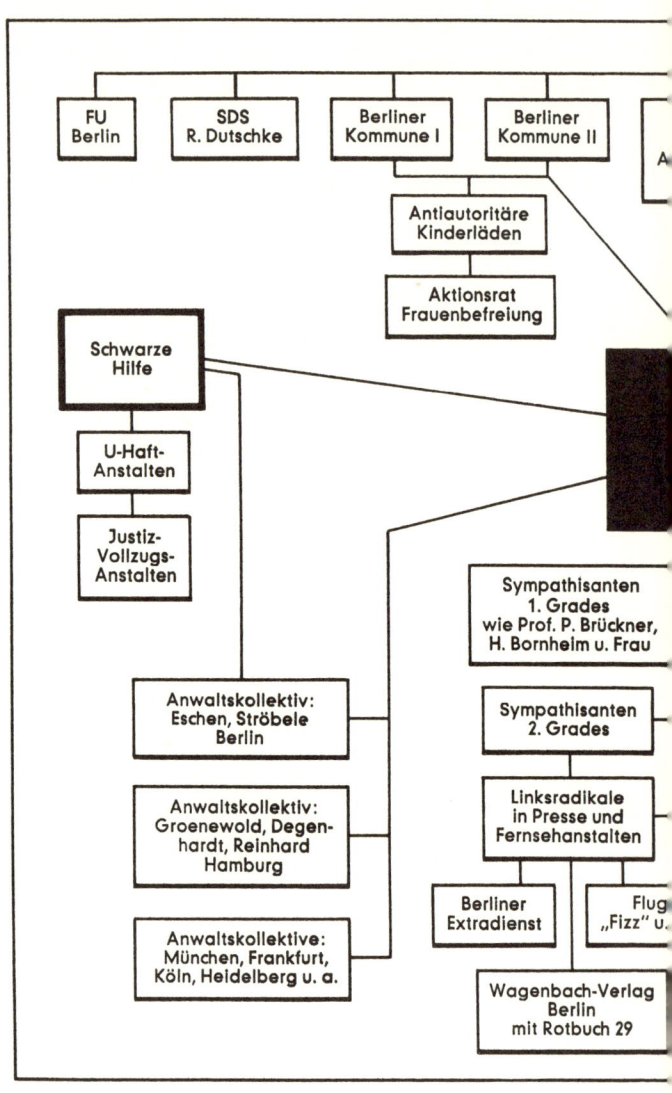

Sogenannte »Organisationstafel der Baader-Meinhof-Bande«

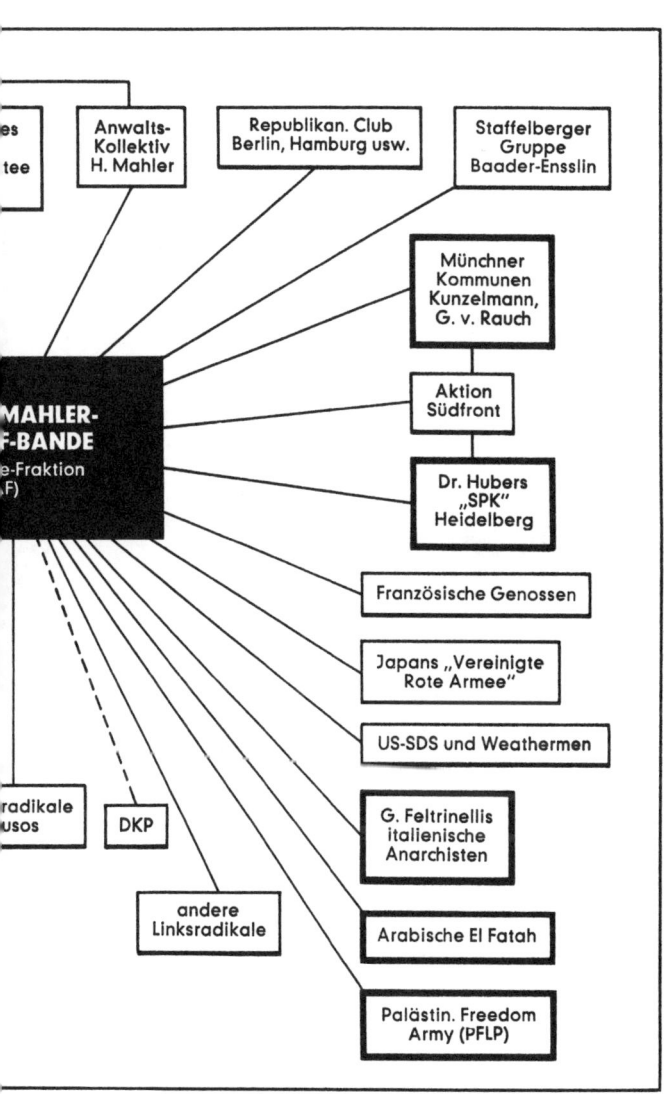

Quelle: Der Baader-Meinhof-Report. Dokumente – Analysen – Zusammenhänge. Aus den Akten des Bundeskriminalamtes, der »Sonderkommission, Bonn« und dem Bundesamt für Verfassungsschutz, Mainz 1972

Rotbuch Bibliothek

Herausgegeben von Wolfgang Ferchl und Hermann Kinder

Peter O. Chotjewitz
Die Herren des Morgengrauens
Romanfragment
Nachwort von Kurt Groenewold
240 Seiten

Friedrich Christian Delius
Unsere Siemenswelt
Nachwort von F.C. Delius
268 Seiten

Anne Duden
Übergang
Nachwort von Uwe Schweikert
240 Seiten

Gisela Elsner
Die Riesenzwerge
Ein Beitrag
Nachwort von Hermann Kinder
304 Seiten

Manfred Franke
Mordverläufe
Roman
Nachwort von Jörg Drews
450 Seiten

Christian Geissler
Anfrage
Roman
Nachwort von Thomas Rothschild
278 Seiten

Ernst Kreuder
Die Gesellschaft vom Dachboden
Roman
Nachwort von Jan Bürger
240 Seiten

Ernst Kreuder
Die Unauffindbaren
Roman
Nachwort von Wilfried F. Schoeller
509 Seiten

Erich Kuby
Rosemarie
Des Deutschen Wunders
liebstes Kind
Nachwort von Erich Kuby
Im Schuber
300 Seiten

Paul Schallück
Ankunft null Uhr zwölf
Roman
Nachwort von Hans Bender
368 Seiten

Paul Schallück
Engelbert Reineke
Roman
Nachwort von Siegfried Lenz
270 Seiten

Annemarie Wietig
1947
Roman. Originalausgabe
Nachwort von Jochen Schimmang
Im Schuber
160 Seiten

Alle Bände der *Rotbuch Bibliothek*
sind in Fadenheftung gebunden und
mit einem Lesebändchen versehen

ROTBUCH VERLAG · HAMBURG

Theater kann man lesen

HEINER MÜLLER

Germania Tod in Berlin
Rotbuch TB 103
94 Seiten

Geschichten aus der Produktion 1
Rotbuch TB 108
156 Seiten

Geschichten aus der Produktion 2
Rotbuch TB 126
133 Seiten

Herzstück
Rotbuch TB 270
136 Seiten

Mauser
Rotbuch TB 184
100 Seiten

Theater-Arbeit
Rotbuch TB 142
127 Seiten

**Die Umsiedlerin
oder Das Leben auf dem Lande**
Rotbuch TB 134
118 Seiten

Kopien 1
Rotbuch TB 336
142 Seiten

Kopien 2
Rotbuch TB 337
159 Seiten

Shakespeare Factory 1
Rotbuch TB 290
250 Seiten

Shakespeare Factory 2
Rotbuch TB 291
272 Seiten

Werke
Kassette mit 7 Bänden

ROTBUCH VERLAG · HAMBURG

Theater kann man lesen

DARIO FO
und FRANCA RAME

Bezahlt wird nicht
Rotbuch TB 18
96 Seiten

Einer für alle, alle für Einen!
Rotbuch TB 1021
192 Seiten

Elisabetta/Isabella
Rotbuch TB 316
208 Seiten

Hohn der Angst
Rotbuch TB 1028
138 Seiten

Er hatte zwei Pistolen
Rotbuch TB 331
96 Seiten

Mamma hat den besten Shit
Rotbuch TB 7
96 Seiten

Geschichte einer Tigerin
Rotbuch TB 1010
121 Seiten

Obszöne Fabeln
Rotbuch TB 103
120 Seiten

Offene Zweierbeziehung
Rotbuch TB 29
96 Seiten

Ruhe! Wir stürzen ab!
Rotbuch TB 57
96 Seiten

Nur Kinder, Küche, Kirche
Rotbuch TB 6
144 Seiten

Die dicke Frau
Drei Einakter
eva TB 208
203 Seiten

ROTBUCH VERLAG · HAMBURG

Irische Erzähler

bei ROTBUCH

William Trevor
Felicias Reise
Roman
Gebunden mit Schutzumschlag
270 Seiten

William Trevor
Die Kinder von Dynmouth
Roman
Gebunden mit Schutzumschlag
255 Seiten

William Trevor
Mein Haus in Umbrien
Roman
Gebunden mit Schutzumschlag
208 Seiten

Patrick McCabe
Der Schlächterbursche
Roman
Gebunden mit Schutzumschlag
260 Seiten

Patrick McCabe
Von Hochzeit, Tod und Leben des Schulmeisters Raphael Bell und wie dem Affengesicht Malachy Dudgeon die Liebe abhanden kommt
Roman
Gebunden mit Schutzumschlag
292 Seiten

Patrick McCabe
Stadt an der Grenze
Roman
Gebunden mit Schutzumschlag
240 Seiten

Dermot Bolger
Journey Home
Roman
Rotbuch TB 1027
336 Seiten

Eoin McNamee
Belfaster Auferstehung
Roman
Gebunden mit Schutzumschlag
275 Seiten

Dónall Mac Amhlaigh
Das Alphabetagam
Getreuliche Lebensbeschreibung des Dichters Schnitzer O'Shea
Rotbuch TB 1042
234 Seiten

ROTBUCH VERLAG · HAMBURG

Fast die ganze Zsuzsanna Gahse bei eva

**Romane
Erzählungen
Essays**

Einfach eben Edenkoben
Gebunden mit Schutzumschlag
109 Seiten

Hundertundein Stilleben
Prosa
Gebunden mit Schutzumschlag
144 Seiten

Essig und Öl
Prosa
Gebunden mit Schutzumschlag
66 Seiten

Sandor Petöfi
Rede am 15. März 1848
eva Reden Band 7
Gebunden, Fadenheftung
62 Seiten

Nach Europa
Zsuzsanna Gahse u.a.
Gebunden mit Schutzumschlag
115 Seiten

Passepartout
Prosa
Gebunden mit Schutzumschlag
108 Seiten

Kellnerroman
Prosa
Gebunden mit Schutzumschlag
160 Seiten

Wie geht es dem Text?
Bamberger Vorlesungen
eva TB 234
120 Seiten

EUROPÄISCHE VERLAGSANSTALT · HAMBURG